進むべき俳句の道

高浜虚子

角川文庫
22614

目次

序

この書は大正四年四月から六年八月まで『ほとゝぎす』紙上に連載したもので、書き始めた頃はまだ雑詠集第一巻を出版していなかったので本文中に書いた通り雑詠第一期第二期の作者及び作句について、評論を試み始めたのであったが、大正四年十月に雑詠集第一巻を出版してからはその書物に収めた句についてのみ評論することになった。また年を重ねて書いたために年齢などもその認めた年によって人々の間に相違があることになる。評論した俳人諸君の中にもすでに今日になると境遇の変わっている者も少なくない。例えば普羅、石鼎両君の如きはいずれも新聞記者として世に立っている。あたかもこの序文を認める日に高橋拙童和尚の訃に接したというような悲しむべき変化もある。著者たる私が編集を怠ったり、校正を怠ったりするために、この稿をおわってから出版するに到るまでの間にも相当の長い時日を経過して種々の変化を惹き起こすようになった。今日の俳句界はこの書において評論を試みた時代に比較すれば、一層歩を進めていて、この書に名を列した諸君はもとよりのこと、その他の諸君にあっても各々自己の道を開拓しつつある。この書をもって今の我が俳壇を品隲(ひんしつ)したものとするはやや六菖十菊(りくしょうじゅうぎく)の感が無いでもないが、然(しか)しながら大体において今日の我が俳句界の趨勢(すうせい)を明らかにしたものであると云うことは誤りないことと信じる。

大正七年六月二十日

ほとゝぎす発行所において

虚子

進むべき俳句の道——ホトトギス雑詠評——

緒言

一

ここに雑詠というのは明治四十一年十月発行の第十二巻第一号より四十二年七月一日発行の第十二巻第十号に至るホトトギス掲載の「雑詠」ならびに、明治四十五年七月一日発行の第十五巻第十号より大正四年三月発行の第十八巻第六号に至るホトトギス掲載の「雑詠」を指すのである。

第一期の雑詠すなわち明治四十一年十月以降一年足らずの間の雑詠は期間も短くかつ句数も極めて少なかった。けれども当時私はこの雑詠の選によって我等の進んで行く新しい道を徐（おもむろ）に開拓してゆこうと考えたのであった。それを何故途中で廃止したかというに、当時私はもっぱら写生文に努力して、どうかこの遣（や）り掛けの仕事を、完成とまではゆかずとも、ある点まで推（お）し進めてみたいと志（こころざ）してその方に没頭したために、自然俳句には遠ざからねばならぬ羽目になったのであった。片手間でも雑詠の選くらいは出来ぬことはあるまい、との批難もあったけれども、選出する句こそ少数なれ投句数は一万にも近いのであったからそれを片手間仕事にどうするということも出来ぬので残念であったけれども断然それを廃止しかつそれを機会として俳句のことには一切手を出さぬことにしたのであった。

それから丁度三年間というもの私はまったく俳句界から手を引いて、いわゆる見ざる聞かざる言わざる三猿主義を極め込んでいたのであったが、その間に私が当初の希望通り小説（写生文）に熱中することが出来たのは初めの二年間ばかりであって、あとの一年になってからふと健康を損じなかなか思うようには筆が取れぬことになってしまった。

私は「病院に這入ろうか遊ぼうか」と自ら質問して「遊ぼう」と自答した。それからおよそ一年間何もせずに遊びながら心は再び俳句の上に戻って、病床に鎌倉、戸塚辺の俳人数氏を招いて久しぶりに句作したのもその頃であった。そうして聞くともなしに聞く俳句界の消息は私をして黙止するに忍びざらしめるものがあった。そこでまたホトトギス紙上に俳句に対する短い所感を並べ始め、同時にかつて一度志して果たさなかった雑詠を再興して、最初の希望通り私等の進むべき新しき道を実際的に見出して行こうとしたのであった。

私が明治四十五年七月一日発行の第十五巻第十号紙上に初めて第二期の雑詠を発表して次の如きことを言ったことは読者の記憶に新たなるところであろう。

第一回雑詠選を終わりたる後の所感を申し候えば、調子の晦渋なるものは概ね興味を感ぜず平明なるものは多く陳腐の譏を免れざりしというに帰着致候。今回選せし二十四句といえども清新という点よりいえばあきたらざるもの多く候。

当時の心持を回想して今少し卒直に言えば、私は実に悪句拙句の充満しているのに驚いたのであった。ことに新傾向かぶれの晦渋を極めた句の多いのと、たまたま旧態を墨守している人の句は生気を欠くことの余り甚だしいのに腹が立ったのであった。けれどもそれに腹を立てたのは私の誤りでわがホトトギスの俳句の園をそれ程の荒蕪に任して置いたのは、誰あろうそれが私であったことを考うるに至って憮然とした。

第一回の結果に驚きもし嘆息もしたが、しかしむしろ反動的の勇気を得て、私は益々雑詠の選に意を留めた。そうして爾来およそ三年間の努力――むしろ投句家諸君の努力――によって、投句家投句数の激増というような量の上の進歩に併せて、立派な句を見出し得るという質の上の進歩も著しいのであった。

右第一期の約一年間、第二期の約三年間の選句を通計して二千句を出ることは余り多くないのである。句数から言っては決して多いといえない。けれども仔細に吟味してゆけば、これらの句によって、当初の希望通り、我等の進むべき新しい道は必ず暗示されている筈である。この雑詠評はそれを験べてみようというのである。

それについて私は諸君の進むべき道、否進み来った道は唯一つなりと言おうとは決して思わないのである。これも実際吟味の結果で無ければ判らぬことであって、私は軽卒に断定しようというのではないが、しかしそれは是非ともそうあらねばならぬものと考えるのである。今少し詳しく言えばこうである。雑詠は虚子が選をするのであるから、それは虚子趣味以外のものは容れぬのであると言う人があるかも知れぬ。それにしたところで、それを作った人は同一人で無いのであるから、仔細にそれを調べていったならば、その各作家にはそれぞれの特色があって、一見似寄ったような句と見えたものにも争うことの出来ぬ異色を認めるようになるであろう。すなわち雑詠は雑詠という一団としてはある一つの方向に進み来ったものとも言えるのであるが、その中に在る分子分子は各々異なった本来の性質を持ってそれぞれ歩趨を異にしているのである。そこでこの雑詠評は強いてある一つの方向に進んでいるということを演繹的に述べることをしないで、こういう方向もある、ああいう方向もある、こんな道もある、あんな道もある、というふうに成るべく種々雑多の違った道を指定して見ようと思うのである。

「諸君の進み来った道は諸君の進むべき道である。」

私はそう考えるのである。とかく世間には、人をも弁えず、異同をも究めず、自分がこの方へ進んだのだから皆この方へ来なければいかぬという人があるが、そういう人はややともすると人の子を誤るのである。自分は甲の道を進んで来たけれども他の人は乙の道を進んで来るかも知れぬのである。人々の進んで来た道が自分と違っているからと言ってただちにその道が誤っているとは言えないのである。すなわちある人の無我夢中で歩んで来ている道を、その道はこういう道である、その道を取ればこういう方向に達する、ということをその人に知らせてやって、その人自身に新しい道を拓(ひら)かせたいと思うのである。これは私には分に過ぎた大望(たいもう)かも知れないのであるが、しかしそういう心持で俳句界に臨んでいる人が今のところ絶無であるから隗(かい)より始めるつもりで私はその方針を取っている。

これは一尺でも一寸でも高処に立っている人が適任なのである。もし私より一尺でも一寸でも高処に立っている人でそういうことを志す人が出て来たら、私などは早速引き下がってよいのである。

ホトトギスに雑詠の選をするのは虚子趣味を推(お)し進めようとするのではない。諸君をして諸君自身の道を開拓せしめようとするのである。すなわちここに雑詠評を試むるのも虚子が進み来り進み行く唯一(ゆいいつ)の道を見出そうとするのではない。諸君が進み来り進み行く幾多の道を明らかにしようとするのである。

それが私の手によって為(な)さるるために私の道に外ならんという理窟を称(とな)える人があるであろう。そう言えばそうに違いない。ただ私は比較的広いことを志しているのである。出来るだけ諸君に立ち代わって諸君自身の道を見出してみたいと考えるのである。

二

青年の心を支配するものは「新」という字に越すものはない。自分自身がすべての物の芽生えに有する潑溂たる生気を有しておるところから、見渡した世界に欣求するところのものもまたすべて新しきものである。否、新しきものというよりもむしろ「新」という文字そのものである。厳密に言えば彼等はまだ物を聞睹することが少ない。中年以上の人が見て陳腐とするところのものを彼等は、初めてそれを見るがために斬新だと解することが往々にしてある。そのために古物を陳ねて、これは新しいものであると呼称する人のために誤らるることが決して珍しくはないのである。少なくとも上っ面の新しげに見えてその実陳腐なるものを、中核から新しいものと誤解することが少なくないのである。それに反してまた上っ面は一見陳腐なるが如くであって、その実新生命を包蔵しているものを、頭から陳腐なるものとして一顧をも与えないというようなこともまた多い。

私はそういう傾向が俳壇にも存在していることをいつも不本意に思うのである。未来の俳壇を組織すべき人として青年は大なる責任者である。その青年がとかく軽浮なる新の字に動かされ迷わさるることは痛嘆すべきことである。

が、これは青年に止まらない。その道の事情に疎い人は皆同じ傾向を持っておる。

ことに中年以上の人がおどおどしていることは、自分等は年を取ったから、知らず識らずの間にものに膠着して新趣向に取り残されはしないだろうかということである。それが一層地方に僻在している人の心の上に多いのである。たとえば三越というような、流行の魁ということを旗印にして営利をもっぱらにしようとしているようなところは常にこの心理を利用して、ものの事情に迂遠な人、田舎ものなどを煙に巻くのである。けれども厳密にこれを言って三越のどの隅に真実の意味でいう新しいものがあるか。多くはこれ「新」という上辷りのした空虚な文字で人の心を惑乱するものではないか。

俳壇にもまたこれに類したことが多い。「新」という叫び声は自ら俳壇の落伍者である如く感じている人を脅かすのには無上の武器である。新流行に後れざることをもって通人と心得ている軽浮なる都会の人、都会そのものの権威に蹴落とされて訳もなく弱小なるものと心得ている田舎の人、その人達はただ「新」という文字に眩惑されて、その実質をたしかむるいとまさえなしに、その膝下に拝跪するのである。

私がかつて自ら守旧派と号したのも畢竟はこの浮薄なる趣向に反対し、軽卒なる雷同者に警鐘を撞いたのである。守旧とはただ旧格を墨守せよというのではない。くりかえしていうように温故知新の謂である。近来の俳壇の趨向を見ると、一時「新」の字に眩惑せられて前後を忘却していたものもようやく覚醒して古典文芸としての俳句の真の面目を了解しようと志しているかの観がある。これ祝福すべきことである。私は最早強いて旧の字を大呼して、行き過ぎたものを引き戻すことにのみ多くの力を注ぐことを必要としなくなった。今や過去数年間において我等が実際的に試み来った新しき仕事を振りかえって見る最好の時機に到達したと言ってよい。

私は真の意味における「新」の字を尊重する。しかして「新」とは何ぞや。

「ある意味において新とは力である」

私はかく考えるのである。

主観的の句

一

子規居士時代の俳句ならびに俳句に対する居士の主張と、今日の我等の俳句ならびに俳句に対する主張との上で著しく相違しているのは主観的なることである。

居士は小主観を喜んだ月並句に対する反動として客観趣味を鼓吹したのであった。居士が蕪村を地下より起こし来りて、その旗旆を鮮明にし、世人をして居士の一派を蕪村調と呼ばしむるに至ったのも、主としてこの客観趣味のところにあった。蕪村の句が果たして客観趣味の代表物として取り扱わるべきものか否かは、別問題として、居士が蕪村を論ずるに当たってその客観美をとくに推称したということが蕪村調すなわち客観主義というようなふうに世人をして解釈せしむるに至ったのであった。ここに居士の蕪村の客観的美を論ずる一章を抜載してみよう。

積極的美と消極的美と相対する如く、客観的美と主観的美とも亦相対して美の要素を為す。之を文学史の上に照らすに、上世には主観的美を発揮したる文学多く、後世に下るに従い一時代は一時代より客観的美に入ること深きを見る。古人が客観に動かされたる自己の感情を直叙するは自己を慰むる為に将た当時の文学の幼稚なる世人をして知らしむる為に必要なりしならん。是れ主観的美の行われたる所以なり。且つ其の客観を写す処極めて麁鹵にして精細ならず。例えば絵画の輪郭ばかりを描きて全部は観る者の想像に任すが如し。全体を現わさんとして一部を描くは作者の主観に出ず。一部を描いて全体を想像せしむるは観る者の主観に訴うるなり。後世の文学も客観に動かされたる自己の感情を写す処において毫も上世に異らずといえども、結果たる感情を直叙せずして原因たる客観の事物をのみ描写し、観る者をして之によりて感情を動かさしむること恰も実際の客観が人を動かすが如くならしむ。是れ後世の文学が面目を新にしたる所以なり。要するに主観的美は客観を描き尽くさずして観る者の想像に任すに在り。

居士は芭蕉の句は主観的美によるもの多きも蕪村の句は客観的なることを説いて左記の句をその例として挙げている。

木瓜の陰に顔たぐひすむ雉かな　蕪村
釣鐘にとまりて眠る胡蝶かな　同
やぶ入や鉄漿もらひ来る傘の下　同
小原女の五人揃ふて袷かな　同

照射(ともし)してさゝやく近江(あふみ)八幡かな　同
葉うら〳〵火串(ほぐし)に白き花見ゆる　同
卓上の鮓(すし)に眼寒し観魚亭　同
夕風や水青鷺(あをさぎ)の脛(すね)を打つ　同
四五人に月落ちかゝる踊かな　同
日は斜(ななめ)関屋の槍(やり)に蜻蛉(とんぼ)かな　同
柳散り清水涸(か)れ石ところ〴〵　同
かひがねや穂(ほ)蓼(たで)の上を塩車(しほぐるま)　同
鍋(なべ)提げて淀(よど)の小橋を雪の人　同
てら〳〵と石に日の照る枯野(かれの)かな　同
水鳥や船に菜(な)を洗ふ女あり　同

そうして居士は、「一事一物を画(か)き添えざるも絵となるべき点において是等(これら)の蕪村の句は蕪村以前の句よりも更に客観的なり。」と言っている。

これは正しくそうである。この句中に現わされたる材料を取って画絹の上に並べたなら、ともかくも絵画として見るに足るべきだけの材料は一応具備しているのである。ただ厳密にこれを言えば「たぐひすむ」「眠る」「眼寒し」等の主観語は、これらの客観句の上に幾等かの主観的の色彩を添えているので、純客観句としてやや受け取り難いような心持もせぬではない。そこになると居士の選集たる『新俳句』や『春夏秋冬』などには蕪村以上の純客観句が送迎にいとまがない程ある。たとえば、

二三本柳芽を出す裏畑　枝英
小屏風に囲ひし雛の灯かな　極堂
藁家のうしろに桃の真赤なり　秋竹
大仏の下に餅売る春日かな　同
麦秋や犬にまたがる里童　紅緑
片隅に慈姑花さく青田かな　東洋
五月雨や鴉草ふむ水の中　碧梧桐
藻の花やかき上げ泥の雨に咲く　霽月
押し合うて螽ふんばる袋かな　三川
蟷螂のこちら向いたる芙蓉かな　四明
後の月刈田々々の水光る　無事庵
荒寺や廊下をはさむ破芭蕉　孤松
冬帽の古きを冠る易者かな　愚哉

冬枯の魚市果てし漁村かな　左衛門

大根の車引き行く枯野かな　蒼苔

（以上『新俳句』）

春雨や揚屋の前の駕二挺　月人

山下の土とり穴や残る雪　吾空

紙鳶の糸屋根から屋根に掛りけり　四方太

初午の鳥居々々に行灯かな　獅子

二階より社内見下す祭かな　秋窓

阿蘭陀の絵を蔵しけり虫払　青々

合宿の僧と寝ねたり木綿蚊帳　月兎

修験者の高き足駄や五月雨　孤雁

朝寒き芭蕉の下を掃きにけり　格堂

灯籠や庭の芒に光さす　五城

小角力や肩のあたりの打身膏　花叟

年々に天長節の日和かな　鳴雪

一貫目の蠟燭ともすお講かな　花笠

抜け出でし蒲団の穴に再びす　露月

眼を病んでぬるき火燵にこもりけり　無事庵
冬雲の池にうつりて魚動かざる　鼠骨
（以上『春夏秋冬』）

の如くである。これらは、とくに集中より客観的の句を選み出したというよりも、ほとんど手当たり次第に書き抜けばそれがかくの如く概ね客観句である、という方が適切なくらいのものである。

また子規居士自身の句について見るも、ほとんど同様で、大方は純客観句と言って差し支えない。

菜の花の四角に咲きぬ麦の中　子規
野道行けばげん〳〵の束のすててある　同
五月雨や戸を下ろしたる野の小店　同
山風や桶浅く心太動く　同
塀こけて家あらはなる野分かな　同
稲刈りて水に飛び込む螽かな　同
縮緬の襟巻ラッコの帽子かな　同

お長屋の老人会や鯨(くぢら)汁(じる)　同

以上列挙した句の如きは作者が見聞したある事実をほとんど何の主観をも交(まじ)えずにそのままに直叙したものである。句が平凡であるとか浅薄であるとかいう価値論はしばらく措(お)いて、かくまでに純客観句の並んでいるということは子規居士の句ならびにその手になる選集の一大特色であったと言ってよいのである。

これは前にも言った如く、小主観（卑俗、浅膚(せんぷ)なる）を交えた月並句に対する反動として、是非とも俳句は客観的でなければならぬという居士の主張から来た結果である。その月並の小主観というのは、たとえば梅室の、

下部程慇懃目立つ御慶(ぎょけい)かな　梅室
寝た人に会釈して借る団扇(うちは)かな　同
入らぬ時よい取頃や蕗(ふき)の薹(たう)　同

の如きものを言ったので、ものを直叙することをせず、厭味(いやみ)な、ひねくれた、気取った、小さい主観を持って来て叙するのを言うのである。月並調の開祖は梅室だと言われておるが、その流れを酌(く)んだ維新前後の俳人はこの梅室の句の糟粕(そうはく)を嘗(な)めた鼻持ちのならぬものを作って喜んでいたのである。そこで子規居士は、俳句とはそんなもの

ではない、俳句は目で見たこと、耳で聞いたことをそのままに叙することが大事である、と大声疾呼して、俳壇を覚醒したのであった。居士の句ならびにその選集が、俳句始まって以来、最も極端な純客観のものであったのはそのためである。

なお居士の主張は、それは俳句に限らず、文章の上にも写生ということを主張して客観描写に重きを置いたのであった。それからいうとひとり月並調に対する反動的の主張ではなくて、文芸一般を通じての居士の信条であったともいえるのである。

けれども前掲の句を通覧した読者は、これらの純客観句をもって無上の名句として嘆服し満足するであろうか。なるほど厭味というようなものは探してもなく、小細工のあとも見えず、まことに気持ちのよい純粋の句であることだけは誰も異存のないことであるが、どうもこれらの句をこの上ない面白い句として受け取ることは出来兼ねるような心持がしはしないだろうか。かかる純粋な醇朴な句でありながらもなお今少し光彩の加わった、滋味のある、力の強大な、刺戟の強いものが欲しいというような心持はしないだろうか。今の読者の多くは必ず私のこの言に同感であろうと想像する。

当時の俳句界にあっては実にこの客観描写という事が新しき声でもあり、力ある主張でもあったので、またわが明治大正の新俳句を築く上に子規居士の一大卓見とせなければならぬものであったのであるが、それから年一年と時日を経過するにつれて、どうもそれだけの客観描写では物足らなくなって来たのであった。今の読者諸君はそれだけ目が高くなっているから、ただちにこれらの句を平浅とか卑近とか一言に批評し去るであろうけれども、当時の俳句界が自らそこに気がついて新しい途を見出すまでには相当の時日と努力とを要したのであった。

それについて私は三允、癖三酔、東洋城、蝶衣、松浜、蛇笏等の諸君と試みた「俳諧散心」時代の事を回想せずにはいられぬ。当時の熱心なる句作はたしかに一新路を開拓するだけの効果を齎したのであった。今日のわが俳句界の新しい趨向はたしかに当時に胚胎したものと言ってよいのである。（今度編んだ句集『ホトトギス雑詠集』第一巻の中にはその俳諧散心の一番終わりの一回だけは入れることにした。これは第一期の雑詠とほとんど時を同じゅうしてホトトギス誌上に発表されているからである。「雑詠集」という名前に対しては少しおかしいけれども右の事を記念したい寸志もあったのである。）

その俳諧散心のことを話せば大分いろいろの思い出もあるけれども、それは略するとして、第一期の雑詠は句数は少なかったけれども、その新しい方向を指示する代表句としては可なり深い注意のもとに選抜されたものであった。たとえばその中にこういう一句があった。

高山と荒海の間炉を開く　未灰

これは単純な客観句と言ってよいであろうか。一見すればそこに何等の主観的色彩もないようであるが、よく見ていると、決してこれで単純な客観句ということは出来ないことが判って来る。

ある一軒の家の一間で炉を開いているのであるが、その炉を開いている手許のことや、室内の光景や、その主人公の状態や、そんな普通に目に映ずる卑近な事実を描写したのではなくて、遠くその家を離れて乾坤の間に実在している二つの大きな事実すなわち高山、荒海の両者を持ち来って、その両者の間に炉を開くと言ったのである。すなわちこの句を得るに至るまでには若干の冥想と、事物の選択とが試みられているのである。そこにこの句の新しい生命はあるのである。これを彼の、

小角力や肩のあたりの打身膏

縮緬の襟巻ラッコの帽子かな

などと比べるとその間の相違はただちに明白に了解されるであろう。

子規居士は「要するに主観的美は客観を描き尽くさずして観る者の想像に任すに在り。」と言っているが、同じ客観の描写であっても、この炉開きの句の如きになると、余程観るものの主観の働きをまたないとその客観美を受け取ることは出来ないのである。たとえば、

本箱と簞笥の間炉を開く

というような句であったならば、ただちに室内の光景も想像されて、一方に本箱が置いてあり一方に簞笥が置いてある、そういう部屋の中央に炉を開くという、純客観の句として受け取れるのであるが、それが「高山と荒海の間……」となるとただ一室内の光景というではなくて、前にも言ったように、乾坤の間から高山と荒海という二つの大きなものを捕えて来て、その間に炉を開くというのであるから、観るものは頭の中で一方に高山の聳えており一方には荒海の澎湃としている大景を想像し、その中に一軒の家を描き出し、その家の一室に炉を開きつつある人を想像し、初めて、

高山と荒海の間炉を開く

と言った作者の心持を想像することが出来るのである。作者は簞笥には眼もくれないのである。本箱には眼もくれないのである。その他一室内の何物にも眼はくれないのである。ただ自己を中心にして広く天地乾坤を見渡してそこに高山と荒海とを得て、その間に在って炉を開くことに甚大の興味を覚えたのである。すなわちここに作者の側から見ても主観の上に大いなる働きがあり、読者の側から見ても主観の上に同じような働きが要求される。一見純客観句と見えるこの句の如きすらかかる意味において

主観の色彩を強めて来ている。

冬雲のかゝる笠置(かさぎ)へ庇(ひさし)かな　余子

この句もまた前の句と同じ時期の句であった。これまた一見純客観句のように見えるであろうが、笠置山下の一軒の家を描き出す場合に、他のものは一切閑却して、ただ庇だけを持って来たところにやはり主観の色彩が見える。笠置山が聳えている、それには冬雲がかかっている、その下に在るある人家の庇がその山の方に突き出ている、というのである。笠置山は大きな山である。人家の庇は比較にもならぬ小さいものである。けれどもそれを頭の中で纏(まと)めて一幅の画図にしたところが作者の主観である。もしこれを画に書くとすれば、庇を余程拡大して描かねばならぬのである。そこに主観的なところがある。

もっとも、かかるものをも強(し)いて主観句というならば、客観句として子規居士の挙げた蕪村の句のうちにも主観的のものはたくさんある。たとえば、

かひがねや穂(ほ)蓼(たで)の上を塩車　蕪村

という句の如きは、決して塩車が穂蓼の上のみを引いて行くわけではなく、その他の草もその辺にあるのであろうが、そのとくに穂蓼のみに目をとめて、「穂蓼の上」と

言ったところに多少主観味があるといえばあるのである。ことに、

木瓜の陰に顔たぐひすむ雉かな　蕪村

という句の如きは、木瓜の花の赤いのに雉子の顔も赤い、双方が同じような色をしているというのに基づいて「類ひ住む」と言った、そこには作者の主観の働きが顕著に出ておる。子規居士はこの句をも客観的の句としてあげているが、もし炉開きの句や冬雲の句の如きを主観的句とするなればこの句の如きは当然主観的の句とせねばなるまい。とこういう議論は必ず生ずることと思う。

それはたしかにそうである。前にもちょっと疑問を挿んで置いたように、蕪村の句の如きは果たして純客観句として取り扱わるべきものかどうか。子規居士は自分より前代の俳人に客観的傾向の著しいものを求めて蕪村を得たのであったが、しかし今日から見ると、純客観趣味の俳人は蕪村ではなくってかえって居士自身であったのである。居士の句に比ぶれば蕪村の句の如きは遥かに多くの主観味を持っている。

私が炉開きの句や冬雲の句に主観味を見出すというのは、とくに前に掲げた子規居士の選集に在る句または居士自身の句に比較していうことである。

二　三本柳芽を出す裏畑

小屏風に囲ひし雛の灯かな

等の句に比較していうことである。それらの極めて単純な客観句ではどうも満足出来なくなって来た時に同じく客観句でありながらも炉開きの句や冬雲の句のような主観味を帯びたものを要求するようになって来たのである。

その他雑詠第一期時代には次のような句がある。

夜濯ぎの心やすさよ螢とぶ　水巴
搔き立て丶埋火の色動くかな　為王
山影をかぶる草屋の雪解かな　余子
瓢簞の大器に心遊ぶかな　為王
山百合に雹を降らすは天狗かな　水巴
此巨犬幾人雪に救ひけむ　雉子郎

「夜濯ぎ」の句は、夜衣を洗濯するという事柄を叙しているのではあるが、その叙事の反面にその夜濯ぎをしておる女の人の静かな気楽な心持、少なくもそれを見て心やすげに感じた作者の主観が現われておる。これを、

夜濯ぎの人の上飛ぶ螢かな

などという純客観的の叙法にしたのでは作者は満足することは出来なかったのである。そしてこれが子規居士時代であったらむしろ「心やすさよ」ということを悦ばないで、「上飛ぶ」というふうに純客観的に叙したであろう。あるいは子規居士時代は「心やすさよ」という辺まで深く考え込むことをしないで、ただちに写生的に「上飛ぶ」と言ってしまってそれで満足していたともいえるのである。

次の「掻き立てゝ」の句は、火桶に深く埋めてある炭火を掻き立てると、灰の中に赤いものが現われて人の眼に映る、その時もし平板にこれを叙そうと思うなら、

掻き立てゝ埋火赤く現はれし

とでもいうのであろうが、それでは、その時の生き生きした光景が的確に現われない、というよりもむしろその時の潑溂とした作者の感興がそれだけの文字では十分に現われない。そこで作者は何とかしてその感興を現わそうとして「埋火の色動くかな」と言ったのである。

次の「山影をかぶる」という句も、「かぶる」という文字に働きがある。これは別に珍しい文字を字典から引き出して来たというのではなく、普通の人が普通に使って

おる文字であるのであるが、この場合は適切に利いておる。しかしこの句の主観的価値はひとりその「かぶる」という文字のみによって現わされているわけではなく、「山の蔭になっている草屋」というべきを「山影をかぶる」と言ったその叙法にあるのである。

山蔭になりし草屋の雪解かな

山影をかぶる草屋の雪解かな

この両者を比較してみたらその純客観的叙法と主観的色彩を交えた叙法との区別をただちに明らかにすることが出来るであろう。

次に「瓢簞」の句になると大分主観の分量を増して来ているのであって、そこに瓢簞で拵えた大きな器がある、米を入れるものか、炭を入れるものか、酒を入れるものか何を入れるものか判らぬが、とにかく瓢簞という特別な興味のあるもので拵えた大きな器がある、それが常に座右に在るのを見ているとわが心が何となく楽しい、物に跼蹐せず、世事に超然として草廬に起臥している我に在ってはこの瓢簞の大器にわが世を托しているような心持がして、我を知るものはこの瓢簞の大器、この瓢簞の大器を知るものは我というような感じがすると言ったのである。

炭取りや座右に置きし大瓢(おほふくべ)

底の方に米を容れたる瓢かな

などというような句はいくらでも出来るのであるが、そういう単純な客観句は例の、

二三本柳芽を出す裏畑

の類(たぐい)で、それだけではどうも物足らぬ。熱情を持っている作者は何となくその時の自分の感興を濃厚な色彩で現わしたく思う。それが遂に、

瓢箪の大器に心遊ぶかな

になったのである。

「山百合」の句は、ある山上の光景で、その辺の草間には山百合が咲いておる、折柄(おりから)曇ったと思うとはらはらと雹(ひょう)が降って来た。山百合に雹の降って来たという光景そのものがすでに平板を脱している、やや豪壮な爽快な感じのする景色であるが、作者はそれを、

山百合にはら〳〵と雹の降りにけり

などという客観叙法では満足しないで、その雹を降らしたのは天狗の仕業であろうと言ったのである。作者は果たして本当に天狗の仕業と考えたのであろうか、それは恐らくそうではあるまい。その時のすがすがしい爽やかな心持、ことに人離れのした山上のこの珍しい光景を単に「はらはらと雹の降りにけり」とだけでは十分に現わしたものとすることは出来ぬ。そこに心の底に湧き立つような愉快を覚えているそれをどうかして文字の上に現わしたい。「ああ此の雹を降らしたのは天狗の仕業か」と考えついた時に、作者の胸底の音楽は初めて表面に響きを伝えることになったのである。

「此巨犬」の句は、ある雪国のある家に飼われた巨犬を見た時に、その逞しげな体格、柔和な目、柔順な態度、垂れた太い耳、濡れた黒い鼻、それらをじっと見ておると、雪中に遭難の人を救助するというある種の犬の働きのことを思い出だされ、この巨犬は今までに幾人雪中の人を救ったことがあるか、と言ったのである。前の瓢箪の句が客観に見るところのものはただ一個の瓢箪であると同じように、この句もまた客観に見るところのものはただ一個の巨犬のみであってその他は全然主観の領分である。そして、

雪の小屋に大いなる犬の飼はれけり

などとあるよりもかえってその犬の相貌などが想像される。そこに主観的の言葉のあ

る力が覗われるのである。

　これらは第一期時代の雑詠の句の主観的傾向の一斑を示したものであるが、この傾向は第二期すなわち最近の雑詠に至っていよいよ顕著になって来て、主だった作家それぞれにそれぞれの色を具備した主観があって、あたかも百華が一時に咲き乱れたような偉観を呈そうとしておる。第一期時代に実り始めた主観句は第二期に入りてようやく成熟しかけたというべきである。

二

　第二期の雑詠に入るとこの主観的の傾向はいよいよ著しくなって来ている。その例はほとんど手当たり次第に取り出すことが出来る。たとえば、

或日法庭に春の赤き日沈みけり　未灰
まひ〳〵のけふ面白き命かな　余子
城頭の井を晒しけり空は秋　月斗
腹痛む夜にも馴れけり露の宿　瓦全
蝶死にて流るゝ水の鱸かな　余子
向日葵にくさ〴〵花のあはれかな　禾人

秋風や衣冠倦(う)みたる相馬御所　同

鹿やがて恐ろしくなる日傘かな　揮雲

人々を入れて無月の襖(ふすま)かな　余子

草庵(さうあん)に火を失したる野分(のわき)かな　芳葩

阿国

わざをぎの塗り駕(かご)入りぬ野分門　菖蒲夫

三人の故郷の遠き蒲団かな　余子

百僧の愁(うれひ)の秋や逝(ゆ)く聖(ひじり)　茶の門

秋風や任地いやがる友の立つ　義朗

折檻の我口吃(ども)るきり〴〵す　萍雨

羽子板の重きが嬉し突かで立つ　かな女

菊枯(か)れて対座の人と離心持つ　同

亡児香魚渓此花を愛す

山茶花(さざんくわ)を砕きて磨(す)りし硯(すずり)かな　野梅

臼(うす)癖に杵(きね)の修(は)理や日短き　諷軒

鴛鴦(ゑんあう)の沓(くつ)魔の穿(は)き渡る古江哉　徂春

天井(てんじやう)を這(は)ふ梁(うつばり)や榾(ほた)の宿　胡刀

算筆の恩を荷ひて出代りぬ　拙童
火燵とも申しかねつゝ泊りけり　菊太
河豚の灯に女の顔や大いなり　晩紅
灯の下に草摘みし今日の妹とあり　同
比枝の尖りここに来て知る年賀哉　蒼玉子
書淫の目峯に移すや鷹飛べる　曾左運
縄の儘に灰生きてゐる火鉢かな　草子
打ちし蚊の逃げて我手の大いなる　子燕
芙蓉ほめて親しく居れば寺いやし　半美

の如きものである。これは頁を繰りながら目にとまったものを三十句選り出したのであるが、同じ程度の主観的なものをなお十度でも二十度でも選み出すことが出来るのである。いわばこの種の主観句を見出すことはわが雑詠の家常茶飯事である。けれどもこの中には、どこが主観的なのかと疑わるるようなものもないではない。例によりその主観的なところを明らかにするために略解を試みて見よう。

或日法庭に春の赤き日沈みけり　未灰

春の日は毎晩のように西に沈みつつあるのである。が、ふとしたことから法廷に立たねばならぬことになって、ある日その法廷に在って西に沈む赤い日を見たというのである。これをたとえば、

法廷に春の入日を見たりけり

とでもしたのならば、ただ冷ややかにそういう事実を叙したのに過ぎぬのであるが、熱情的なこの作者はそういう冷ややかな客観的の叙法では承知が出来なかった。「自分が法廷で入日を見た」などと暢気（のんき）なことは言っていられなかったのである。「春の赤い日が法廷に沈んだ」と言わねば承知が出来なかったのである。刑事上の問題か民事上の問題か知らぬけれども、とにかく法廷に立つということは悲惨事である。その場合の作者の熱した感情は珍しくない春の入日までが特別の色に眺められた。否（いな）、入日がただちに作者の心となって、真赤な色をして法廷に沈んだ、というのである。客観的に叙してありながらも全然主観句である。

まひ〳〵のけふ面白き命かな　余子

まいまいが水の上に舞っておる。まいまいはただ舞っておるのである。それは猿が枝にぶら下がったり、雀が朝日に囀（さえず）るのと同じ意味に、その天賦（てんぷ）の活動をやっておる

のに過ぎぬのである。が、これを見たものの眼には、重い荷を運んで汗水を垂らしておる馬や、人を螫すべく執念く飛んで来る蚊などを見る時とは違って、静かな水の上にただ円を描いてくるくる舞っておるのは暢気らしく見える。さてこのまいまいの命もいつまで続くものか。蜉蝣は朝に生まれて夕に死ぬるというがこの小虫の命も恐らく長くはあるまい。二、三日も経てば死ぬるものか、それとも一月や二月の命はあるものか。まあそれらのことは問わずともよい。現在かく舞いつつあるという、それだけでたくさんなのである。……とこういう主観をつづめて「けふ面白き命かな」と言ったのである。

　まひ〳〵の一日舞うてゐたりけり

などというのと比べれば大分主観的に深みのあることがわかるであろう。

　城頭の井を晒しけり空は秋　月斗

　ある城中の井を晒した。普通の人家の井とは違って大きくもあり深くもある。その井を晒し終わった時大空を眺めて見ると、もう空は秋らしい色をしていた、というのである。もっとも事実も夏の初めや夏の半ば頃ではあるまい。恐らくもう夏の末頃であったろう。晒し終わった井の水は清冽である。爽やかである。ことにそれが城中の深い大きい井戸のことであるからその爽やかさも一入である。この地底の爽やかさはすなわち大空にも通ずるところがあって、逸早く秋らしい色をしていた、というのである。下五字の主観によって晒井の爽やかさが力強く描かれておる。

腹痛む夜にも馴れけり露の宿　瓦全

曾良が終夜腹痛に苦しみ通して、「夜もすがら秋風聞くや裏の山」と言ったのにも似通った心持であるが、しかし曾良の腹痛は一夜で治って、翌日はもう出発したのである。この句の方はなかなかそれどころでなく、その腹痛はもう久しく続いておるのである。ことに昼間はものに紛れやすいが、夜になると一層悩まされる。が、その痛みも久しく続くためにかえってもう慣れてしまった、というのである。富める人、もしくは都の中にいる人でもあれば何か方法の尽くしようもあるのであろうが、貧しくてしかも草深い田舎に住んでおるものにはどうすることも出来ない。かかるものにはただ慣れる外に道はないのである。貧にも饑にも慣れるより外に道のないものは悲しむべきである。病もまたその通りである。一応事実の叙写に過ぎぬようであるけれども、背後には傷ましい作者の主観が潜んでおる。

腹痛む夜も重なれり露の宿

というのと比ぶればただちに明白になるであろう。

蝶死にて流るゝ水の鱸かな　余子

鱸は秋の季である。蝶もまた秋になれば生き残るものもなくなってしまうのである。その秋の蝶の屍が流れて行く水に鱸は住んでおる、というのである。さてその死んだ蝶と鱸との間に特別の関係があるというのではない。鱸が死んだ蝶を食うなどというのではない。その無関係な二個の事実を結びつくるところのものは作者の主観より外に無いのである。花に戯れ風に舞うた蝶が春過ぎ夏も暮れて僅かに秋の日の力を頼りに生き残っていたのも遂に木の葉の如く枯れ死んで水の上を流れておる。その水の中には、春、夏の頃はそれ程でもなかった鱸が、この頃は脂が乗って、巨口細鱗、秋をわが物顔に肥えて泳いでおる、というのである。今更めかして無常迅速を説いたものでもあるまい。いわゆる柳緑花紅、ただかくの如きのみかくの如きのみ。

向日葵にくさぐ花のあはれかな　禾人

後庭にはさまざまの草花がある。が、その中に最も丈高くして花の形も最も大きいものは向日葵である。その向日葵の花が太陽に伴れて東から西に廻るということも目立たしいことである。さてその他の草花はというと皆遥かに低く小さくその向日葵の下にぐじゃぐじゃと咲いておる。見るからに物あわれ気である。とこういうのである。向日葵の下にくさぐさの花が低く咲いておる、と言っただけでは作者の感情は出てこない。「くさ〴〵花のあはれかな」と言ったためにそれが出て来ておる。花はそれぞれの本来の形を具備して成長しておるのである。松の日陰になって南天が小さく成長しかねておる、などというのとは場合が違う。それを「あはれ」と見るのは作者個人の勝手な主観である。けれども、この「あはれ」一字で前述した如き比較的複雑な客観的の光景を想像せしむるに足るところに意を注がねばならぬ。

秋風や衣冠倦みたる相馬御所　禾人

これは平将門の相馬御所を詠じたもので、東夷がにわかに大宮人らしく衣冠束帯をして気取っても、槿花一朝の栄、それはただちに亡びてしまったのであるが、その官軍の手に亡ぼされる前に、早くも秋の風寒く、そのにわか造りの大宮人は衣冠束帯を窮屈がって持てあましているというのである。一個の詠史に過ぎぬのであるが、「倦みたる」という主観詞をここに拈出したことは技倆として認めねばならぬ。ことに「秋風」と上に置き「相馬御所」と下に置いたために、相馬御所全体の懈怠したような心持がよく出ておるのである。これをたとえば

衣冠曲りし相馬の御所の秋の人

などとすると、その人々の衣冠を着け煩(わずら)っている光景の方が主になって、そのいわゆる倦みたる心持の方が客になる。

鹿やがて恐ろしくなる日傘かな　挿雲

これは少女の心持を言ったのである。初めて鹿を見た時は珍しくって一生懸命に見ていたが、じっと見ているうちに額には妙な角(つの)があったり、犬と違った体つきをしていたり、人の方に鼻を突き出して来たり、それらのことが目に入るにつれてようやく恐ろしくなって来た、というのである。「やがて」と言った文字によってやや複雑な経過が想像される。これらも主観的叙法のうちに数えてよかろう。

人々を入れて無月の襖(ふすま)かな　余子

名月を見ようとして会したところ、あいにく雨になってしまった。人々は一間に在って句作でもするとか雑談でもしておる光景である。その場合を叙するのに「入れて無月の襖かな」と言ったところは平凡なる客観叙法とは撰(せん)を異(こと)にしておる。「無月のまどい」という言葉があるとしたところで俳句としては別に珍しい用語というでない。

が、これも厳密にいえば「無月の夜のまどい」である。襖を締め切ってその中で無月のまどいをしておるのを、「人々を入れて無月の襖かな」と言ったのは珍しい叙法とせなければならぬ。これは要するに「襖」というものを主人として、あたかも襖そのものを一個の活き物の如く見て、人々を座敷に入れたのも襖、きょうの無月を背負って立っているのも襖、というふうに叙したのである。すなわちかく叙さることによって、襖そのものが力強く人の眼に映るようになって、それを中心としてその中にいる人々もまた無月の夜の景情もすべて想像に任さることになるのである。

襖しめて人こぞりたる無月かな

というのと事実は同しであるが情趣は大変な相違である。

草庵に火を失したる野分かな　芳葩

これがどこが主観なのか、と定めて人々の不審を受けるであろう。まことにこれを主観句ということは無理かも知れぬ。しかし私はこの句を見る時に、どうも焼けつつある庵を想像するよりも、こういうことを句にした作者の主観の方に興味を感ぜずにはいられないのである。野分の夜に自分の庵が火を失するということは考えて見ても好ましくないことであるが、しかしこう句にされて見ると、何だかそれも潔いことのように考えられないでもない。ことにそれが人家の櫛比しているところに在るのでなくて、野中とか、山麓とかに在るのであると、ことにまたそれが名の如くまったくの草の庵であるとすると、野分の夜に火を失してたちまち烏有に帰してしまうところにかえって一つの面白味を覚える。

草庵に火かけて見んや秋の風　石鼎

というのは想も怪奇であり調も激越であるが、しかもかかることを句にして喜ぶところまで遡れば両者ともに似通ったところがあるように感ぜられるのである。

阿国

わざをぎの塗り駕入りぬ野分門　菖蒲夫

これは例の阿国歌舞伎の阿国を詠じたもので、わざおぎすなわち役者の乗っている塗駕が野分の吹く日にある家の門を入って行ったというのである。塗駕というと贅沢な艶な心持がして、女役者である阿国が乗っているのにふさわしい感じがする。この門はどういう門であるか、芝居小屋の門か、それともただの家の門か、察するところこれは権家もしくは富豪の家の門で阿国は召されて人眼に立たぬよう駕に乗って這入って行く様子を言ったものであろう。それも穏やかな静かな日でなくって野分の吹きすさむ日であるというところに阿国というような女役者と反対の調和があって面白い上に、人眼をよけて這入る駕であることが、そういう特別な日であるのにふさわしい心持がする。また今一つ野分門といったためにその門が小さい門でなくって堂々たる大きな門であるような心持がする。さてこの句の如き歴史的の句であってまったく作者の主観になったものであるが、それがあたかも当時の光景を眼に見た如く描き出したところに働きがある。これも畢竟(ひっきょう)作者が阿国というものの上に深い同情をもって自分が阿国になって仕舞ったような心持で詠じたものであろう。

三人の故郷の遠き蒲団かな　余子

これは三人の書生かもしくは遠く任地にある同僚か何かをいうたもので、三人が同じ部屋に布団を敷いて寝る、その三人とも現在自分等のいるところからいうと、遥かに隔(へだ)たった遠方に故郷があるというので、三人ともに郷里を同じくしていないまでも、いずれも遠くへ来てかく一緒に起臥(きが)しているその淋しい心持をいったのである。蒲団の中に寝ながら各々国のことなどを話しあっているような様子が想像される。が、ただその光景を叙したというよりも遠く故郷を離れて親しみあっている三人の淋しい懐(なつ)かしい心持をいうた方が主になっている。

百僧の愁（うれひ）の秋や逝（ゆ）く聖（ひじり）　茶の門

これはある一人の徳の高い僧が死んだ、そのためにその会下（えか）にある大勢の僧は愁いにとざされている、といったのである。愁の秋やといったために、その大勢の坊主のためには今年の秋が愁そのものである如く感ずるその心持が強く出ている。例えば、

聖（ひじり）逝（ゆ）いて百僧愁（うれ）ふ秋の風

などといったのでは、愁いの秋にいるような心持が十分に現われない。僅かの言葉の置き具合で余程主観の力が多くなっている。

秋風や任地いやがる友の立つ　義朗

これは秋の風の吹く頃、一人の友がある官職に任ぜられて出発して行く、その行先が辺鄙（へんぴ）な所であるとか、そうでなくってもその友達の気に入らない所であって、どうもあそこには行きたくない行きたくないと言いながら出発して行ったというのである。行きたくない所にでもやはり職務のために行かねばならぬというところに人生の余儀なき一面がある。秋風寒く人の心を吹くような情懐が覗（うかが）われる。

秋風や辺陬の任地に赴きぬ

などという句に較べると遥かに深味がある。

折檻の我口吃るきりぐ〳〵す　萍雨

学校の生徒とか、もしくは自分の子弟というようなものを訓戒する場合に、こちらがせき込んでいるためにすらすらと言葉が出ない、一口いっては吃り二口言っては吃るといったような様子で、その庭にはきりぎりすが鳴いているといったのである。これは必ずしもその吃る口つきときりぎりすの啼声を比較したというような訳ではないけれども、しかしながら他のものを配合したよりもきりぎりすを配合したという上に、どこやら音の上の調和があって、一層その吃る様子を明瞭ならしむる心持がする。例えば、

折檻の我口吃る秋海棠

などというような句に比べると、それはただちに明瞭に解せられるであろう。しかしこの句はその下五字の斡旋がうまいということをとくに取り立てていうのではない。折檻の我口吃るという十二字のうちに、折檻その物をあえて好んでするのではなく、

自らその事を憎み嘆くような心持が強く出ている、そこを十分に看取せなければならぬ。仮に、

弟を折檻するやきりぐす

などという句を作ったと仮定して見るとその句の浅薄なことはいうまでもなく、少しもそのうちに折檻する人の心持は出ておらん。

羽子板の重きが嬉し突かで立つ　かな女

これは女らしい句で、まだ年もいかない少女子が重い羽子板を買って貰って、早速それをもって友達等の仲間に這入った、しかし重い羽子板であるからただ提げているばかりで突かないで立っているというのである。重い羽子板を手でさげて立っている少女の様子を冷ややかに見たばかりではただそれだけに過ぎないのであるが、作者が女子であるということのために、その少女の心持のうちに立ち入って、それは畢竟羽子板が大きくて重いのがただ嬉しいのであると、洞察して云ったのである。

菊枯れて対座の人と離心持つ　かな女

これは冬になって久しく盛りを保っていた菊が終に枯れて仕舞った、その頃ある人

とむかい合って座っている、が自分はこの人とは到底長く一緒に居ろうとは思わない、早晩離れねばならぬとひそかに考えている、というのである。菊の花はほとんど百日ばかりも永い寿を保つものであってとくに晩秋を飾る花である。その菊の枯れた、ということは今まで、保ち堪えておった心の張りもなくなって仕舞ったような淋しさを覚える。これからは時雨や雪や霰などが続いて訪れて来る天地の寂寞があるのみである。今膝を交えている人とも久しく共にあったが、もう終に我慢がしきれなくなり、どうしても離れて仕舞おうというような淋しい心の状態にある。この対座の人は夫婦の関係にあるのか主従の関係にあるのか、事業を共にしつつあるというような関係にあるのか、いずれかは知らぬけれど、ひそかに心のうちで離れようと思いながら、まだ現状のままでいるところに反って人間としての遣る瀬ない淋しさがある。

亡児香魚渓此花を愛す

山茶花を砕きて磨りし硯かな　野梅

この句は前置にある通り自分の死んだ子供を悼む句で、その子の愛しておった山茶花をそのままながめているのではあきたらないのでそれを折り取り、折り取るのではあきたらないでその花を摘み取り、さらに摘み取るのではあきたらないでそれを硯の中へ入れて墨で粉々に磨り砕いて仕舞ったというので、子供を哀惜する激越な情が現われている。これはいうまでもなくただこういう事柄を叙したというよりもむしろ一篇の叙情詩である。

臼癖に杵の修理や日短き　諷軒

冬の日に杵の修理をすることをいったので、杵が曲がるか、緩むかしたのを修理するのであろう。その杵が曲がるか、緩むかするのも畢竟その臼に一種の癖があるためで、臼癖によって起こる杵の癖を修理するといったのである。杵といい臼というもまた無生の一個の道具に過ぎないのであるが、かく叙し来ってあるところを見ると、あたかも臼、杵ともに生きものでもあるかのような心持がして、臼には生まれながらの癖がある、その臼癖によって杵にもまた癖が出来たといったような心持で臼も杵も人間に近い生物であるかの如く叙してある。これがすなわち臼や杵に対する作者の同情で、親しみが出来ている。ただ冷ややかな客観的の叙写ということは出来ぬ。

鴛鴦の沓魔の穿き渡る古江哉　徂春

これはある古い江に交いの鴛鴦が浮いていて、それが此方の岸から、彼方の岸へ泳いで行った、ということを主観的に叙したものであって、古江であるためにそこには魔が住んでいて、鴛鴦はその魔の沓であって、魔はその鴛鴦の沓を穿いて此方の岸から彼方の岸に渡って行った。ただ人目に映ずるものは鴛鴦の沓のみであるから、人の目には鴛鴦が泳いで行ったように見えるけれども実は魔が渡って行ったのだというのである。単に客観の事実は、鴛鴦が水を渡ったというのに過ぎないものを、かく主観的に、理想的にいったところにこの句の生命はある。

天井を這ふ梁や榾の宿　　胡刀

榾火を焚いているような大きな山家などが想像せられるので、天井には横様に大きな梁が榾の煙に黒ずみながらも横たわっている、その梁を活き物の如く這うといったのである。かく梁その物が活き物の如く這うているということのために、かかる光景全体に一個の生命が吹き込まれたような心持がする。平凡陳腐な光景も、それが一、二の主観文字の斡旋によって新しき力をもって人に迫るようになることがある。主観文字の斡旋というのも畢竟、作者のその物に対する熱情が土台をなすものである。

算筆の恩を荷ひて出代りぬ　　拙童

子供の時分から奉公をしておって算盤を置くこと文字をかくこと、それらを初めとして種々恩義を蒙って人となったのであるが、今度ある都合によって暇を貰って出るようになったというのである。様々の世話になったことの中でも、一通りの商人として最も必要な算盤を置くことや文字を書くことを覚えたということがとくに著しい恩として、それを深く心の中に銘記して、その恩を高く双肩に担って出代わったというので、普通の人ならば、実際受けた恩もなるべく軽く考えた方が気楽であるものを、この男はとくにその恩を深く担って忘れまじと心に牢記するところに人柄が見えるのである。この句もまた「荷ひて」と云ったところに特別の主観の力を認めるのである。

火燵とも申しかねつゝ泊りけり　菊太

これはある所に泊めて貰って床も敷いて貰って寝る場合に、何時も自分は火燵をして寝るのであるが、見ると火燵がない、病弱の体には足が冷えて眠れないのであるけれども、さりとて厄介になる身の、まさか火燵をもして貰いたいとは申しかねつつ泊まったというのである。

火燵なき他所の布団に寝たりけり

というような句に比べると全く作者の心持を写す句になっていることが、一見してただちに了解せられるであろう。

河豚の灯に女の顔や大いなり　晩紅

これは大勢の人が集っている時の光景で、その大勢の男の中に一人の女が交じっている、灯のかげで見るとその女の顔が馬鹿に大きく見えるというのである。実際大きな顔でもあったのであろうが、河豚を食うような女であると思うと、その顔がことに大きく見ゆるというのである。昼間の日光で見る場合は幻覚も起こりにくいが、夜の灯の光では幻覚が起こり易い、そういうこともこの句をなす土台になっているのであるが、主としてその女を卑しみ、気味悪がるような作者の主観が「大いなり」という字を生みだしたのである。

灯の下に草摘みし今日の妹とあり　晩紅

細君と共に昼間摘草に行って、夜は灯火のもとに相対している時の感情を叙したのである。しかり感情を叙したのであって光景を叙したのではない。細君とどういうふうにして灯下に相対しているという客観の光景に興味を持ったのではなくって、昼間摘草を共にした細君と一緒に灯下にあるという、摘草その物から起こって来る懐かしい情緒の方に重きを置いて、この句は出来たのである。

比枝の尖りこゝに来て知る年賀哉　蒼玉子

叡山は京都から見ると丸っこい山であるが、八瀬大原の方へ行って見ると、尖の方が余程尖って見える。叡山は丸い山であると思っていたのにここに来て見るとこんなに尖っていると、初めて辺鄙の八瀬地方に年賀に行った時に知ったというのである。「こゝに来て知る」という、中七字の主観のために初めて尖った叡山に対した珍しみ、懐かしみというようなものが表われている。

元日の叡山尖る大原かな

などという句が仮にあるとして見れば、それに比較して原句の中七字が如何に働きを持っておるかということがただちに解るであろう。

書淫の目案に移すや鷹飛べる　曾左運

一生懸命に読書をしておった眼を、たまたまあげて山の方を見るとそこに鷹が飛んでいるというのである。それが他の鳥でなくって鷹であるというところに壮快な感じがある。今まで読んでおった書物が何であったかは解らぬけれども、決して淫猥な書物ではなくって剛健な思想の書物であったのであろう。その眼を案に移すと、打ち晴れた空に鷹が飛んでいる。それはじっと書物に没頭しているやや鬱した心持とはまったく反対に晴れ晴れした感じであると同時に、また一方には書中の雄健な思想が一羽の蒼鷹となって大空を翔りつつあるような心持もする。この句も単純な客観句といって仕舞うことは出来ぬ。

　縄の儘に灰生きてゐる火鉢かな　草子

これは藁灰を作ったような場合を想像するので、その中に縄の形を備えたままで灰になっているのがある。それを灰生きているといったところがやはり主観的の働きで、その藁の灰が、うねったように曲線をして、まざまざしく人目に映るその客観の光景がその主観の文字によって反って明瞭に描き出されているのである。

　打ちし蚊の逃げて我手の大いなる　子燕

体のそばへ蚊が来たので、それをはたと打ったところが蚊は逃げて仕舞った。その時に自分の手が馬鹿に大きく自分の眼に映ったというのである。うまく成功しないで蚊を逃がした時の馬鹿馬鹿しさ、腹立たしさ、間抜けさというようなものが、具象化されて大きな手になっているような気がするのである。前の「女の顔や大いなり」と同巧の句である。ポンチ画家がこの絵を描いたならば顔よりも大きいような愚鈍そうな手をかくであろう。

　芙蓉ほめて親しく居れば寺いやし　半美

ある寺に行ってその庭に咲いている芙蓉の花を大変美しいとほめながら親しく主僧と話をしていると何だかその寺を荘厳に思う感じが失せて、あたかも普通の人家の如き感じが出て来ていやしむような心持がするといったのである。芙蓉は寺にある花としては妖艶(ようえん)な花に属する。ことにそこに親しく尻を据(す)え込んで話していると寺らしき心持がなくなって来る。そこの心持を卒直に叙したのである。寺に芙蓉の咲いているというような、そういう光景を叙する考えは初めからなくって全然心持を叙した句である。

以上で前に掲げた三十句は一応略解を試みたことになる。

三

以上試みた三十句の略解を見ても解るようにただ眼で見たり耳で聞いたりしたものをそのまま写生しただけでは不満足で、何かその上にある主観の働きを加えもしくは主観の色彩を加味しないと不満足なような傾きが著(いちじる)しくなって来つつあるのである。この傾向には幾多の長所もあれば、幾多の短所もあることを忘れてはならないのである。これを大観していうと元禄(げんろく)時代でもやはり似よったような変化が自然と行われつつあったのである。七部集の中でも曠野(あらの)の句は素朴であって客観を叙するにしても主観を叙するにしても一気呵成的(いっきかせいてき)で、そこに余り繊細な苦心を費やさなかった。客観的の句の多いのはむしろ猿蓑の方であって――その猿蓑ですら明治の句に較べたら遥かに主観的であるが――曠野の句は主観的の句が多いのであるがその主観的の句ですらが一気呵成的で前に掲げた新俳句や春夏秋冬の純客観的の写生句の極めて単純素朴なのに似ている。それが猿蓑に進んで来ると、凡兆、尚白あたりの純客観句ですらがなお余程主観の陶治を経ているものであって曠野の主観句よりもむしろ遥かに主観的であるともいえるのである。いわんやその主観の句になっては一気呵成的の跡はほとんどなくって余程荘重、敦厚となっている。それがまた炭俵に進んで来ると余りに曲節を好み過ぎて――言いかえれば主観の色彩が強過ぎて――主観句、客観句共にいやにひねくれた俗っぽいものになって来ている。この三段の変化はすべてのものの進歩の上に必ず存するところであってすべての芸術の歴史は一々これを証明するのであるが、それかと言ってその炭俵の堕落が恐ろしいからいつまでも猿蓑に移らずに曠野に歩を留めていようというのは臆病なもののいうことである。のみならず幾ら踏み留まっていようと藻掻いても自然の大勢はなかなかこれを許さないで厭でも曠野は猿蓑に推し移るのである。

　そういうわけでわれらの俳句も子規居士の純客観主張の後をうけてようやく主観句時代に歩を踏み入れつつありながら無我夢中にそれを最善のものと心得てその欠点に気付かないでいることは非常に危険なことである。その注意すべき一、二項を今回は述べてみたいと思う。

第一は主観の真実なるべきことである。いくら主観句がいいといったところでそれが作りものや借りものであっては何にもならぬ。むしろ非常に厭味なものとなって仕舞う。例えばある一人の俳人が貧乏であるためにその貧に苦しんでいるような心持の句を作ってそれが面白いといったところで、富める人が貧乏の句を作ろうとするのは非常な誤りである。金持ちの人にあってはまた富ということの不幸や淋しさを必ず味わわねばならぬ。これは普通人の解することの出来ぬところであって是非その富める人に俟たねばならぬことであるからして、何も他の貧者の真似をしなくとも自分の境地は別にあるのである。これは極端な例であるけれども、しかしこれに似寄ったことは常に少なからず俳句界にあるのである。例えば運座の席上なぞで無闇にある言葉が流行することがある。ある一人の俳人が久しく山におったために杣という文字を使ってその句が評判がよかったというので、いつも運座の席上で杣という句が二、三句ないことはないというようなこともかつてあった。「生く」「ありにけり」という言葉などが一時流行したのも知っている人が多かろう。これらはそれらの句を作る人が初めてそういう言葉に逢着してその趣味に動かされたのにもよるであろうが、しかしそれにしても模倣のそしりはまぬかれぬ。模倣は借り物である、虚偽である、真実ではない。それもただ材料を借りるくらいなら大きな厭味もないが、その主観を模倣するに至ってはたちまち厭味を生ずる。造物者は二つの同じ物を造らぬという言葉をいつも私は思い出す。仮にも俳人である以上は、自分は他人の真似の出来ないある生まれながらの長所を持っていると自惚（うぬぼ）れる必要があると思う。これは豪（えら）くないのに自ら豪がれというのではない。他人の真似なんかしなくっても自分自身にはある特別な主観の色彩があるということを自ら認めることを勧（すす）めるのである。この自信さえあれば人を模倣しようなどという考えは起こそうとしても起こらないわけである。第一自分の懐の宝を棄てて他の宝を硝子窓の外から覗こうというのであるから非常に損なことである。

第二は客観の写生をおろそかにしないで、どこまでも客観の研究に労力を惜しまないようにすることである。前言った自分の主観の色彩を少し認めかけた俳人はもうそこに安心して仕舞って客観の研究を怠る弊（へい）がすこぶる多い。これは寒心すべきことである。燐寸（マッチ）も擦り合わさねば火が出ないと同じことであって、幾ら立派な主観を持っていても、それにぶっつかって来るいい客観物がなければ、その立派な主観は現われて来ないのである。鬱勃（うつぼつ）たる覇気（はき）を有しているものは何か大事件が眼の前に起こって来ると初めて自分の力を認めて働いてみる気になる。非常に優しい考えを持っている人は一茎（ひとくき）の草花に深い懐かしさを寄せる。主観は水底に沈んだ色であって、これを掻き廻すものは客観の事実である。だから我等は常に自己の主観に信頼しながら絶えず客観の研究を怠ってはならぬのである。ただ注意すべきことは、いくら珍しい客観の事実に出遇ったところで、それが自己の主観と抱合（ほうごう）せぬ種類のものであったならば、それは何の役にも立たぬというのである。客観尊重論者になるととかくそこの区別を忘れて、何でもかまわない眼に見た新しい事実でさえあれば、これを描写する価値ありとする。そこはわれらの著しく反対するところである。幾ら新しい客観の事実が見つかったにしたところで、わが主観と没交渉のものである以上それは何等の価値のないものである。それと反対に梅に鶯（うぐいす）というような陳腐を極めた客観の事実であっても、それに対してわれらがある新しい心の動揺を覚えた以上、そこには必ず一脈の生気があらねばならぬ。ここが客観論者とわれらとの立脚点の違うところであるが、それにしてもわれらは客観の研究を言葉を極めて主張したいと思う。如何（いかん）となれば、前言ったように自己の価値ある主観は、価値ある客観を俟（ま）って初めてその真価を発揮すべきであるからである。近来の雑詠の投稿などを見ると明らかに客観研究のおろそかにされていることが看取（かんしゅ）される。主観の方面は余程進んで来ているが、なまじいにその主観の色彩で一通りごまかし得るために客観の研究をおろそかにする傾きが多いのである。猛省すべきことであろう。

第三は前の曠野（あらの）や猿蓑（さるみの）を評した言葉の中にあった、**素朴とか荘重とかいう言葉を忘れてはならぬこと**である。同じ主観句でも言葉の巧みが表面に出ている句と、極めて純朴に言ってあって深い味わいが底の方に隠れているのと両方がある。これは共に価値があるのであるが、しかしながら素朴な句、荘重な句というのは後者に属する。猿簑が炭俵に堕落したような傾向は、わが党の最も注意すべきことであってややともすると軽浮になり、繊細になる弊が生じ易いのであるからして、われらは充分鐙を締めてかからねばならぬ。

第四は以上の各項に関連したことであるが、なるべく叙する事柄は単純であって深い味わいを蔵している句が一番好ましいことである。これは客観の描写の単純であるばかりでなく、その句の上に表われている主観の色彩も単純であって、しかも底深くには溢れるような主観味が蔵されていることを望むのである。これに反して句中に並べられた材料が多く、上っ面に出た主観の言葉のくだくだしいのなどは、一見複雑なようであって、その実浅薄なものである。かつても論じたことがあるように俳句は言葉の少ないものであるから、そこを利用して極めて簡単なことを叙して、しかも裏面に複雑なことをこめることが肝要である。短刀は長槍とは違って短く鋭いところが長所である。短刀を竹の先に結び附けて槍の代わりに使おうとするのは痴者のすることである。この単純論は別にこれを論ずる機会もあろうと思うが、しかし句を作る人は十分ここに意を留めて、俳句そのものを邪道に陥れないようにする心掛けが肝要である。

私がさきに第一期および第二期の雑詠に略解を試みてわが党の句は自ずから主観的傾向を帯びているということを論じたのは、実際の傾向を明らかにしたまでである。かかる句が絶対にいい句であるとして推奨した訳ではない。等しく主観的傾向の上に立っていても、その中に是非善悪を分かつべきである。その点において一般の注意を喚起して置く必要を感じたのである。

各人評に移るに先だち

往年子規居士は新俳句を鼓吹するに当たって、よくその新趣向を論じた。あるいは複雑といい、印象明瞭といい、中間未了といい、それらは古来なくしてわが新俳句の新趣向のもとに初めてあるものであるというようなことを好んで論じた。今私は旅先に在るので一冊の参考書も持たぬから当時の議論を詳しくここに引用することが出来ぬが、今記憶に残っているもの一、二をいえば、

赤い椿白い椿と落ちにけり　碧梧桐

という句の如きは落椿を詠じた句のうちで古来かつて見ざる印象明瞭の句である。すなわち白椿の樹下には白い椿の花がかたまって落ち重なり、赤椿の樹下には赤い椿の花がかたまって落ち重なっている。それをあたかも地上を白い色と赤い色とで塗り別けたように印象明瞭に描いている。

橋越えて郵便出しに秋の暮　虚子
行き過ぎて蝙蝠多し町外れ　同

という句の如きは、初めの句は、もし今までの俳人ならば秋の暮に郵便を出しに門を出るということだけを描いてそれで満足するであろうに、この句はさらに橋を越えて行ったということまで叙している。次の句は、町外れに蝙蝠がたくさん飛んでいるというそれだけの光景ならば普通であって古人のなお為し能うところであるが、それがどういう場合に見た景色かというと、用事があってある家を尋ねた時、その家が見当たらずにいつの間にか町外れに出てしまった、そういう場合であると言ったために新生面を開いておる。二句ともに複雑な句となっているのが新趨向である。また、

水酌んで氷の上に注ぎけり　虚子
宿借さぬ蚕の村や行き過ぎし　同

というが如き、注いでからどうした、すなわち氷が溶けたのか溶けなかったのか、また行き過ぎてからどうした、すなわち次の村に宿を見出したのか見出さなかったのか、そういう結果が叙してなしに中間末了のままを叙し去って平気でいるようなことは古人以外の新趨向である。とこういうふうにその頃われらの作句をつかまえて、当時の

新しき趨向と見るべきものを常に推挙することを怠らなかったのであった。

今私が以上のことを突然ここに持ち出したのは、居士がかく推挙を怠らなかったことを改めて諸君に告げ知らせたいためではないのである。実はかく推挙しながらも居士は常に次に陳(の)ぶるところの一事を決して忘れなかったことをとくに諸君に告げたいがためなのである。何ぞや。曰(いわ)く。新趨向は新趨向である。しかし新趨向だからこれらの句を必ずしもいいとは言わないのである。善悪の論は別に在るべきである。すなわち新趨向の中にもいい句もあれば悪い句もあるのである。とくに新趨向と取り立てていうべからざる句のうちにもまたいい句もあれば悪い句もある。その区別をしないと、新趨向の句であるからただちにいい句と解釈する恐れがある。ということであった。

このことは居士の著書の中に在ったか、あるいは居士の口話であったか記憶が朧(おぼろ)であるが、いずれにせよ、居士がこういう考えの上に立って常に俳句界を率(ひき)いてゆくことを怠らなかったことはこの際特に諸君に告げて置く必要があると思うのである。碧(へき)梧桐(ごとう)君が新傾向を鼓吹して沈酔(ちんすい)せる俳壇を覚醒(かくせい)しようとしたことは、かつても言ったようにその志(こころざし)は諒(りょう)とするところであるが、以上陳(の)べたような子規居士の如き用意を欠いておったために遂に今日の結果に陥ったのであろうと思う。否(いな)碧梧桐君ばかりでなく見渡したところ文芸界の新傾向論者は皆この点の用意を欠いておる。一時は天下を席巻するような勢いがあるにかかわらず、たちまち大勢の反動に逢って秋風落日の観を為すものはみなこの用意を欠いておるためである。

　私は当時の居士が新趨向を論ずる場合に碧梧桐君や私の句を主として引き合いに出し、とくに推重する傾きがあったにかかわらず、私はそれらの自分の句を余りいい句とは思わず、むしろ自分のいいとする句は外に在るように思ってよく居士に反問したのであった。それがこの居士の意見を聞き知るに至って初めてその用意のあるところを看取し俳句界を率いてゆく人の苦心を了解し得たのであった。時代時代の新趨向を明らかにしてゆくことを怠ればたちまち俳句界は沈睡する。為政者が人心を倦まざらしむることをもって第一の要義とするのと同じことである。けれどもただ新趨向を讃美することを知って句の善悪をただちに新旧の標尺によってのみ断じようとすると俳句界はたちまち惑乱する。最近の碧梧桐君の新傾向論の如きがそれである。若輩な政治家の失敗も多くここに基因する。私はかかる俳句界の惑乱を喜ぶことは出来ぬ。惑乱の結果は絶望となり疲労となる。沈睡せる俳句界を鼓舞せんとする当初の志はかえってまた疲労の極、沈睡以上の死滅を誘引せねば止まぬことになるのである。

　私はかつて一度守旧派なりと大呼した。これ惑乱し絶望せる俳句界を沈静せしめ安心せしめんための応急の叫びであったのである。どうして旧株を墨守する事のみをもって文芸の第一要義とすることが出来よう。俳句界の人心をして倦まざらしめんためには常に新趨向に着眼してこれを闡明し鼓舞することを忘れてはいかぬ。まずわが徒の俳句が子規居士以来の客観趣味よりようやく主観趣味に移りつつあるこの趨向の大波を挙揚し闡明するが如きも畢竟ここに基づくのである。しかしながらかく言えばとて、主観句に非ざれば俳句に非ずとは言わぬのである。新趨向を代表せる句をもって必ずしも好句なりとは断言せぬのである。俳句界の新趨向はと問うものに対しては主観的と答うると同時に、わが俳句界にはかくかくの高材逸足の士ありて各々自らその道を拓きつつあると答えようと思う。ある一人の句の趨向を験ぶる場合にはそこにいわゆる新趨向に合致するものもあろう、またこれに逆行するものもあろう、あるいはまたさらに没交渉なものもあるであろう。それらは必ずしもその人の句の価値に影響しないのである。要は個人個人の句の真価を明らかにして、そこにその人々をして適従するところを知らしむるに在る。

ある小さい主張のもとに強いて多くの人を推し込めようとするのは愚かなことである。小さい虫けらでも各々異なった方向に歩む。名もなき草花でも各々違った色と形とを具備している。各々の俳人をしてその生まれ得たままの違った方向に歩ましむることはすなわち各々の俳人をしてその処を得せしむるのみならず俳句界全体をして鬱然として繁茂せしむる所以である。

渡辺水巳

渡辺水巳君は省亭画伯の息であって、父君の愛護の下に衣食の道に窮迫したような苦痛は一度も嘗めたことなしに今日に来ている。三十幾歳の今日でも自ら稼いで自ら食わねばならぬという差し迫って生活上の難儀にはまだ出逢わないのである。けれどもその家庭は平和でありながら普通の家庭とはやや異なっていて、今日は慈母を亡くし一人の妹君と父君の膝下を離れて淋しく暮らしている。父君の溢るる如き愛は一貫して変わるところはないけれども水巳君の主観の上にある淋しい影を投げているものはこの家庭の事情ではないかと思う。親思い妹思いの水巳君は父君の喜び妹君の喜びが何よりも自分の喜びである。「あれは大変父が喜んだ。あのことは非常に妹が喜んだ。」ということはしばしば私の耳にした言葉である。今でも独身である水巳君は妹君の大切な愛護者である、妹君はまた水巳君の唯一の慰藉者である。水巳君はまた我がままに育てられ愛撫されたいわゆる我がままっ子である。自分の少しでも嫌いと思うものにこちらから一歩を譲って附き合うということなどは思いもよらぬことである。

そういう点において極端な潔癖家である。本当の江戸趣味が判らずして江戸っ子がるものなどはことに君の指弾を免れないのである。田舎ものも嫌いである、西洋かぶれも嫌いである。自分の解しない点に立脚しているもの、ならびに自分の解している点に半可通なものは共にことごとく虫唾が走るのである。

水巴君は自分を慕って来たものは非常に熱愛する。その代わり、こちらの思う程先方の慕わぬことが判った場合その鋭い神経は容易に仮借しないのである。水巴君の方から先輩になついて行く場合でも同じことである。水巴君の方から十の心をもってなついて行くのに先方が十の心をもって応えてくれぬというようなことはその得堪えぬところである。ことにそれができはき行かねば合点が出来ぬのである。響きの物に応ずるが如く来ねば不満足なのである。

水巴君は物事を大概にして置くことの出来ぬ人である。その一、二の例を挙げて見よう。水巴君がさかんに私に俳句を見せておった頃は同君は綺麗に清書した草稿を送って来てその選を私にせよという。選をしてかえすと、また綺麗に清書したものを送って来てもう一度選をせよという。それは以前見せた草稿のうちで一点以上に取った句をもう一度私に選めというのである。仕方がないからさらにその内で等差をつけてかえすと、今度は妹君が車で駆けつけて来て、その好句としたもののうちでもう一度選をせよという、そうしてあれではいかぬ、もっと厳選をしてくれという。そんなことで私は水巴君の同じ句を三度も四度も選をしたことを覚えておる。そこまで行かなければ水巴君は満足が出来ないのである。今一つの例は最近に虚子句集の選を依頼した時、同君はそのために浜町の家から丹後町の家に引き移りそこで数十日を費やし、幾度ということなく点験し、句の意味の判らぬものは一々私に問いただし、清書も自分でし、一頁に乗せる句の数から割り出してなるべく一題が二頁に渉らぬように題を排列し、丁度原稿紙一枚が書物に印刷して一頁になるように拵え、校正も自分でし、すべてに全力を注いであの書物を拵え上げてくれたのであった。ただ私が、二、三頁を試みに組ませて同君の校正を経た上全体を組ますことに約束して置きながら、それを失念してしまって、いきなり全体を組ませたため、大分同君の意思に背くものが出来上がったらしく、それを私は恐縮しているのであるが、それにしても同君は同君の力の及ぶ限りを傾注してくれたのである。

　水巴君は病弱である。いつも寝ているというような病人ではないけれども絶えず頭が病ましいようである。ことに酒を飲むと一層あとが悪いようである。一旦酒を飲むと平生の鬱憤がほとばしり出て、巻舌で啖呵を切るようなこともある。そういう場合は英気颯爽たるものであるが、酒がさめてしまうと陰鬱な沈黙に戻る。しかしながらそれは一旦感情の激発した時であって、平生は温厚なる優男である。鋭敏な神経は絶えず眉宇の間に閃いているけれども決して漫に争いを好むのではない。疳癪が抑え難くなれば静かにその場を避けてしまうばかりのことである。

水巴君は芝居には格別の趣味を持っている。もとよりそれは団菊などを中心とした新富、歌舞伎の大歌舞伎趣味である。帝劇などは恐らくまだ一度も門をくぐったことはあるまいと思う。自ら弁天小僧くらいは遣(や)るのである。

以上は私の見聞した水巴君の境遇性癖の概略を叙したのであるが、これらを明らかにして置くことは同君の句を解釈する上に重大なことと考えるからあえてここにこれを陳(の)べたわけである。あるいは余計なことをいうと同君の怒りにふるるかもしれぬが、私が同君の句を玩味するには常にこういう同君の性癖境遇を背景に置いての上のことである。自然その句に対する評論をしようと思うにはこれくらいのことは言って置かぬとその意が通じないのである。

水無月(みなづき)の木蔭によれば落葉かな　水巴

句意は、六月頃の真夏にある木の蔭に立ち寄ったところがはらはらと落葉がして来たというのである。が、深く味わっているとこの句はそういう客観の事実を叙した外にやさしい作者の主観が出ていることを気づくようになる。どうせ真夏のことであるから木蔭に立つという以上、日蔭を選(よ)ってそこに立ったものとは考えられるけれども、それが炎天(えんてん)とか日盛りとか言わずして水無月と言ったところにすでに作者のある主観がある。水無月の木蔭という言葉は炎天の木蔭というよりも客観性が余程少なくなって来ている。炎天の木蔭というと暑い日の照り渡っている大樹の下ということがすぐ想像がつくが、水無月の木蔭というとそれ程適切に客観の光景は浮かんで来ない。その代わり卯月とか文月とか葉月とかいう言葉が一種のやさしみ、なつかしみを以て人に迫るようにやはり水無月という言葉が、六月という意味を運ぶ外に別に一種の情緒を伴っておる。またその時はらはらと落葉がして来たということもただ偶然の事実をつかまえたといえばそれまでであるが、「によれば」という文字などから自然に、作者はこの木を有情のものと見て、作者がその木蔭に立った時その木は情あるが如く落葉を降らして来たとそう観じたのである。すなわちこの情懐が炎天とか日盛りとか言わしめずして水無月といわしめた所以でもあるのである。なおこれは余事であるがこの木は常磐木と見るも然らずと見るもいずれでも差し支えないことと思う。夏の落葉であるから強いて常磐木と見ねばならぬという理由はないと思う。

かく無情のものを有情に見ることは水巴君の句を通じて最も顕著なる特色の一つである。なお一、二の例をいえば

窓に月のありけり雛は既に知る　水巴

櫛買へば簪がこびる夜寒かな　同

落葉して汝も臼になる木かな　　同

の如き句が先ずその著しいものである。

「窓に月」の句は、雛を飾った一間の日暮方の光景で、いつかもう月が出て、それが窓から見えることを雛は先に知っておったろうが、自分は気がつかなかったと言ったのである。何も雛が先に知っているわけはないけれどもそれを一個の生物と見てかく想像して言ったのである。

「櫛買へば」の句は、秋の夜寒の店頭に立って櫛を買った、ところがその傍にある簪が、自分も買ってもらいたいようなふうをして人に媚びておる、というのである。これも簪が媚びるのでなく、その実は人の方があの簪も美しいと見やったのであるけれども、その情を簪に寄せて簪の方が人に媚びておると言ったのである。やはり簪を生物の如く見たのである。

「落葉して」の句は、ある大木が落葉して、葉の茂っている時でも大きく見えた幹が落葉していよいよ大きく見えるようになった。その木を人の如く見て話しかけたので、お前もそのうち切られて臼にされるのだよ、と言ったのである。擬人法は無生のものを有生のものの如く見るのと、動植物の類を人間の如く見るのと二通りある。この句は後者に属するのである。

以上三句の如きは、前の「水無月」の句などよりもさらに明白に無情のものを有情のものと見た句であるが、かくまで明白に叙してなくっても、

立ち去れば水も淋しや谷の梅　水巴
日輪を送りて月の牡丹かな　同
蓮台に牡丹も越すや大井川　同
芭蕉葉を延べて事無き天地かな　同
秋晴や岬の我と松一つ　同
笠干せば蜻蛉なつかし旅戻り　同
道の辺に暮るゝ野菊と我とかな　同

の類も皆冷ややかなる客観の叙写では無くて、自然物をあたかも生物の如く見た心持が十分にある。また、

花鳥の魂遊ぶ絵師の昼寝かな　水巴
神の魚族日々に釣らるゝ霞かな　同
山百合に雹を降らすは天狗かな　同

　　山神の御遊にふれそ月の人　　同

の如き句は、花鳥に魂がありとしたり、魚類を神の族としたり、雹を降らすものを天狗としたり、山神が月明の夜に遊んでいるとしたり、すべて自然界にある精霊を認めたようの傾きのあるのも、やはり前の無生のものを有生のものの如く見るのと同じ傾向とせねばならぬ。

　水巴君は前に言ったように酒でも飲んだ時は気焔をあげたり、菊五郎の声色を使ったり、時には素人芝居くらいやらぬことはないけれども、どちらかと言えば、田舎者の跋扈する、西洋かぶれの横行する、半可通の江戸ッ児の多い、贋物の多い、こちらが十の心をもって行っても向こうは十の心をもって返さぬ、そんな人間社会よりも、こちらの情をそのまま受け入れてくれる、少しも抵抗もせず気障な処もなく、広い懐で人間を抱き入れようとするような自然界の方が好きに相違ない。水無月の木蔭に立ちよれば木はただちに我に応えて落葉を降らす、そこに水巴君の慰藉もあれば安心もあるのであろう。親思い妹思いではあるけれども、ある意味においては親よりも妹よりも自然物の方により多くのなつかしみを見出すのであろう。これらの句はそこの情懐から生まれたものと思わるるのである。

冬山やどこまで上る郵便夫　水巴

いづこまで臼こかし行く枯野かな　同

こういう句を見ると、やるせのない心細げな作者の心持が直ぐ受け取れる。木も枯れ石も冬ざれている山路を郵便夫が上って行っている、家といったところでただところどころに一軒か二軒かほかかない模様であるのに、郵便夫はなおだんだんと山路を上りつつある、あの郵便夫はどこまで上るのであろう、職業とは言いながら僅か一本か二本の郵便を届けるために際限もなく山路を上りつつある郵便夫に同情して、まアどこまで上るのであろう、とその単調な行為の果てしがないようなところにある淋しさを覚えた点がこの句の生命となっている。次の「臼こかし行く」の句も同じことで、一人の男が臼をころがしながら他にこれというものもない枯野の中の道を行っている、全体どこまであの臼をこかして行くのであろうと、その果てしないように見える、単調な行為の上にあるやるせないような淋しさを覚えた点がこの句の生命となっている。郵便夫も、いずれ遠からぬうち目的の郵便物を配達して山を下るのであろうし、こかし行く臼もそのうちある家に達して用を果たすのであるということは、十分予想の出来ることであるけれども、それをどこまで際限もなく連続するのであろうかといったところに作者の主観の色が強く出ている。

つゝましき蚊帳(かや)の人やな月を見る　水巴
夜(よ)濯(すす)ぎの心やすさよ飛ぶ螢(ほたる)　同
情ありて言葉少なや月の友　同

これらの句を見ると、けばけばしいことを好まぬ、つつましやかな作者の性質の一面がうかがわれる、少なくとも作者はこの句に現われた如きつつましやかな人の状態を好きこのむのである。

行水のわれに月古(ふ)る山河かな　水巴
秋風や机の上の小人形　同
庭見せて僧又とざす秋の雨　同
木(もく)犀(せい)や家風になれて静(しつ)心(ごころ)　同

これらの句もやはり作者の静かなおとなしい一面が出ていて、これらの句を見ると左程ものに激するというような激越(げきえつ)な傾きはどこにも見られないのであるが、しかし静かに自己の運命に安んじて波のない池の水のような心持で常にこの作者はあるのかというと、それは決してそうでない。

人の船に鯊釣るゝ見て午餉かな　水巴

この句の如きは如何にも平らかに事柄が叙してあるにかかわらず、午餉をとりながらも、よその船のしきりに鯊の釣れるのを見てややじれるような騒立つ心持が現われている。

病めるさまの荷持を返す芒かな　水巴
激論をして別る丘の落葉かな　同
颪に去る失意の友や丘落葉　同
水鳥の江や行くとなき愁人　同

病めるさまの荷持を返すのは、人の病気をいたわるのに過ぎないので、自分の心の憂いというべきものではないけれども、かかる人事の煩いは常にこの作者の心を痛ましめる傾きが多いようである。激論の句や、失意の友の句なども同じことであって、失意の友は、友自身の憂いに過ぎぬのであるけれども、それがあたかも作者自身のことのようにその憂いとなるのである。激論の句になると、相手の人のみならず、作者自身もまた心の静平を破られた場合である。水鳥の句にいたるとまったく愁人としての自分自身を描いたもので、あたかも屈原その人の如き心の破れを繕いかねた情懐を詠じたものである。

けれども大体からこれを見ると、この作者はいつも自分を持ち扱いかねているというような激しい心の動揺はないようであって、彼の水無月の木かげに倚って、その落葉に慰藉を見出すような、自分で自分を慰めようとするつつましやかな、おとなしい心持は、これらの句の上にもつきまとうていて、真に激越の調というようなものはなしておらん。君が酔っぱらって啖呵を切るような調子はその句の上にはほとんど表われていない。むしろ平常の無口な静かな本来の性質が円く穏やかにその句の上に現われているようである。

雨来ぬと灯を掻く妹や桜餅　水巴
芝居町行遇ふ人も袷かな　同
櫛買へば簪が媚びる夜寒かな　同

こういう句を見ると直ぐ水巴君の句が脂粉に満ちた句だと解釈する人があるかも知れぬが、しかしその脂粉もあくどい色のものではないことを注意しなければならぬ。自ら素人芝居の勘平くらいをやったり声色を使ったりする同君としては、むしろそういう臭気が句の上に現われることの少ない方である。ただ武士の長刀を横たえ、禅僧の鉄如意を振るうような颯爽たる趣や枯淡な風格はどうも君の句には欠けているようである。これが一部の人からあきたらずとせられ、全体の句に女性的な傾きがあると認めらるる所以（ゆえん）であろう。豪壮趣味、枯淡趣味は正（まさ）しく君の句に欠くるところであるけれども、それは少しも君の句の長所を煩わすに足らぬことである。欠くるところは欠くるところ、長所は長所、それは別問題である。

大濤（おほなみ）に沈む日も見ず田打かな　水巴
領土出れば身に王位なし春の風　同
日輪を送りて月の牡丹（ぼたん）かな　同
蓮台（れんだい）に牡丹も越すや大井川　同
僧兵の庭に屯（たむろ）す牡丹かな　同
芭蕉葉を延べて事なき天地かな　同
館（やかた）出でゝ吹雪（ふぶき）に消えし奴（やっこ）かな　同
大雪や還啓（くわんけい）延びて里灯（とも）る　同

これらの句は比較的壮大な材料、もしくは心持を詠（うた）ったものである。けれどもこれらの句でもただいたずらに厖大なというではなくって、どこまでも気の利いた、ぬかりのないところがある。田舎者がだぶだぶした着物を着ているような趣ではなくって江戸ッ子が頭の先から足の先までそつのない着こなし振りをしているという趣がある。そうしてそれがかえってこれらの句の壮大な趣をそぐようになっているのは是非もない。

水巴君の句の特色は前に述べたようにその生活もしくは境遇などから来るある主観にあることは相違ないことであるけれども、しかしその主観の色彩の強いものが、必ずしも好句ということは出来ないのであって、その色彩の薄い、純客観句に近いもののうちに好い句が少なくないことは注意しなければならぬ。例えば、

提灯にほつ〱赤き野萩かな　水巴
草花に只日の当る田舎かな　同
酒さめて勿来を急ぐ芒かな　同
旅人に鮹茹であがる霙かな　同
葛水やかんばせ青き加茂の人　同
秋風や机の上の小人形　同
障子しめて木々に風あり秋の雨　同

の類がそれである。

これを要するに水巴君はある一面において他人の追随を許さぬ一家の調をなしている。けれども奔放自在というように種々雑多に異なった種類の句を作るということはその長所ではないのである。これは必ずしも咎むるには当たらぬことであるけれども前言ったようにそのとくに欠けている枯淡とか豪壮とかいう方面にさらに一境地を開くことが出来たならば君の句風はいよいよ大をなすであろうと考えるのである。

村上鬼城

村上鬼城というはすでに旧い名前である。『新俳句』を読んだ人はすでに鬼城という名前に親しみを持っていねばならぬ。ひとり俳句のみならず、ホトトギスの早い頃の写生文欄に鬼城の名前はしばしば現われている。それがしばらくの間、句にも文章にも余りその名を見なかったのであるが数年前高崎に俳句会が催されて鳴雪翁と私とが臨席した時、その席上に鬼城君のあることを私は初めて知った。実はその会に列席するまで、この日鬼城君に会おうということは格別待ち設けていなかったことで、私は鬼城君が高崎鞘町の人であることを十分承知していながら、この席上に同君を見受けようとは予期しなかった程、私はその頃同君を頭に止めていなかった。というのも畢竟同君の名をその頃ホトトギス誌上に見ることが稀であって、同君は同じ時代の多くの俳人の如く今はもう俳壇に気を腐らして、ホトトギスも見ねば俳句も作らずにいるというような状態にあるのであろうと予想していたのであった。ところがこの日地方で社会的地位を保っている多くの人とかもしくは衒気一杯の青年俳人等が我が物顔に振る舞っている陰の方に、一人のやや年取った村夫子然たる人が小さくなって坐っていた。それが初体面の鬼城君であった。その時は別に運座があったわけでもなく課題を二句ずつ持ち寄ったのを鳴雪翁と私とが選抜するのであったが、その時私の手に取った句が計らずも鬼城君の句であった。僅か一人二句宛の出句であるから十分に同君の手腕を認めることも出来なかったけれども、その二句共にやや群を抜くものであることはただちに了解された。その時俳話をせよとのことであったので、私は何かつまらぬ事をしゃべった。大概忘れて仕舞ったが、ただこの地方に俳人鬼城君のあることを諸君は忘れてはいかぬというようなことを言ったことだけは覚えている。その後私等は席を改めて会食したその中に鬼城君も見えた。鬼城君が不折君以上の聾であることをこの夜初めて知った。同君は極めて調子の迫ったような物言いをしながら、こんなことを言った。

「どうも危なくってとても人中へは出られません。ちっとも耳が聞こえないのだから、人が何を言っているのかさらに解らない。どうも世の中が危なっかしくて仕方がない。今夜のような席に出たことは今日がはじめてである。」とそんなことを言って笑いもせずにまじまじと室の一方を視詰めていた。

その後同君の句を見る機会は非常に多くなった。ひとり高崎の俳人仲間で頭角を現わしているばかりでなく、雑詠の投句家としても嶄然として群を抜んでていて、今の若い油の乗り切っている俳人諸君と伍して少しもヒケを取らぬばかりかさすがに多年練磨の跡が見えて蔚然として老大家の観を為しておる。

もし同君を見て単に偏狭なる一畸人となす人があるならば、それは非常な誤りである。同君が高崎藩の何百石という知行取りの身分でありながら、耳が遠いということのために適当な職業も見つからず、僅かに一枝の筆を力に陋巷に貧居し、自分よりも遥かに天分の劣っていると信ずる多くの社会の人々から軽蔑されながら、じっとそれを堪えて癇癪の虫を嚙み潰しているところに、溢れる涙もあれば沸き立つ血もある。しかし世間の人はそれを了解するのにあまり近眼である。

ある時同君は私に次のような意味の手紙をよこしたことがあった。

「人生で何が辛いと言ったところで婚期を過ぎた娘を持っている程苦痛なことはない。自分は貧乏である。社会的の地位は何もない。そうして婚期を過ぎた娘を二人まで持っている。私はそれを思うたびにじっとしていられなくなる。かと言ってどうすることも出来ない。いくらもがいたところで貧乏は依然として貧乏である。聾は依然として聾である。今日も一日の労働を果たして家へ帰って来てこの二人の娘を見た時に、私の胸は張り裂けるようであった。私はもうじっとしていられなかった。……」

同君の眼底には常にこの種の涙が湛えられている。同君はただかりそめに世を呪い、人を嘲るような、そんな軽薄な人ではない。同君の写生文が常に刺のある皮肉な調子のものであるがために同君を衒気横溢の人であると解釈するのは皮相の見である。同君の皮肉は、その忠直なる真面目の心からほとばしり出るのである。その人を刺すような刺の先には一々暖かい涙の露が宿っている。同君が婚期を過ぎた二人の令嬢——もっとも今日では芽出度く片附いておられることと想像するが——に向かって注ぐところの涙は、やがて禽獣草木に向かって、時には無生の石ころに向かってすらも注ぐところの涙となるのである。同君の句を読むものは、不具、貧、老等に深い根ざしを持っていて、憤りも悲しみも嘆きも乃至慰藉も安心も、すべてそこに出立していることを明らかにするであろう。

世を恋ふて人を怖るゝ夜寒哉　鬼城

「世の中が危なっかしくて仕方がない」と言った同君の心持はその時の言葉以上に深く強くこの句に現われている。同君が世の中に出ないのは人を怖れて出ないのである。世を厭うて出ないのではない。同君が世間の人を怖るるのは世間の人が皆聾でないからである。世間の人が皆聾であったならば、同君は大手を振って、人に馬鹿にされず人に圧迫されずに大道を濶歩することが出来るのである。ただ世間の人が皆よく聞こえる耳を持っている。そうして耳の遠い聾者や眼の見えぬ盲者などを、軽蔑する獣性を持っている。同君が人を怖るるのはそのためである。あたかも人間が人間以上の武器──爪とか牙とか──を持っている猛獣を怖れるのと同じような心持である。そこで何彼につけて尻込みをして人中に顔を出さずにいると近眼な世間の人は直ぐ畸人だという一言のもとに軽くその人の心持を忖度して仕舞う。そうして自分等の住んでいる世間とはまったく没交渉な人のように解釈して仕舞う。何ぞ知らん鬼城君の世間を恋い慕う心持は普通の人間以上であって、普通の人間以上の熱い血はその脈管の中に波打っているのである。この熱情はある時は自己に対する滑稽となり、ある時は他の廃人もしくは人間よりも劣っている生物等の上に溢れるような同情となって現われるのである。

耳聾酒の酔ふほどもなくさめにけり　鬼城
春の夜や灯をかこみ居る盲者達　同
痩馬のあはれ機嫌や秋高し　同
己が影を慕ふて這へる地虫かな　同
冬蜂の死にどころなく歩きけり　同
夏草に這上りたる捨蚕かな　同

耳聾酒というのは社日に酒を呑むと聾が治ると言う言い伝えからその日に飲む酒を

耳聾酒と言っている。そこで自分も聾だから、その耳聾酒をのんだが、ぱっと酔うたと思う間もなく醒めて仕舞ったというのである。初めから耳聾酒で聾が治るというようなことにはそう信用も置いてはいない。けれどもそういう言い伝えがある以上ともかくも飲んで見る気になって飲んだ。一時ぱっと酔った時は好い心持であったがたちまち醒めて仕舞って、もとの淋しい聾に戻って仕舞った。そのはかない酔いに軽い滑稽を感ずる。同時にまたその酒を飲んでみる気になって飲んだ自分に対しても軽い滑稽を感ずる。この「耳聾酒」のような句を読んでただ軽みのみを受け取る人はいまだ至らぬ人である。この表面に出ている軽みの底には聾を悲しむ悲痛な心持が潜在しているのである。

「春の夜や」の句は聾者が盲者に寄せた同情の句で、春の夜の長閑な心持を味わうのは必ずしも健康な人に限られた訳ではなく、不具の人もまたこれを楽しむのである。少なくともこれを楽しもうとする欲望は十分にあるのである。眼の見えぬ盲者に灯は必要のないことであろうと考えるのは普通の人の考えであって、やはり春の夜らしく灯を置いたもとに盲人達は団坐して楽しげに語りつつある。その楽しげに語りつつあるということのうちにかえって淋しみがある。盲者が灯を囲んでいるということは一つの矛盾で滑稽である。この句も表面には滑稽の味があって裏面には心の痛みを隠している。

「瘦馬の」の句は廃人に対する同情が、動物に及んだものであって、馬も肥え太ったものであればあたかも世に時めく人のようにいわゆる天高く馬肥えたりという時候に高く嘶いているのを見たところで、それは当然のことで別に人の注意をも牽かない。少なくともこの作者はそういう肥馬に対してはあまり同情はない。ところがこれは瘦馬である。それがやはり他の肥馬同様、秋になって空の高く晴れた時分に好い心持になって機嫌よく働いている。――瘦馬には不似合な重い荷物を運んでいる。――へとへとになって疲れ切っているとか、もしくは不機嫌で打たれても撲られても動かずにいるというふうなのならば、同じく癈馬の憐れむべきところを見出すにしても、最早疲れ切って用をなさなくなるとかあるいは不貞腐れて馬子の意に背くとかそこに人間に対して有意もしくは無意の反抗がある。ところがこの句に現われた瘦馬はそんな反抗心は少しもない。分不相応な重い荷物を引かされながらも、秋の好い時候にそそのかされて、ただ好い機嫌で働いている。そこにかえって疲れ切った馬もしくは反抗する馬に比べて一層深いあわれがある。瘦馬が好い機嫌でいるということはちょっと聞くとそれも軽い可笑しみを感ずるのであるが、その底には沈んだ重い悲しみがある。この瘦馬に対する格段な作者の同情はやがて作者自身に対する憐憫の情である。

「己が影」の句は、冬の間久しく地中に籠っていた地虫がいわゆる啓蟄の候となって地上に出て来た、そしてよろよろと地上を這っている、その時の光影を描いたものであるが、今まで久しく地中にあったものが久し振りに地上に出て暗い所から明るい日光の下に出たのであって何となく心細げである。それでこの虫は地上に映っている自分の影を慕うて歩いている。太陽は地虫の這って行く方向と反対の側にあるために、地虫の影は常に地虫に先だって映って行く。小さい穴の中から空漠たる地上に出て何もたよるもののない地虫はただ己が影をたよりに這って行くというのである。地虫はただ無心に這う。地虫の影は地虫が這うために無心に動く。それに対して作者の深い同情は「慕うて」という意味を見出すのである。この作者がその蝸牛の廬を出でて広い往来を歩く時には往々かかる考えを起こすのではあるまいか。たとい往来を歩く時にかかる考えを起こさないにしても、こういう心持は平常何かにつけて作者の心の奥深く醸成されつつあるのであろう。

「冬蜂」の句は、前の「地虫」の句と似寄ったところもあり、反対なところもある。地虫は籠居していた穴を出てこれから自分の天地となるのである。たとい穴を出た当時は心細げに己の影を慕うて歩いていても、ゆくゆくはそこを自分の天地として横行闊歩するようになるのである。ところがこの句の冬の蜂の方は、もう運命が定まっていて、だんだん押し寄せて来る寒さに抵抗し得ないで遅かれ速かれ死ぬるのである。けれどもさてどこで死のうという所もなく、仕方がなしに地上なり縁ばななりをよろよろとただ歩いているというのである。人間社会でもこれに似寄ったものはたくさんある。否人間その物が皆この冬蜂の如きものであるとも言い得るのである。

「夏草に」の句はやはり作者の同情が昆虫の上に及んでいる一例で、例えば桑が足りないとか、もしくは病が出来たとかで昨日まで飼って置いた蚕を人はどこかの草原に打棄った。ところがその蚕はその辺の地上に散らばって各々食物を探して歩いている。その中に若干の蚕はそこに秀でている夏草の上に這い上ったというのである。この句には「己が影を慕ふて」とか「死にどころなく」とかいうような主観詞は別に用いてなく、ただ客観の光景が穏やかに叙してあるばかりであるが、それでいてどうすることも出来ぬこの蚕の憐れむべき運命の上を痛み悲しんだ作者の心持は十分に出ている。

五月雨や起きあがりたる根無草　鬼城

小さうもならでありけり茎の石　同

作者の同情が動物のみならず植物にまで及び、生物のみならず無生物までに及ぶ一例としてこの二句を挙げる。「五月雨」の句は刈り取られたか引き抜かれたか、とにかく根のなくなった草が地上に打ち捨てられてあった。それが五月雨が降るために、今まで萎れてそのまま枯れようかと思っていたのが、意外にも頭をもたげて起き上がって来た。それを見た時に作者は憐れを催して、この草は生き返った如く、かく頭をもたげはしたが、それは降りつづく雨の間のことで、雨がやんで日が当たったらたちまち枯れて仕舞わなければならぬものだと、かえって一時かりそめに起き上がったところに深い憐れみを持ったのである。

「小さうも」の句は、古く用い来った茎の石は別に小そうもならずにいる。と言ったので石が小さくならぬのは当然のことであるけれども、多年古妻の手に持ち古された石に対する同情が、こういう心持を作者に起こさしめたのである。

次に作者の句に最も多いのは貧を詠じたものである。

麦飯に何も申さず夏の月　鬼城

月さして一間の家でありにけり　同

草箒二本出来たり庵の産　同

茨の実を食ふて遊ぶ子あはれなり　同

庵主や寒き夜を寝る頬冠り　同

いさゝかの金ほしがりぬ年の暮　同

冬の日や前にふさがる己が影　同

「麦飯に」の句は、とくに「貧」という前置が置かれている句である。自分は貧乏で麦飯で飢えをしのいでいるような境界である。しかし自分は何も言わない、決して不平がましいことなんかを言おうとは思わない、自分は仕方がないものとあきらめて分に安んじている、そしてこの中天にかかっている涼しい明るい夏の月を領していることをもって無上の光栄とも感じ慰藉ともする、というのである。

「月さして」の句も同じことで、これは秋の月が檐深くさしこんで、畳の上に清光を落としている。わが貧居はただの一間であるが、それでもこの明るい月がさし込んでいるので金殿玉楼にも勝るような心持がするというのである。

「草箒」の句は、自分ところに植えた箒草で箒が二本出来た。それが非常に嬉しいので、貧しい暮らしをしているささやかな住居であるけれども、自分の庭に生えた箒草からかく箒が二本出来た、すなわちこれがわが庵の産物であると、誇りがに言うたのである。草箒二本を庵の産物として誇るところに作者の貧によって乱されぬ安心がある。がその奥底には強いて草箒をもって庵の産物として誇らねばならぬ心の淋しさがある。富貴を忘れ去ろうとする心の抑圧がある。前二句の月を伴侶としてすべての不満足を忘れようとするのと同じ傾向である。

「茨の実」の句は恐らく貧児を描いたものであろうと思う。もとより子供のことであるから貧しく暮らしていない子でも、遊ぶ方の興味から飯事などをする時に食うようなこともあるかもしれぬが、この句はそういう子供ではなくって、茨の実すら食いながら遊んでいる貧児を言ったものであろうと思う。平常空腹がちであったり、たといそうでなくっても砂糖その他の美味な菓子に食欲を満足さしていない子は、茨の実をすら食って遊んでいるのである。それをあわれと見たのである。

「庵主や」の句は、冬もことに寒さの烈しい夜は仕方がないので頬冠をして寝るというのである。蒲団も十分に重ねることが出来ず、ストーヴはもとよりのこと火鉢に火を埋めて間暖めをすることさえ出来ない。ままよ頬冠でもして寝ろと手拭いを冠って寝たというのである。貧に屈託しない磊落な心持もある。同時にまた貧を憤るような心持も潜在している。

「いさゝかの」の句は、年の暮になってしきりに金が欲しい、それもたくさんな金というのではない僅かばかりの金である。富者ならばほんの小遣いに過ぎない程の金である、しかもその金が容易に手に入らない。というのでこれもどうすることも出来ぬ天福の薄い貧者の境遇を言ったものである。

「冬の日」の句は、自分の影が自分の前に塞がっているというので、それが春とか秋とかいう快適な時候でなく、冬という貧乏人にはことに不向きな時候で、寒さにふるえ、温かいものも十分に食えず、やがては年の暮も近づいて来るという時に、何だか自分の影法師が自分の前に立ち塞がっているような、物の壅塞しているような感じを言ったものである。この句の如きは月の清光を誇りとし、草箒の産を得意とするような負け惜しみすらよう言わないで、つくづく貧者の行きつまった心持を言ったものである。

今朝秋や見入る鏡に親の顔　鬼城

綿入や妬心もなくて妻哀れ　同

「今朝秋」の句は、自分が年取って、あたかも秋の立った日に鏡を見ると鬢髪ようやく白く、額の皺もやや刻まれて、自分が子供の時見馴れておった父の顔によく似ている。われながらよく似ているものだと、しばらくの間凝乎と鏡に見入っていたというのである。

「綿入や」の句は自分の妻の老いを詠じたもので、冬になって丸く綿入を着重ねている妻は、もう嫉妬心もないくらいに生気が衰えている。それが夫の目からさすがにあわれに感じられるというのである。

御僧の息もたえ〴〵に午寝かな　鬼城

柿売って何買ふ尼の身そら哉　同

廃疾、弱者、貧、老等に対する作者の熱情は勢いまた方外の人にも及ぶ。僧が老いて午寝をしている、その寝たところを見ると息をしているかしていないか解らぬくらいの模様で、半ば死んだ人のように、ほとんど木石かとも疑わるるように眠っているというのである。

　次の句の方は尼を詠じたので、その尼は尼寺の檐端の柿を商売人に売っている、尼はその柿を売った金で何を買おうというのであろう、金を持つ楽しみというのも畢竟身につけるものとか、口に甘いものとか、耳目を喜ばすところのものとか、そういうものを得たいがためである。この尼は頭を円め、墨染の衣をまとい、粗末なものを食い、貧しい田舎の尼寺に住まっている身である。柿を売って若干の金を得たところで、それで何を買って楽しもうということも出来ない境遇のものであるではないか。全体その金を何にするかといったのである。かく言ったところであえて尼をなじったという訳ではない。そういう境遇にいる世捨人としての女性を憐れんで言ったのである。

　かく叙し来ると君の俳句の境界は余程一方に偏っているように考えられるのであろうが、必ずしもそうではない。

初雪の美事に降れり万年青の実　鬼城
土塊に二葉ながらの紅葉かな　同
樫の実の落ちてかけよる鶏三羽　同
露涼し形あるもの皆生ける　同

これらの句は聾を忘れ、貧を忘れ、老を忘れ、眼前の光景に打たれてそのまま吟懐を十七字に寓したものである。この種の句もまたこの作者に少なくはない。

鹿の子のふんぐり持ちてたのもしき　鬼城
袴着や将種うれしき広額　同

等はさらに進んで積極的の心持を現わした句である。けれども彼の心を躍らすものは、ふぐりかもしくは広額である。彼の句中どこを探しても女性的の艶味あるものは一つも見つからない。僅かに探し当てたところのものでも、

玉虫や妹が簞笥の二重ね　鬼城
風呂吹や朱唇いつまでも衰へず　同

の類でその着想なり調子なりに、どこまでも強味が伴っている。君の句を見て軽々しくその滑稽味を非難する人も、女性的に厭味があるとして君の句を非難することは、ついに出来ない相談である。

終わりに君の句は主観に根ざしているものが多いにかかわらず、客観の研究が十分に行き届いていていて、写生におろそかでないということも是非一言して置く必要がある。

昼顔に猫捨てられて泣きにけり　鬼城
草箒二本出来たり庵の産　同
夏草に這上りたる捨蚕かな　同
瓜小屋や蓆屏風に二間あり　同
土塊に二葉ながらの紅葉かな　同
樫の実の落ちてかけよる鶏三羽　同
庵主や寒き夜を寝る頬冠り　同
小春日や石を嚙み居る赤蜻蛉　同
御命講や立ち居つ拝む二タ法師　同
道ばたの小便桶や報恩講　同
初雪の美事に降れり万年青の実　同
冬蜂の死どころなく歩きけり　同
落葉して心もとなき接木かな　同

これらの句を見るものは、その客観の研究のかりそめでなく、写生の技倆の卓抜であることを誰も否むことは出来まい。

君の句も君の文章と同じく、昔から上手であった。しかしながら他の何物にも煩わさるることなく自己の境地を大手を振って濶歩するようになった、その確なる自信を見出したことは、あるいは最近のことではあるまいか。君の句に曰く、

糸瓜忌や俳諧帰するところあり　鬼城
蕪村忌や師走の鐘も合点だ　同
煮凝やしかと見とゞく古俳諧　同

飯田蛇笏

富士山が神洲秀麗の気をあつめてその長い裾を甲州の方に曳いている、その日かげになっている寒い山国に飯田蛇笏君は生まれ育ち今も住んでいる。君の家庭のことについては詳しく知らないが、私が初めて君に遇った時は君の頭には早稲田の制帽が乗っかっていた。その頃君はホトトギスならびに私の担任中であった国民新聞に俳句を送って来て抜群の成績を示していたのみならずしばしば私のところに来て俳句に対する不審を訊したりした。それより前早稲田には高田蝶衣君がいて吉野左衛門君、赤木格堂君等から順次伝統されて来た早稲田吟社の首脳者となっていたが蝶衣君が早稲田を去ってからは自然蛇笏君が中心人物になっていた。蛇笏君去って後の早稲田にはついに俳人のあとを断ったような形になった。その蛇笏君がまだ早稲田吟社の主宰者とならない前丁度明治四十一、二年の頃私は癖三酔、三允、浅茅、東洋城、松浜、蝶衣、水巴の諸君としばしば会合して俳諧散心——近来楽堂君等によって復活されたものがそれである。——をやっていた。その中に有為の青年俳人であるというので蛇笏君を加えたことなどもあった。

その後私がしばらく俳句界に無交渉であった三、四年間は、君は東洋城君等となお熱心に句作をつづけ、その他前に述べた早稲田吟社の中心人物として立っていたようであったが、それも君が早稲田を退いて郷里の境川村に帰ってからしばらく俳句界に消息を断っていた模様であった。

ホトトギスに雑詠を復興して以来、古い俳人で句をよせて来るものも少なからずあった。その頃はもう当時の青年俳人であった蛇笏君も古い俳人の一人に数えねばならなかった。その蛇笏君の寄せ来る雑詠の句はむしろ当年の蛇笏君以上に立派なものであった。少なくとも当年の句に比して著しい特殊の色彩を持っていた。そうしてその色彩は月を重ね年を重ぬるにしたがって今やいよいよ顕著になりつつある。ここに引証する句はホトトギス雑詠集第一巻に収めたものに止まるのであるが、その特殊の色彩はむしろその後に至っていよいよ色濃くなり増さりつつあるものと見るべきである。

察するところ君は生計に困るような人ではなさそうである。父祖の産をさえ守っていれば生活上の苦痛は余りないことと想像する。だから君の句には鬼城君の句に見るような貧を詠(うた)った句などは尋(たず)ねても見ることが出来ない。その代わり君の句にはまた別種の苦悶がしばしば詠われている。

蘆の湖に溺死せる従弟萍生を函嶺に荼毘にして

荼毘の月提灯かけし松に踞す　蛇笏

秋風や眼前湧ける月の謎　同

萍生の骨を故郷の土に埋む

葬人歯あらはに泣くや曼珠沙華　同

この三句は君の従弟の医科大学生であった萍生が蘆の湖で溺死をした、その死骸を受け取りに君自身で行ってその時に出来た句の一、二である。そのついでに君は鎌倉の私の家を訪ねて呉れて、しばらく振りに私は面会したのであった。この萍生の死は余程君の心を刺激したと見えてその当時君の作る句には、これらの句に見るのと同じような響きを伝えているものが多かった。例によりこれらの句意を略解すると、まず「荼毘の月」の句は、その萍生の屍を荼毘に附すべく火葬場に送り届けた、折節大空には月がかかっている、柩を火葬場に入れて万端の準備をする間、手にさげておった提灯を松の枝にかけて、その松の根かたにしゃがんでいたというのである。ただその時の事実を叙したというに過ぎないけれども、どことなくこの句のうちに従弟の死について、人生の死に対する懐疑の念が頭をもたげようとしているような心持が窺われる。それが「秋風や」の句に至っていよいよ顕著に現われている。眼前に湧ける月の謎というのは、決して月の謎ではなくって、眼前従弟の死から喚起された人生の謎が月に対して湧き起こったのである。「葬人」の句は骨肉の骨を土に埋めるに当たって皆が自己の体面をつくろうことも忘れて歯をあらわにむき出して泣いているというのである。従弟の死が蛇笏君の心を掻き乱した上に、その逝けるものを惜しみ悼む人間の取り乱した状態がまた蛇笏君の心を強く刺激したのである。「塚も動けわか泣く声は秋の風」と言った芭蕉は自分の心の痛み悲しむ有り様をそのままに述べたのであるが、この蛇笏君の「歯あらはに」の句は会葬する人々の取り乱し嘆く様子を静かに客観しながら、人生に対する痛悼の心を深くうちに潜めているのである。物を客観するのは冷ややかな心状だということも言えるが、ある極端な場合には熱すれば熱するほどかえって心に落ち着きが出来て冷ややかに物を観察することが出来るのである。葬人が歯をあらわにむき出して泣くことに眼をとめたのは決して一通りの冷ややかな意味ではない。その心の底に深く深く熱情が潜んでいなければ言えないことである。一通りの世間並な涙の眼ではとても見つからぬ対象であって、ありふれた涙を振るい落とした揚げ句の乾いた眼でなければ見つけることの出来ぬところのものである。

君はまた異性に対して強烈な熱情をもっているようである。

埋火に妻や花月の情鈍し　蛇笏

花月の情というのは異性の間の情を形容していうこともあるが、これは必ずしもそうではあるまい。また文字通り花や月に対する風雅心というような狭い意味のものでもあるまい。夫に対し自然に対し文芸に対しすべて濃い熱い情をもっていることをいったものであろう。寒い日に埋火に手をかざして妻はぽつねんとしている。何事にも神経の鈍そうな様子をして、傍らにある夫に対しても冷ややかな様子をしている。その時の物足らぬ心持を夫の立場から詠じたものがこの句であろう。もっともこれは細君の方が人並勝れて冷ややかだというようなわけではなくむしろ細君に普通の人以上の情を責める夫その人の方が破格に熱情的なのかもしれないのである。

妻激して唇蒼し枇杷の月に立つ　蛇笏

ヒステリー的な妻は夫の何物かに激して真っ蒼な唇をして縁側に出て外面を見ながら立っている。庭には枇杷の花が咲いて空には月がかかっているというのである。妻をして憤激せしむるのも、夫の冷淡からではなくてむしろ過度の熱情からであろう。

つぶらなる汝が眼吻はなん露の秋　蛇笏

愛する余りにまん丸っこい可愛い眼をしているその女の眼を接吻してやろうというのである。「露の秋」の下五字はこの句において別に大した意味を持っているわけではない。ただ上十二字ばかりではあまりに肉感的に陥るのを、広濶な清澄な露の秋という感じでそれを救うている、積極的な働きをしていると見るべきであろう。この句の如きは一方からいえば随分危険な句である。しかしながら何の顧慮もなく小説的なかかる着想を俳句界に持ち来したという点において君の功績は没することは出来ない。

落葉踏んで人道念を完うす　蛇笏

これも異性に対する比倫の愛を言ったものか、もしくは他の種類に属する罪悪の念慮を言ったものか、いずれにせよ人生の道徳に違反するような考えに囚われて日夜懊悩している。他人に話すことも出来ず、ひとり心をなやましている。家を出て人のいない林間を逍遥しつつ最後に良心はその妄念に打ち克って道徳を完うすることが出来たというのである。前の「つぶらなる」の句に比し反道徳を描いた点において一層危険なるものといえるのであるが、しかしその結果は道念の勝利となって、前の句よりは数段高い地位にいる。しかもこの句の如きまた従来の俳句にはいまだかつてなかったところのもので、小説などにのみ取り扱われていて俳句とはほとんど無関渉のものと考えられていた材料を大胆に俳句に持ち込んで来た点は大いに認めねばならぬ。前の萍生を痛む句について云っても、人の死は古来数限りもなく俳句に詠まれている、しかも「眼前湧ける月の謎」というような小説的着想は新しい時代の産物とせねばならぬ。すなわち蛇笏君の句を通じて、まず第一の特色と認むべきことは以上の小説的というところにある。これ今の文壇に小説家として名をなしている早稲田出身の人々と同じ教育を受けたということも主なる原因の一つであろう。

雁に乳張る酒肆の婢ありけり　蛇笏
梵妻を恋ふ乞食あり烏瓜　同
情婦を訪ふ途次勝去るや草角力　同
枯萩やせはしき針に情夫なし　同
父と疎く榾焚く兄の指輪かな　同
叛く意を歯にひしめかす榾火かな　同

これらの句は客観的に叙してあって前に掲げた数句に比べると熱情は欠けているが、しかも小説的材料を取り扱ったという点においては共通の性質を備えている。「雁に」の句は田舎の料理屋などに奉公している女が情夫の種を宿し、子を生み落としたけれども、その子は死んで仕舞ったとかもしくは里子にでもやったとか、親しく自分の手許に置いて育てることは出来ない、そこで飲むもののない乳は張るばかりである。大空には雁が啼き渡っているという小説的な人生のある一角を描いたものである。

「梵妻」の句は、ある寺に渋皮の剝けた大黒がいる。それをよくその寺にも立ち入ったり、常にその辺を徘徊している一人の乞食が恋慕うている。その寺の門内には木にぶら下がっている烏瓜が赤く色づいているという句である。昔筑前の黒木の御所では庭掃の老翁が后を恋うたという話もある位で、不倫だとか醜悪だとか一概に言って仕舞えない人生のあるあわれな一面がある。この句の前の「露の秋」の句と同じように、烏瓜というからびた自然物を配合したことによって情景が緩和されて小説的事実が俳諧化されているのである。

「情婦」の句は昔の草双紙などにあるような事柄であるが、一人の若者が情婦の許へ行く途中ふと路ばたに村の若いものが集まって相撲をとっているのを見ているうち、自分から進んでとったか、それとも他の若者等に挑まれたか、いずれにせよその中に這入って相撲をとると誰もその若者に叶うものがなかった。若者はそのまままた着物を引っかけて情婦の許へ行ったというのである。勝ち去るやという言葉が無造作な軽快な言葉であって、その草相撲の勝敗をたいして念頭にかけるでもなく、気軽く去ったというところに気持ちのいい勇者らしい面影がある。

「枯萩や」の句は貧しい家に老いた親などを背負って立たねばならぬ若い女の境遇を言ったので、他にたつきの方法もないのでただ一生懸命に縫い物をしてそれに全力を打ち込んでいる。村の若い娘達は情夫などを拵えてみだらな日を送っているものもあるが、この娘はそんな方に心を外らす隙もなしに、ただ縫い針のみを一生懸命にいそしんでいるというのである。

「父と疎く」の句は、弟の立場から見た句で、自分の兄は指環などを箝めてにやけた風をして家業をなまけている。父はもとよりそれが気に入らない。そこで同じ炉ばたにあって榾火を取り囲んでいながらも、父と兄とは互いに疎々しくしている。とそういう句で、その弟の眼にもその榾の火にかざした兄の手の指環が目立たしく厭に光って見える心持が強く出ている。

「叛く意を」の句はこれも似寄った趣向で、榾火を取り囲んでいる二人の間に意見が一致されないで、その目下な方の人は目上なものに対して叛く心をもっている。それが口を開けて物を言うたびとか、もしくはその他の場合でも歯を現わしてどうかするとかあるいは歯を咬み合わして鳴らすとか、とにかくその叛く意を強く歯に現わしているというのである。

昔子規居士は蕪村の「お手討の夫婦なりしを衣更」の句を珍しい小説的の句だと言って推奨したことがあったが、蛇笏君は遥かにそれ以上に出て、縦横に小説的材料を十七字に斡旋し得る技倆をほのめかしている。その思想がかかる傾向にある以上、何の顧慮するところなく君はこの方面にその手腕を振るって見るがよかろうと思う。しかも小説的だからそれらの句が悉く佳句であると言い得ないことはもちろんである。

新しい一つの趨向としてこれを認めることと、佳句としてこれを認めることとは自ずから別問題である。

次に、甲斐の山国に住まっているということがまた君の句の一特色をなしている。例えば、

大峰の月に帰るや夜学人　蛇笏
野分雲湧けど草刈る山平ら　同
紅葉踏んで村嬢塩を運びけり　同
芋の露連山影を正しうす　同
或夜月に富士大形の寒さかな　同
書楼出て日寒し山の襞を見る　同
春隣る嵐ひそめり杣の炉火　同
蕎麦を打つ母に明うす榾火かな　同
鶏泊めに夕日に出でつ榾の酔　同
束の間の林間の日や茎洗ふ　同
霜とけのさゝやきを聞く樵夫かな　同
冬山に憎も狩られし博奕かな　同

山晴れをふるへる斧(をの)や落葉降る　同
山賤(やまがつ)に葱(ねぎ)の香強し小料理屋　同
餅花に髪結ひ栄(は)えぬ山家妻(やまがづま)　同
大江戸の街は錦や草枯るゝ　同

等枚挙に暇(いとま)がない。

「大峰」の句は、どこかに集って夜学をしている子供もしくは若者が宅へ帰って来る時の光景で、山国のことであるから一方に聳(そび)え立っている高い山の頂(いただき)に月がかかっている、それを見ながら淋しい麓(ふもと)を戻って来るというのである。

「野分雲」の句は、山上の平らで草を刈っていると、野分の吹いて来そうな恐ろしい雲が湧き出した。けれども別に怖れもせずやはり草を刈りつづけているというのである。

「紅葉踏んで」の句は謙信(けんしん)が信玄(しんげん)に塩を送ったという古事も思い出さるる句で、甲州は山国であるから、海のある国から塩をはるばると運ばねばならぬ。そこで秋になって天地の紅葉するころ、その紅葉を踏んで村の女が塩を運んでいるという光景を叙したのである。

「芋の露」の句は秋の暁の景色で、秋の朝、野に出て見ると、今朝も打ち晴れた天気で、芋の葉には一つずつ大きな露をたたえている、向こうに連なっている山は形をととのえて正しく並んでいるというのである。

「或夜」の句は、ある夜ふと見ると大空に月が懸かっておって、甲斐の方に背中を見せている裏富士は馬鹿に大きくはっきりと中空に聳えている。それはもう秋も末の寒い晩で、その富士の形が月の光に大きく見えているということがことに寒い心持を強めるというのである。

「書楼出て」の句は、自分の書斎を出て見ると、向こうの山に冬の日が当たっておってはっきりと山の襞が見えるというのである。

「春隣る」の句は、もう冬も尽きて春が近くなった頃、樵夫の炉の火には嵐がひそみ隠れているような心持がするというのである。四辺が雪に閉じられ、風物蕭条としてすべてのものが死んで仕舞ったもののようであった冬がもう尽きかけて、間もなく春を迎え得るという時の心持は、あたかも炉の中に一つの春という力が潜んでおって、時が来るや否やその力は表面に出ようと待ち設けているような心持がするのである。この場合の嵐というのは力の別名くらいに見て置いてよかろうと思う。

「蕎麦を打つ」の句は、母が蕎麦を打っている、その手許が暗い。けれども別に灯をともすでもなくやっているのでせめて榾火を盛んにしてその手もとを明るくしてやるというのである。

「鶏泊めに」の句は、昼間鶏は自由に追い放してあったのをもう夕方になったので、その鶏を鶏舎に入るるために、夕日の当たっている庭に出た。それも久しく内に籠って榾に酔ったような気味であるので、その酔いを醒ましかたがた出たというのである。

「束の間」の句は、山間にある林の中で茎漬の菜を洗っていると、日が山や木にさえぎられずに手もとに当たるのはほんの僅かの間であるというのである。東京あたりでも茎漬の菜を洗う日などは寒いのが常である。まして山国の林間の川水などで洗っているのは余程寒いに相違ない。それも十分に日が当たっておればまだ凌ぎ易いのであるが日の当たるのは束の間であるとすると、いよいよ寒い心持が強い。同時にまたその束の間の日影は如何にも明らかに尊とげな心持がする。

「霜とけ」の句は、朝霜が一面に下りている。樵夫はその中を木を樵りに山に行く。そのうち日が当たって来て、だんだんと霜が解け始めて来る。その霜が解けて雫になって落ちる時の音、もしくはその雫となって落ちるまでの種々の音――霜が解けて木の葉を伝う音の類――それも際立って高い音ではなくて、幽かな音がたくさん集って、僅かに物音として耳に達するというような囁くような音を樵夫は聞くというのである。

「冬山に」の句は、冬枯れの山で博奕を打っているところを巡査に嗅ぎつけられて大方捕縛された。その中には坊主も交じっておったというのである。これは小説的の句のうちに入れてもいい句であるが、同時にまた山村らしい力強い感じを喚び起こす。

「山晴れ」の句は、前の霜解けの句に続いたような句で、これは日中の光景で、冬の日和が心持よく晴れ渡っている、その晴れた山にあって樵夫は満身の力を斧に籠めてある木を伐り倒している。斧を振るうたびにその木の葉は降るように落葉するというのである。

「山賤に」の句は、樵夫の如き山で働いているもののために出来た小料理屋がある。もとよりそういう所であるからいい肴はない。酒も酒精分の強い悪酒である。そうしてそこでは常に葱の香をプンプンと高く匂わしているというのである。山に働いて僅かの所得で一時の快を買おうとするのであるから、何でも刺戟の強いものでなければ満足が出来ない。酒は酒精の交った悪酒、肴は香の強い葱、そういうものでなければならないのである。

「餅花」の句は、山家にも正月が来て餅花を飾っている。平常は碌に髪も結わずにたばねたままにいる女房も、飾られた餅花にもふさわしいように美しく髪を結い栄えて、正月らしい有り様であるというのである。

「大江戸」の句は、蛇笏君が山居していて目前に草枯れの淋しい光景をのみ見ながら遥かに東京の町を想像した句で、東京の町は冬といえども美しく飾られ、人は織るが如く往来し、あたかも錦を展べたような様子であろうと単調な淋しい山家の生活に飽いてかつて幾年かを過ごした東京の繁華をなつかしく思いやった句であろうと思う。

もっとも大江戸とあって維新前の江戸の街の如く言ってあるけれども、それは大して問題とすべきでもなかろう。

この大江戸の句についても思われるのであるが、蛇笏君は鬼城君の如く貧でもない、聾でもない、その生活は父祖の財産で安楽に保障されている、ちょっと考えると何の不足もない境界のようである。けれども早稲田にあって高等の教育を受け、同窓の多くが都会に出でてそれぞれ地位を得、名をなしている間にあって、その産を守るということのために、山間に蟄居していなければならぬということは、また相当に苦痛なことであろう。ことにそれは富士の日陰になっている寒い甲州の山中である。蛇笏君は決して生活の上に何の不満もないとはいわれまい。そういう意味においてある一種の不満を抱いているということはあたかも貧や聾が鬼城君の句の根底の力となっているように、蛇笏君の句の根底の力となっている。君が去年の夏、暫時出京して俳諧散心などに列席した時の句はあまり強く私を刺戟するものが見当らなかった。がまた甲州の山廬に戻ってからの句に再び惻々として人に迫る底のものがあった。

またこれら山居より得来った句は何の巧むところもなく何の苦しむところもなく、自然そのままにことごとく立派な句になっている。他の一面の特色をなす小説的の句よりも、これらの句の方が俳句としては安全と価値とを併せ有している。ただ彼には一種の冒険が伴い、同時に鋭い君の特色をなしている、ということだけは否認することが出来ぬ。これはまた安全にしてしかも完成されたる俳句であるだけそれだけ特色としての鋭さは乏しいようである。しかもまたついに特色たることを失わない。

君の句にはまた鋭い君の感覚を証明しているようなものがある。例えば、

木瓜(ぼけ)嚙んで歯の尖端に興動く　蛇笏

雪晴れて我冬帽の蒼(あを)さかな　同

の類がそれである。歯の先に木瓜の花弁を嚙んだ時の一種の鋭い感覚は、君をして黙っていることが出来ないで、尖端に興動くと言わしめたのである。この叙法は説明的で、必ずしも好句と思わないが、その敏感をとる。「雪晴れて」の句は、今まで降っていた雪が晴れて日が明らかに照っている。山野は一面に白くなっている。その中に自分の冠(かむ)っている冬帽の蒼いことに気がついてとくにその蒼い色に鋭い感興を起こしたのである。これもまた敏感の点をとる。同時に句としては木瓜の句より出来栄えが好い。

また君の句には、

古き世の火色ぞ動く野(の)焼(やき)かな　蛇笏

幽(いう)冥(めい)へ落つる音あり灯(ひ)取(とり)虫(むし)　同

洟かんで耳鼻相通ず今朝の秋　同
竈火赫とたゞ秋風の妻を見る　同
人既に落ちて滝鳴る紅葉かな　同

の類の句がある。焼野の火を見て、これは古い時代の火の色であると観じたり、灯取虫の畳に落つる音を聞いて、これは幽冥界に落つる音であると感じたり、洟をかんで耳と鼻とが通じたと感じたりするのは、あるいは冥想的、あるいは概念的と言うべきであろう。また一種の句としてこれを認める。——生理的にいえば耳鼻は実際相通じているものだということであるが、この句に表われたのは、そういう生理上の問題ではなくって、主として感覚から来たものと解する。

秋の日竈の火の燃えている前に細君がいるということを、ただ秋風の妻を見るといったのはやはり作者が主観の色彩で塗抹したもので、冥想的とも概念的ともいえるだろう。人が華厳の瀑のような滝へ飛び込んだあとで、人の形はさらに見えず、ただ轟々と滝が鳴って、その辺には紅葉が赤く彩っているというのは、実際その場合に当たって作った句とは、どうしても思えない。そういう場合を空想的に想像して描いた句としか受け取れぬ。これまた冥想的とか概念的とかいう批評を、受け取ることであろう。しかもこの二句の如き、また一種の句として私はこれを保存する。

また君の句には、

昼顔に乾く流人の涙かな　蛇笏
雁を射て湖舟に焚くや蘭の秋　同
今朝冬や軍議に漏れし胡地の城　同
狩くらの月に腹打つ狸かな　同

等の古典的なものもある。昼顔の句は俊寛なぞを想像し、雁の句は王侯の舟遊びを思い、今朝冬の句は支那の軍記を読むような心持がし、狩くらの句は、我が国の古い物語などにありそうである。

君が叙景叙事の上に一種の各段な技術を持っていることは今までの句でおよそ推量されたことであろうと思うけれども、なお一、二の弁を費やして見ようならば、

刈田遠く輝く雲の袋かな　蛇笏
火を埋めて更け行く夜の翅かな　同

等の袋と言い翅というのは西洋の文章などを読むような擬人的の叙法である。疑人的の句は古来少なくなく、ことに一茶などにはそれが滅多矢鱈に頻出するのであるが、この雲の袋、夜の翅というような純西洋趣味のものは古人はもとより、近代人の句に

もあまりたくさんはない。

窓開けてホ句細心や萩晴るゝ　蛇笏
晴れ曇る樹の相形や秋の空　同
或夜月に富士大形の寒さかな　同
寒夜読むや灯潮の如く鳴る　同
蒲団畳む人に去来す栄華かな　同
叛く意を歯にひしめかす榾火かな　同
霜とけのさゝやきを聞く樵夫かな　同
山晴れをふるへる斧や落葉降る　同

ホ句細心というような言葉は初めて聞く言葉である。心にこまごまと俳句を考えていることを、ホ句細心と言ったのである。樹の相形も珍しい言葉である。姿とか形とか景色とかいうべきを相形といったために この句は価値を増している。富士大形という言葉も珍しい言葉である。「寒夜読むや」の句は冬の夜灯下に読書をしていると灯が音を発して鳴っている。その音はかすかな音であるけれども四辺が静かなのと、心が落ちついているのとで、その音はだんだんと高くなって来て、あたかも潮の鳴るような強大な音に聞こえるというのである。潮の如く鳴るという言葉も珍しい。人に去来す栄華という言葉も珍しい。人間の生涯に栄華は何時までも続かない。来りまた去る。そこに無常の姿がある。栄華を活き物の如く見て、蒲団を畳みつつあるある女の上にその栄華は来たりまた去るといったのである。「歯にひしめかす」という言葉も、「霜とけのさゝやき」という言葉も、「山晴れ」という言葉も珍しい。山晴れなどという言葉は一度使われるとほとんどありふれた言葉のように人は見るけれども、しかも初めて使うということには価値を認めねばならぬ。ひとりこれらの句にとどまらず、用語の奇警、調子の緊縮、というようなことは君の句を通じて見るところの大なる特色である。

君の句境を完全にするのには、この上平坦な、そうして奥底に深い味わいを持っているような句をも併せ有することである。けれども熱情ほとばしるが如く、活気の横溢せる現在の君にこれを求めることは無理であろう。君は何等顧慮するところなく、君の長所に向かって驀進せなければならぬ。

長谷川零余子

私が零余子(れいよし)君を知ったのはあまり古いことではない。ホトトギスに雑詠を復活して、私が再び俳句にたずさわるようになった当時、君は非常にこまごました手紙を私に送って来て当時の俳句界の状況を述べたり、君の俳句に対する意見を開陳したりして来た。その手紙は一度ならず二度ならず、しばしばのことであった。君の俳句を見るようになったのもやはりその頃からであった。

君は埼玉の平原のある家に生まれて、今は江戸の長谷川氏に入りかな女(じょ)を夫人としている。女流俳人として手腕あるかな女を夫人とし恒産ある家に養子となった俳人零余子君は極(きわ)めて幸福なる適意なる境遇にあるといわねばならぬが、しかし養家の姻戚(いんせき)等に対する関係から君は夫婦して俳句ばかりを作っている訳にも行かず、数年間努力の結果昨年になって薬剤師として世に立つことになり、今は大学の模範薬局に通勤している。養家の人々ならびにその姻戚の人々は、これによって意を安んじ、したがって養嗣子としての零余子君もその点において初めて心やすさを覚えたことであろう。

君は努力の人である。一見して才華煥発と言ったような点は君に認めることは出来ない。ただ君はそれを努力をもって補うことを知っている。薬剤師として立つようになってから相当に繁忙な境遇になったため、以前程一図に句作することは出来ないだろうけれども、それでも決して句作を惰けはしない。日に月に増加しつつあるホトトギス地方俳句界の句を選抜すること、ならびに東京日々の俳壇を担当していること等にも君は左程の苦痛を覚えぬらしい。否そのうるさい仕事に相当の苦痛を覚えてはいるであろうが、しかもなおその煩わしい中にある興味を見出しつつあるように見える。こういう事務的の仕事を胆汁質的にやり遂げて行くことは確かに君の長所の一つである。今の若い俳人中には珍しいとしなければならぬ。若いといえば君はまだ三十一歳である。君はどう見ても三十一歳の人の若々しさは持っておらぬ。好い意味においても悪い意味においても、同じ年頃の人ばかりでなく私等如き年輩のもの、さらに進んでは鳴雪翁くらいの年輩の人々すらが大口を開けてからからと笑い興ずるような場合にも、君は笑うことの出来ない人である。それが胸底に非常な悲痛なことを持っていて、笑いのかわりに涙を眼の中に溜めるというようなふうにも見えず、むしろ人々が自己の守りを忘れ他愛もなく打ち興じている間に、君はひとり自己を開放することをしないで、瞬時も利害の打算を忘れずにいるのではなかろうかというような疑惑を他人に起こさす、その無愛嬌さは時々人の誤解を招く君の損所であるが、しかし三十一歳の若者でありながら少しも浮気なところはなく、一図に俳句に努力するというのは畢竟その辺の性質に根ざすことでまた同時に君の長所として認めねばならぬ。

今一つ君の短所と思うところをいえば、君は自ら自己を世間に薦めることにあまり熱心であり過ぎるということである。これも一方からいうとむしろ君の策略のない正直なところであるけれども、君にして今少しそこに意をいたしたならば人の誤解を招くことも少なくなるだろうと思う。これは君ばかりでなく、今の若い俳人諸君につき纏った弊である。しかしながらまた翻って思うと、それはむしろ君等若い俳人諸君の罪ではなくって先輩として立っている古い俳人の責任ともいえるのである。もし先輩の人々が後進の人々の長所を認めてこれを世間に推薦することを忘れなかったならば後進の人々は決して自ら自己を推薦する必要を認めないであろう。子規居士がその後輩たるわれわれを極力世間に推挙したことを考えて見ると今日先輩の地位にあるわれらは、赧然として自ら恥じねばならぬ。君等に老婆親切のあまり一言しようと思ったことは、やがて自ら自己を鞭打つ苔となった訳である。高恕を請わねばならぬ。

さて君の句は今まで紹介して来た諸君の句とは余程趣を異にしている。ことに蛇笏君などの句とはまったく違った方向を歩んでいる。一言にしてこれを評すれば君の句はモデレートな句である、穏当な句である。ある人が私に「零余子君の句が一番よくあなたの句に似ている。」と言ったことがあった。しかり、私の句の一面には確かにそういうことを私も認める。この穏当な句というのは一見して平凡とも陳腐とも見える。しかしながらその穏当な句が平凡陳腐を脱しているのは、わずかに一微動の所にある。一微動という言葉は可笑しい言葉だが、仮に平凡陳腐な句は屍に等しい死んだ句だとすると、いわゆるモデレートな穏当な句はその屍と見えた肉体のどこかに一つの幽かな動きを見せつつ、それが決して死んだ屍ではなくってその微動の底には大きな生命、大きな活動を蔵していることを表現していることになるのである。明らかな眼をもった人でないとこの小微動が認められないで、折角生命あり活動ある肉体を屍同様に取り扱って平凡陳腐の墓穴のうちに葬って仕舞おうとするのである。青年客気の人はまたかかる微動的の句はこれを作ることを好まないで、表面に力の浮き出ている活躍した句を作りたがるものである。零余子君が一見して青年らしくない人であると同様にその俳句も一見して若々しい躍動したところはこれを認めることが出来ない。がその代わりにモデレートな句は君の句稿の随処にこれを認めることが出来る。

旅

腹減るとにはあらねども蕨餅　零余子

牡丹活けて古くよごさぬ畳かな　同

団扇持ちてたそがれ顔の庵主かな　同
障子しめて忘れ団扇となりにけり　同
二階から降り来る月のあろじかな　同
門のうち柿熟しつゝ家廂　同

この類の句は枚挙にいとまがない。例によって句意を解釈すると、「腹減るとには」の句は、別に腹が減ったというわけではないけれどもある茶店に蕨餅があったので、それを食ったという旅中の情を叙べたものである。旅の茶店で蕨餅を食うことはさらに珍しいことではないが、腹が減ったという訳でなくただそこに見出された蕨餅を摘みあげて食うというところに静かな旅中の心持が出ている。蕨餅を懐かしく思って食ったというほどの強い意味でなくとも、別に腹が減ったという訳でもないがただ食ったという、その些細なところにこの句は生命を持っているのである。「牡丹活けて」の句は物古りてつづまやかに住まっている家を言ったので、床の間には華やかな牡丹の花を活けた。がその部屋の畳は古びている。しかしながら少しもよごれてはおらぬ。子供があるわけでもなく取り乱した生活をしているのでもなく、注意深く綺麗に住んで来ているので、古びた畳ではあるがよごれておらぬというのである。綺麗好きの年とった夫婦暮らしなどが想像される。この句も古びた家の床の間に牡丹を活けたというだけではそれこそ平凡でも陳腐でもあろうが、その畳が古びていてしかもよごれて居らぬというところに、一脈の新しい生命がある。

「団扇持ちて」の句は、日の暮れ方にある家の主人が団扇を持って静かにいるというだけの光景である。主人の顔にも薄く暮れの色がかかって、中に団扇の白い色だけがややはっきり目にうつるような光景である。こういう句こそ誰でも思いつく光景で平凡だ陳腐だと言って仕舞うだろうが「団扇持ちてたそがれ顔」と言った叙法から来るある力によって、前述べたように主人の顔に薄く暮色がかかり、手にもっている団扇が中で白く見えているというような情景がはっきりと人に迫って来る。そこにこの句の生命はある。

「障子しめて」の句は、最早(もはや)秋もやや寒くなってもう障子を開けることが出来なくなって夏以来明け放し勝ちであった障子を閉めた。それと同時に今まで手を放すことの出来なかった団扇も何時(いつ)の間にか手にせぬようになって忘れ団扇になって仕舞ったというのである。この句も秋冷を覚えるようになって障子をしめるということ、また暑さを感ぜなくなって団扇を用いなくなったということ、共にありふれたことであるが、それを並べて「障子しめて忘れ団扇となりにけり」とあたかも原因結果を示したかの如く言った趣向、ならびにその二些事(さじ)を描(えが)いて中秋頃の広い輪郭を想像せしめ得たところがこの句の新しい生命となっているのである。

「二階から」の句は、明月の晩そこの主人が二階から降りて来た、というだけのことである。これも平凡といって仕舞えばそれまでだが、「二階から降り来る月のあろじかな」と叙されたことによって、この二階家の外面の月明、ならびに、今まで二階にあってその月を見つつあった主の心持までが聯想されて、それらを二階からその主人が降りて来たというある一些事に縛りつけて、軽ろ軽ろと全体の光景を釣り上げたような心持がする、言わば中心を得た叙法であるというようなことがこの句の生命になっている。

「門のうち」の句は、門のうちに柿があって熟している、そこには家の廂が突き出ているというので、これもまことにありふれた光景であるが、「柿熟しつゝ」と言ったために、日を重ぬるに従って柿がだんだん熟して行くという時間の観念が加わると同時にその柿に生命が出来て、重みが加わって、自ずから景色の中心になって、門と廂とはあたかも柿の従属の如き地位に置かれて、絵でいえば、柿は色を使って力強く描かれている前後に門と廂とはやや薄く黒色で描かれているような感じがするのである。これらは「柿熟しつゝ」と言った僅か数語の力強い働きである。一見平凡に似て決して平凡でないところに着眼せなければならぬ。

　平凡陳腐ということも多くはモデレートなことである。しかしここにモデレートと言ったのは善意に使われた言葉であって、平凡陳腐なものを差し引いた残りの新味あり価値あるものをいうのである。

同じく家常茶飯事を叙しながら以上挙げた句なぞよりはやや明らかに何人の眼にも一点の新し味がある如く感ぜらるる句は、

井を借るや白粉剥げて桜人　零余子
花散るや出船の尻の杭に当る　同
一つ杭に繋ぎあひけり花見船　同
繋馬蚋に肉動く腓かな　同
錨綱へ砂へ波ある蜻蛉かな　同
稲の根に捨てし布あり藍の濃し　同

の類で「井を借るや」の句は、花見をしている人が、水が飲みたくなって井戸を借りに来たというだけではありふれているのであるが、白粉剥げてといったためにその桜人を形容する上に踏み入った叙法のこまかさがあって多少の新し味をつけ加えている。「花散るや」の句は、桜も末になって花が散りがてになっている、折節そこに繋いであった船が纜を解いて艚ぎ出す時に、その船の尻が杭に当たったというのである。この句も落花のもとに船が纜を解いたというだけでは物にならぬのであるが、出船の尻がコツンと杭にぶっつかったということを見出したために物になっている。

「一つ杭に」の句は、二艘以上の花見船が纜を一つの杭に繋いでいるというのである。一つの杭に一艘の船が纜を繋いでいるというならばそれまでのことであるが、二艘もしくは二艘以上の船が一つの杭に纜を繋ぎあっているというところに初めて一つの趣向も出来新し味も出来ている。

「繋馬」の句は、一疋(ぴき)の馬が軒下なり棒杭なりに繋いであると、そこに蚋が飛んで来て馬に止まり、腓に喰い入る、馬は痛い為にビリビリとその局部の肉を動かしているというのである。馬に蚋が喰い入っているというだけでは句にならぬのを、「肉動く腓かな」と言ったためにそこに写生の筆が見える。

「錨綱」の句は、錨綱が水の中から出て来て砂の上に横たわっている、そこへ小さい波が静かに打って来る、その波は錨綱の方にも寄せて来るあとが見ゆれば砂の上にも寄せて来るあとが見える、蜻蛉(とんぼ)はその辺を飛んでいる、とそういう光景である。打って来る波のことであるから同時に錨綱にも砂にも寄せて来ることはいうまでもないことであるが、それを「錨綱へ砂へ」と分けて言ったためにその波の錨綱と砂とに寄せて来た時の光景が別々にはっきりと眼に映って印象明瞭になっている。この句の生命はそこにある。

「稲の根に」の句は、稲の根方に捨てた布がある、その布には、濃い藍の色が見えるというのである。これも、稲の根に捨て布があるというだけでは平浅であるが、その布には濃い藍の色があるというので印象明瞭になっている。「藍の濃し」という下五字はやや説明的ではあるが、この句の力はそこにある。

いつか零余子君の前で、鬼城、水巴の諸君はその特別な生活が自然に句の背景ともなり力ともなっている、ということを話した時に、「それではそういう特別な生活をしているものでないと善い句は出来ないのでしょうか。」と君は反問したことがあった。君としては確かに道理ある反問である。君の句には近代的傾向である主観の影は比較的薄い。以上挙げた句も大方は客観的の句ではあるが、さらに数句の例を挙げて見ようならば、

梅を見るに乳房ふくませて女房かな　零余子
機(はた)窓(まど)に芹(せり)籠(かご)置いて話しけり　同
鯊(はぜ)釣(つり)に槌(つち)の響は佃(つくだ)かな　同

等の句はどこを探しても作者の主観の影は見当たらないで、ただ眼で見た光景をそのまま客観的に叙したものといわねばならぬ。「梅を見るに」の句は、ある梅林などの光景で、ようやく梅林に到(いた)り着いた時に床几(しょうぎ)に腰を掛けて、いざ梅を見るというに当たって一人の女房は抱いておった児を膝(ひざ)におろすや否(いな)や胸をはだけて乳房を含ませた

というのである。「機窓に」の句は、田舎の女が芹を摘んで帰りがけに近所の知っている家の窓に芹籠を置いて、その窓の中で機を織っているその家のかみさんと話をしているというのである。静かな田舎の景色がよく出ている。しかし出ているのは客観の景色であって作者の主観らしいものは探してもない。「鯊釣に」のは東京湾の沖で鯊を釣っていると、陸の方から遥かに槌の響きがして来る。その槌の響きは佃島の方から聞こえて来るというのである。これも純客観の句である。もし作者の主観が強烈であったならば、第一かかる光景を叙して満足していないかもしれず、仮にかかる光景を叙するにしたところでそれに対する作者の主観が隠そうと思っても隠せずに頭をもたげたがるものである。水巴君や鬼城君の句になると一見穏当な客観句のようでありながら、なおその背後に主観の影が潜んでいるということが明らかに看視さるることはかつて述べた通りであるが、零余子君のはそれと反対に純粋な客観句を作り得るのである。君の句の長短共にここにあるので、内から発せずに外から来たものを捕えるということが、一方からいうと君に駄句を多からしめる所以ともなるが、また一方からいうと君をしていわゆる穏当な句を多く作らしめることともなるのである。

自然多少主観を交えた句にしたところで、その句はやはり根柢的に客観性を帯びていて、主観は畢竟客観の叙述を援けるのに過ぎないものとなっている。

木蓮に翔りし鳥の光りかな　零余子
四山色枯れて早やなき燕かな　同
月出でゝ明るく暗し蕎麦の花　同
地の底の秋見とゞけし子芋かな　同

「木蓮」の句は、木蓮の花の咲いているあたりをある鳥が飛んだ。その時の光景をやや形容的に「光りかな」と言い「翔りし」と言ったのである。この二つの言葉があるために木蓮の白い花が日の光を受けて大空に花弁を拡げているあたりを、同じく日の光を受けた鳥がサッと飛び過ぎたという光景を印象明瞭に表わしているのである。「四山」の句は、四方を廻らしている山が秋の末になって色がなくなって仕舞うたと思うと、もういつの間にか燕がいなくなっていたというのである。「早やなき」というあたりは、その光景に対する作者の心持を幾らか述べたあとはあるが、しかも畢竟その光景を適切に表わしたというに過ぎないので、それに対する特別な作者の主観を叙したというあとは認むることが出来ぬ。「月出でゝ」の句は月下に見た蕎麦の花の明るさを叙したもので月が出たために明るくはなったが、さて蕎麦の花のあたりを見ると、白い花が咲いていることは朧げに認められはするが、何といっても月の光のことであるから明るいようでも暗いというのである。「明るく暗し」は作者の主観ではあるが畢竟月下の蕎麦の花の明るさを適切に表わそうとした文字の斡旋（あっせん）に過ぎぬ。「地の底の」の句は、比較的主観味の多い句である。親芋（おやいも）のそばに出来た子芋を掘り出した時の作者の感じで、この子芋は土地の底の秋がどんなものであるかということを見届けて来たと言ったのである。地上の秋はわれわれ人間のよく知っているところであるが、地の底の秋はこの子芋が見とどけて来ただろうというのである。今言った如く零余子君の句としては主観の分量の多いものでありはするが、木蔭によって常盤木（ときわぎ）の落葉するのを見てそれは木が自分のために落葉するのであると観じたりする水巴君の主観、貧賤耳聾等によって心平らかならざる鬼城君の主観等に比ぶれば、それは非常に力の弱い主観と言わねばならぬ。したがってこの句の如きは同情のない人から見たら一種の駄洒落（だじゃれ）として軽蔑するかも知れぬ。

こういって来ると零余子君はまったく主観の味を解しないように見えるかもしれぬが、必ずしもそうではない。水巴君や鬼城君のような特別な生活状態にあることが俳人としての幸福である如く言った私の言葉に対して疑惑の言葉を挿（さしはさ）んだ零余子君はむしろその本来の傾向に安住してどこまでも客観的の句を作る方が力強い句を得る所以でもあるしまた真実の句を得る所以であることも疑いのないことであるが、たまに次の如き主観的傾向の句を作ることも必ずしも否認すべきではない。

蚊寄つて菩提樹の日影惜みけり　零余子
霊地とてすぐ湧く雲や百合の花　同
開くる人を待つかに襖夜長けれ　同

「蚊寄つて」の句は菩提樹の蔭に蚊柱が立っている、それを見た時に作者はこの蚊どもは釈迦が成道したという菩提樹の日影が移るのを惜しんでその樹の蔭に寄りたかっているのである。とそういったのである。一見すると主観的色彩の多い句のようであるが、しかもかく解釈し来ると前の「子芋」の句と大同小異といって差し支えあるまい。次に「霊地とて」の句は、ある神とか仏とかに関係した特別な霊地に行った時の句で、さすがに霊地であるせいか今までなかったと思う雲が早や湧き起こった。これは霊地でなければ見ることの出来ぬ光景である、その辺には百合の花が咲いているというのである。神仏に関係した霊地といえば、どうせ深山幽谷であろう。自然その辺に百合の花が咲いている。今まで雲のなかったところにまたたく間に雲が湧き来ったのを見てさすがに霊地だと感じてこの句は出来たものであろう。「蚊寄つて」の句に比べると作者の心持に真実なところが多くなって来てやや主観の強味が加わって来る。それにしても主観句としてはなお平浅をまぬかれぬ。「開くる人を」の句は、秋の夜長に静かに襖の閉まっているのを見た時、作者の起こした感じを言ったので、この襖は誰か開けて呉れる人はないかなアと、その開ける人を待っているように見えるといったのである。無生物たる襖を活き物の如く見て、作者の心持を襖に移して、「開くる人を待つかに」と言ったところは、今までの句に比すれば比較的主観趣味の多いものであろう。しかもこの句の背景に如何なる作者の人生観があるか、そこに到ると応えるところのものはない。零余子君はついに客観的作者である。

蛇笏君の句が常に用語の上に奇警であるのと反対に、零余子君の句はその用語の上に何の奇をも発見することが出来ない。これはまた君の句を穏当にする要素の一つであるともいえるが、また君は言葉に拙な人であるともいえるのである。自然調子も平坦で、むしろ延びていて引き締まったところが乏しいと見らるる弊がある。それは一々例を挙げずとも今まで挙げた句を見ればただちに解ることと思う。がしかし前にも言った如く君は句を作る上にも決して努力を忘れない人であって、ずらっと書き並べられた句のうちには平凡な句、拙悪な句の方がむしろ数多いのであるが、その中になお苦辛のあまりになる多少引き締まった句、用語の気の利いた句等を見つけることがある。例えば、

夏近し澗水に浮くはね釣瓶　零余子

篠消えて焼野の灰となりにけり　同

猫の子や今朝又死(お)ちて籠(かご)の中　同

まだ死なぬ猫秋風にわれを凝視(み)る　同

引佐細江(いなさほそえ)の冬探り得つ火桶(ひをけ)かな　同

花酔庵にて

踏板に時雨(しぐれ)降り来て帰さゞる　同

「夏近し」の句は、谷水といわずに澗水という漢語を使ったために多少この句の調子を強めている。この澗水という二字が君の句中にあって眼立って見えるということが如何(いか)に君の句に漢語癖の少ないかということを証明している。この句の如きが蛇笏君の集中にあったならば、それは何の色彩ともならぬのであろう。「篠消えて」の句は野中にあった篠が焼けて来た火を受けてたちまちパッと燃えて灰になって仕舞ったというのであるが、「篠消えて」の初五字は巧みである。用語の上にかかる巧者の跡の見えるのは君の集中に珍しいことである。次の「まだ死なぬ」の句と共に「死」の字に「お」とルビを振ったり、「凝視」に「み」とルビを振ったりすることは文字斡旋(あっせん)の上から決して巧みといえない、否むしろ巧みでない証明となりはするのであるが、しかもまた苦しんでこれらの文字を使ったあとに、君の苦心の跡を認めねばならぬ。「引佐細江」の句は着想は古風な着想である。しかし調子の上からは初五字に、語呂がよくってしかも字余りの固有名詞を持って来、全体を一気呵成に言ったところから、多少句の調子に緊張したところがある。「踏板に」の句は、恐らく実景であろう。句に新し味と力とがあるが、ことに終わり五字を「帰さゞる」と止めたあたりに調子ならびに感情の緊張を見る。

前にも言った如く以上の四、五句が僅かに引き締まった句、多少用語の上に異彩のある句ということが、如何に君の句のそれらの点に無頓着であるか、ということを証明するに足ることと思う。しかもそれらの点に無頓着であるということはその言葉とか調子とかに頓着しない、もっと内部に力の潜在しているということの証明になりもするのである。いわゆる平明にして余韻ある句というのは自ずからこの種の作を常経としなければならぬ。今や主観的傾向が一般に強くなって、各家特殊の色彩が濃厚にならうとする傾きのある今日においては比較的特色の少ない君の句が、その平明、穏当な点においてかえって一家の特色をなそうとする傾きの見えることもまた面白いことである。

君は周囲の風潮に頓着なく自己の長所に向かってどこまでも驀進せねばならぬ。

石島雉子郎

石島雉子郎（きじろう）君は埼玉県行田（ぎょうだ）の人である。同じく埼玉県の人である中野三允（さんいん）君等に打ち交って俳句会に来ておった頃の君はまだ非常に若年の白面子（はくめんし）で、余程子供子供しておったことが私の記憶に残っている。これは明治三十六年のことであったろうか。その後打ち絶えて遇（あ）う機会がなく消息を詳（つまび）らかにしなかったが、ある時ふと君は救世軍に這入（はい）ったということを聞いた。なぜ救世軍に這入ったかというその動機なども詳らかにしなかったので、私はただ多少奇異に感じたばかりであまり深い注意も牽（ひ）かれなかった。第一期の雑詠にあった、

此巨犬幾人雪に救ひけむ　雉子郎

という句も、句そのものは深く頭に印象されていたがその作者が雉子郎君であることは少しも頭に残っていないくらいであった。がその後二、三の人からよりより君の消息を聞かんでもなかった。また救世軍そのものが社会的に活動して世人の頭に種々の

印象を止めるようになると同時に、わが雉子郎君の救世軍生活がだんだん私の興味を牽くようになって来た。

ある時水巴君と話のついでに談が雉子郎句集のことに及んだ。その時水巴君は君の句を激賞して、一家の句集の中では確かに出色のものと考えると言った。同句集は明治四十三年頃に私も一冊貰い受けて書架に蔵しているものではあったが、例の俳句に遠ざかっていた時代であったので詳しく見もしなかった。そこで早速その句集の数頁を二人して読んでみた。極めて穏当な句で、坦々たる俳句の王道を一歩も踏み違えずに歩んでいる点を私も賞讃した。もっともその頃は新傾向が全盛を極めている頃であったので、雉子郎君と同時代の作者の多くはその風潮に漂わされていたのであった。その中に飽くまでもその道を踏み違えずにいた水巴君が、同じ道を歩んでいた雉子郎君の句を賞讃したのも道理あることであった。そこで私は迷える俳句界を覚醒するために小論文を発表するついでにこの雉子郎句集の紹介も試みて見たいと考えたのであったが、それも事にまぎれてそのままになっていた。

大正二年の夏の頃の俳句会であった。多くの俳人の集っている中に赤い肩章のある雉子郎君の姿を見出した。最早昔の子供子供した様子はなくなって立派な救世軍士官になりすましていた。その時雉子郎君の話に、自分は今度京城の方に赴任することになったので暇乞かたがた来たとのことであった。

その頃京城日報社長をしておった左衛門君に雉子郎君の京城に赴任したことを通じてやったがそれから間もなく左衛門君は京城日報を去るようになり、自身で担当しておった俳句の選を雉子郎君に依嘱した。爾来今日に到るまで京城日報の俳壇は雉子郎君によって率いられている。往年私が京城に遊んだ頃はまだ新傾向全盛時代であって私等から見て俳句らしい俳句と考えられるものは非常に少なかったが、今日は朝鮮八道ほとんど到る所に我が党の俳句の会があるほどに盛んな有り様になった。これは俳句復興の機運に伴ったものとはいえ、また雉子郎君が京城日報によって不言実行的に正しき俳句を鼓吹しつつある結果といわねばならぬ。

最近ある人から私は君の家庭の事情を概略聞くことが出来た。君が救世軍に投ずるようになった内面的の消息もほぼ明らかにすることが出来た。君は決して家庭的に幸福な人ではなかったのである。君の句に涙のこもった柔らか味のある情の句の多いのもそこに原因していると考えられる。

君は熱情の人である、けれども苦労した熱情の人である。まだ而立の人でありながらどことなく大人らしい面影があるのは、主としてそこに原因するであろうと思う。そうしてその苦労の結果が奇矯に流れず偏癖に失せず、静かに穏やかに宗教的の方面に赴いたことは、いよいよ君をして大人の面影あらしむる所以となったのである。君は今や救世軍大尉として朝鮮の布教を総攬している地位にあるのであるが、彼の地に在って如何なる活動をなしつつあるか、私はそれを詳らかにしない。ただある俳人の消息の端に、京城のある四辻で多くの人に取りまかれて大道演説をしつつある救世軍の士官があった、見るとそれは雉子郎君であった、というようなことがあったことを覚えている。君は決してけばけばしい仕事をする人ではない。いわゆる聞達を求める人ではない。京城日報の俳壇の選者であることも決して君の本意ではなさそうである。先輩の左衛門君からとくに依託されたので止むを得ずこれを担任しているのであって、適当なる後進者が出来たらただちにこれを譲りたい考えを持っていることは、その書信のはしに散見された。けれども私個人の希望では、君は永くその選者の地位にあって穏健な句を鼓吹し、朝鮮の俳人をしてその帰向するところを誤らしめないようにして貰いたいのである。そうしてこれは私ばかりの希望ではあるまいと思う。

さて君の句には前言った情けの句、涙の句というべきものが多い。その一、二をいえば、

町荒れたり凧揚ぐる子のわれ知らず　雉子郎
泣き止んで草を摘む子に蝶々かな　同
壜の金魚あはれみつゝも忘れがち　同
会はで発つ義理や乳母知る虫しぐれ　同

木槿垣(むくげがき)水仕(みづし)済む待つ乳貰ひ　同

僧にやりし末子(ばつし)座に無き囲炉裏(ゐろり)かな　同

父を待つ杣(そま)の子に椎(しひ)の冬日消ゆ　同

葬の前の物争ひや冬日落つ　同

売れぬ機(はた)織る窓や山眠りけり　同

例によって小解を試みると、「町荒れたり」の句は久しく故郷に帰らないで郷里の街へ帰ってみると、町は以前に比べて荒れている、そうしてそこに凧を揚げている子は自分の誰人であるかということを知らないでいる、というので遊子が故郷に帰った時の淋しい心持が出ている。

「泣き止んで」の句は、どうかしたことで泣いておった子が泣き止んで、それから嫁菜(よめな)とか土筆(つくし)とか春の野に生(は)えている草を摘んでいると、そこに蝶々が飛んでいるというのである。その側(そば)に母とか姉とかがいるものと解されぬこともないが、何となくこの句で想像されるところは、そういうものは側にいないで、母のあとを慕うとか姉のあとを慕うとかして、一人取り残された子が、久しく泣いておったのが仕方なしに泣き止めて、子供のことであるから、泣くのを止めると直ぐそこの春草に眼うつりがしてその草を摘んでいる、蝶々はあたかも心あるものの如くその子供をなぐさめ顔に柔らかく静かにその子供の側を飛んでいるというのである。

「壜の金魚」の句は、壜の中の金魚は、その僅かの小天地に無心に遊泳しつつある。金魚は無心であるがしかしそれを飼っている人から見ると常にその金魚を忘れずにいてやりたい、暇があれば眼を金魚の上に放っていてやりたい、これが金魚に対する飼い主の情けである。それにかかわらず何にかに取り紛れ心は金魚から他に外れて忘れがちである、それはわれながら情けないことであると悔やんだように言ったのである。この句の如きは最もよく雉子郎君の心持を表わしたものであろうと思う。壜の金魚を憐れみつつ明け暮れそれをながめているというようなのは月並の宗教家の口吻である。憐れみながらも忘れがちであるというところに率直な君の面目が窺われて、しかも明け暮れ金魚をながめるもの以上にその情けがうかがわれる。

「会はで発つ」の句は自分が郷里を発つ時分に幼い時から母に代わって世話をしてくれた乳母に遇いたいのは山々であるけれども、他のものに対する義理あいからどうも遇うことは出来ない、そこで残念ながら遇わないで出発するのであるが、しかしその義理は乳母もよく知っていて呉れる、乳母ももとより遇いたいであろう、自分以上に遇いたいにきまっている、しかも自分の苦しい義理をよく知っていて呉れて乳母はそれを恨みはすまい。さてその時候は秋であって、さなきだに人の涙を誘う虫の啼き盛っている虫しぐれの頃であるというのである。この句の如きは現在の新しい生活とされている自然主義なぞの眼から見たら余程旧式な古風なものと考えられるであろうけれど、恐らく作者自身の経験、もしくは経験に近い事実であろうと思う。少なくとも作者は感情通りに生活しようとする今のデカダン的傾向と歩趨を異にして、情をための義理を重んじ宗教的に立脚する傾向がこの句によっても窺われるのである。しかもその義理を重んじ道を辿ろうとするところにかえって作者の深い情けは窺われる。

「木槿垣」の句は、母を亡くしたかもしくは貧乏で牛乳を買う金がないので、乳呑み子は誰かに抱かれて乳貰いに来ている。その乳を呉れる女の人は井戸端で丁度水仕事をしているので、その乳貰いに来たものは木槿垣のほとりでその水仕のすむのを待っているというのである。その物あわれな、控えめな心持に作者の深い同情はある。

「僧にやりし」の句はある田舎家に在って、その田舎家の囲炉裏の側に家族中のものは皆集っているのであるが、ただ一人欠けているのは末の男の子で、それは坊主にするためにある寺にやってあるので、それが一人欠けていることが物足らず淋しく覚えられるというのである。親の目から見ればどの子にも愛情に変わりはないけれども、ことに年のゆかぬ末子であることに一層不憫が増すのである。

「父を待つ」の句は、山に木を樵りに行っている杣の帰りが遅いので、杣の子は門前で、もう帰るかもう帰るかと父の下りて来る山道の方を眺めながら待っているが父は一向帰って来ない。冬の夕日は幽かながらも初めのうちはその子供にも当たりその辺一面にも当たっていたのが、だんだんと暮れるに従って、その子供は最早物に遮られて日陰になり、僅かにその側にある椎の木に最後の日影が当たっておったのが、それもついに消えて仕舞って、暮色がその辺一面をやがて包もうとするようになって来たというのである。一心に父の帰りを待っていたその子供の失望も思いやられるのである。なおこの句は「消ゆ」の字が生命で、今まで当たっていた冬日影が、最後にサッと消えて仕舞ったというその写生の技倆に力がある。それもただぼんやりと冬日影が消えたと言わずに、椎の木に消えたというところに写生の力がある。もとより椎の木のみでなく他にも日影の当たっていたものはあるのであろうが、目の前の椎の木にサッと日影の消えたことは著しくその子供の目に――もしくは作者の眼に――映じたのである。

「葬の前の」の句は、ある葬を出そうとする前に当たって、その葬を世話をしている人の間に物争いが起こって葬を出すのが遅れている、短い冬の日がもう落ちかかっているというのである。葬を出す前の物争いなどは如何にも苦々しいことでよそ目には不心得なことと思われるが、しかしその人々の立場に立って見れば何かやむを得ぬ事情もあるのであろう。作者はあえてその物争いを非難してもおらず、それかと言ってもとより賛成しているわけでもないのである。作者はただその事実を叙し、同時に冬の日の西に落ちた物淋しい光景を描いている。宗教家としての作者はその物争いをすることの是非善悪を論ずるよりも、かかる事実の起こり来る人生そのものを味気なく情けなく感じたものであろう。そうしてかかる人生を救う絶大の偉力を認めて、そこに慰藉を見出しているのであろう。

「売れぬ機」の句は、冬の眠っている淋しい山を前に控えた窓のもとにある一人の女――もしくは男――は機を織りつつある。その機は織り上げたところで売れる目当てのあるものではないのであるが、その女は仕方なしにその機を織りつつあるというのである。機を織るというようなことはもとより薄利な仕事であるけれども、織り上げれば直ぐそれを金にかえることが出来るというようなものならば、織り力があるわけであるが、そういう目当てはまだないのであるけれども、それかと言って他にそれにかえる仕事があるでなく、ただ仕方なしにその機を織っている。冬枯れの山に対し、冬枯れのような生活をしている淋しい人の境遇である。

前にも言ったように雉子郎君は宗教家として立ちつつある人である。もとより感情の人であるけれども、その精進努力の結果は、ある悟りともみるべき安慰の状態に在ることはその句の上に窺われる。例えば、

柚味噌に不平の句あり会へばなし　雉子郎
秋雨や帰され嫁の荷宰領　同

その他前の、

会はで発つ義理や乳母知る虫しぐれ　雉子郎
葬の前の物争ひや冬日落つ　同
売れぬ機織る窓や山眠りけり　同

の類が皆それである。

「柚味噌に」の句は、ある人の柚味噌の句を見るとどうやらその人は、自分に対してかもしくは世の中に対してか、何等か不平があるらしく感ぜられた。そこでその人に会ってみると、考えたようでもなく、一向そんな模様もなかったというのである。この句を見ると、どことなく人生に対してのある安慰の情が受け取れる。次の「秋雨や」の句は、秋の雨の降る日にどうかしたことで離縁になる嫁の荷物の世話をしなければならぬ。そこで宰領として雨の中を世話をやくというのである。帰され嫁の荷宰領は随分御苦労なことでしかも淋しい仕事であるのだが、それがことに秋雨の降る中であって見ると一層うるさい淋しい仕事になるのである。しかしながらこの句のうちには、その仕事を怒りつぶやくような心持は少しもない、仕方がなしにそれを遂行する心持がほの見える。やはりそこに人生に対するある安慰の情緒がほの見える。その他前に解釈した「会はで発つ」の句も、「葬の前の」の句も、「売れぬ機」の句も、いずれも人生のある苦痛を描きながら、そこに思い迫った苦悶を写すよりも、どこかに解決を見出した、もしくは止むを得ざるものとして自然の解決を待つ安慰の心持がほの見える。なお宗教家として積極的に『力』を讃美したものに、

　此巨犬幾人雪に救ひけむ　　雉子郎

の句がある。この句は北の雪国などでは雪中に埋まった人を探し出すのに、よく犬を使うことがある、犬はその発達した嗅覚で、雪に踏み迷うた人はもちろん、雪中に埋まっている人までも探し出すことがあると聞いている。作者はその雪国に在って一疋の大きな犬を見た時に、この大きな犬は幾人の人を雪の中から救い出したものであろう、定めてたくさんの人を救ったことであろうと、その勇猛な姿に見惚れかつ獣の人を救うということに感動して嘆美した句である。

君が朝鮮移住後の句には自然朝鮮を描いた句が多い。

　春風や通訳つけて居合抜　　雉子郎

　兵役の無き民族や月の秋　　同

　　廃宮

　蜻蛉や盗るに任せて門瓦　　同

移り来し人の喪服や鳳仙花　同

「春風や」の句は、内地人が朝鮮に行って、春風の吹いている広場とか、盛り場とかで居合抜きをしている。見物人は主に朝鮮人のことであるから通訳をつけてやっているというのである。

「兵役の」の句は、朝鮮の人民は併合後内地人と同様に日本人として取り扱われることになったのではあるが、まだ兵役は課せられない。それだけ植民地の人としてまだ内地人同様の取り扱いを受けていない訳なのである。一種の民族としてこれを考える時は、いわゆる亡国の民で、憐れむべき感じがする。月の秋の下五字に深い意味があるわけではない。秋の月は明るく邦土を照らしている。それに秋は春と異って惆悵の感も強い。その月明の秋にあって広く朝鮮人なるものを考えて見て、「兵役のなき民族」としてのこの邦土の民を憐れんだのである。

「蜻蛉や」の句は、併合前後の朝鮮の景福宮などが連想される。その土塀とか門とかの瓦はほとんど奪掠に任せられたような状態であったそうである。私の朝鮮に行った時は最早そういうようなことはなくなっていたが、あの堂々たる景福宮ですらそうであったとすれば、その他の小さい離宮などは思う存分に荒らされたものであろう。只今ただ鷓鴣の飛ぶあり、という句の如きは支那の廃宮を詠じたものであるが、門瓦は盗み次第になっていて蜻蛉は淋しくその辺を飛んでいる、これが朝鮮の廃宮の面目である。

「移り来し」の句は、今でも朝鮮では冠婚葬祭のことはなかなかやかましくって、喪中には必ず喪服をつける。さて内地人の住まっている家の近所にある朝鮮人が移転して来た、その朝鮮人は喪服をつけている、庭には鳳仙花が咲いているというのである。朝鮮人同志であれば、喪服をつけた人が近所に移転して来たことなどは何の注意をも牽(ひ)かないことであるが、そういうことにおろそかになっている内地人の眼には、その喪服が格別珍しく映ったのである。

なお雉子郎君の句には、

やゝありて午砲気づきぬ森長閑(のどか)　　雉子郎

というようなのんびりした句があると思うと、

月がさす卓や動かで金魚あり　　雉子郎

というようなひきしまった句もある。「やゝありて」の句は森の中におって春の長閑な日を悠々(ゆうゆう)と暮らしている。その時何か音がしたことは耳に止まったけれども、別にその物音は何の音であるかということに気もつかず、考えようともしなかった。がしばらくたってから腹がすいたのを覚えたとか、その他何等かの理由で「ああ先刻のは午砲であったのだナ」と極めて遅蒔きに気がついたというのである。そののんびりしたところが長閑な春の日、ことに森の中の長閑な春の日という心持によく調和してある。「月がさす」の句は、明らかな月がある卓の上にさし込んでいる。その卓の上には硝子の瓶に入れた金魚が置いてあるが、その金魚は瓶の中にじっとしていて少しも動かずにいるというのである。その辺に人もいず静かに月光のさし込んでいる卓上の光景が極めて強くしかも絵の如く透明に描かれている。これらの句はいずれも重厚な趣の句であるが、

流れ棹追ふて離れて蜻蛉かな　雉子郎
鯉浮いて栗落ちて水輪相搏てり　同

の句の如きは軽快な句である。「流れ棹」の句はある川を一本の棹が流れている。蜻蛉はその棹を追うて飛んでいるかと思うとまたツイと離れて飛んでいる。蜻蛉はそういうことを繰り返しながら棹はますます下手に流れつつあるというような光景である。「鯉浮いて」の句は今まで静かであった水の面に、一方には鯉が浮いてそこに水輪が出来、一方には栗が落ちてそこにも水輪が出来、その両方の水輪が相搏ったというのである。波を起こしつつ進んで行った両方の水輪がある所で接触して互いに力強く搏

ち合ったというのである。

雪沓や土間の広さを踏みて待つ　雉子郎

という句の如きも巧みな句法である。雪沓を穿いて広い土間に突っ立って何物かを待っている景色がよく表われている。「広さを踏む」ということは一歩をあやまれば険呑な言葉ではあるけれども、この程度まではむしろ巧者を認めねばなるまい。しかしかかる技巧の末を論ずることは雉子郎論の本意ではない。雉子郎君の句の特色は、その温情春の如く如何なる人をもその懐ろに抱き取るような点にある。君の句は情の句である。涙の句である。

原　月舟

原月舟君は東京外れの柏木に住まっている。まだ詳しく身の上ばなしを聞いたことはないが徳川旗下の出であるということを仄聞している。慶應義塾の大学を卒業して今は川崎の東京電気株式会社に奉職している。

君はわがホトトギスの選者のうちで一番年少である。三十にはまだ一、二年間がある。ホトトギスに俳句を復活した当時、君もまたしばしば手紙を私に呉れた一人であった。その頃はまだ君に遇わなかったけれども、慶應義塾の学生であるということや、その俳句に対する議論の覇気に満ちたところなどから君がまだ若年の人であることは十分に想像していた。が、しかもその俳句に対する考えの妥当であって筋道の立っている点に私は着眼した。それからその当時君の率いていた三田俳句会――この三田俳句会は今の俳書堂主人である籾山江戸庵君などが慶應義塾在学中創設したものであって、その当時は今北米のシアトルかどこかで邦字新聞を主幹している阿部照葉君などを初めとし、たくさんの青年俳人を集めてなかなか盛んなものであった。――を芝浦の海水浴で催した時に、私は案内を受けて出席し、初めて君に会ったように記憶している。またその頃ホトトギスに雑詠を投句していた若い有望な人は実に君、禾人、余子、普羅などの諸君であったように覚えている。

君は裕福な家庭に次男として、しかも末子として鷹揚に育った人のようである。自然君の句にはどことなくのんびりした大まかなところがある。例えば、

元日や島を便りの港口　月舟

人卑しく扇の疵を見出しけり　同

秋風や女子生れし草の宿　同

短日やまことしやかに万年青の実　同

の類の句は句の調子もしくは趣向の上に物にこせつかないのんびりした心持が十分に出ている。「元日や」の句はある一つの港があって、そこには多少の出船入船がある。それは主としてその沖にある島に通う船であって、この港は島を便りに出来ている港であるというのである。元日であるから船がどうこうしたとか、その港がどうこうしたとか、そういうところに立ち入って考えたわけでなく、ぼんやりと大まかに、時は元日である、場所は島を便りに出来ている港であると叙したばかりで、その他のことはすべて余情に俟っている。これが元日や、でなくって、お降りや、となってもすで

に幾らか具体的となってその鷹揚な心持は幾らか薄くなる。また中七字を島に船行く、とか何とかしてもその鷹揚な心持は欠けて来る。

「人卑しく」の句は主観的の句であって、前の元日の句などとはやや趣を異にしているが作者の鷹揚な心持を窺うのには最も適当した句である。この扇は左程粗末な扇ではなくって相当に金のかかった立派な扇であろう。ただ手にとって見ただけではどこにも悪いところがなく立派な扇に見えてそれを持っている人も他の人も、ただ美しく感じているのであるが、ここに一人の人があってその人は打ち返し打ち返しその扇の裏表を見ているうちにある一つの疵を見出した。そうしてその疵を見出したことを誇りがに吹聴した、というような場合を言った句であって、何もそんなに穿鑿をして扇の疵を見出すにも当たるまい、美しい扇は美しい扇として置いていいではないか、強いてその疵を見出してそれを得意でいるその人の心に立ち入って見てるとコセコセした卑しむべきところがあると、その人を卑しんだ心持を言ったのである。そんなことは穿鑿せんでもいい、捨てて置けばいいにというところに作者の鷹揚な心持が窺われる。この句の如きは悪くいえば露骨なる主観的の句ともいえるであろうが、しかもかかる種類の句がことごとく発句にならぬとか、悪句であるとかいって排斥するのは私のとらぬところである。この句の如きはこの種類の句として好い句である。

「秋風や」の句は秋風の吹く頃にある家に女の子が生まれたというだけのことである。

それがどうしたというのだ、ただそれっきりでは何の面白味もないではないか、と言ってこの句の価値を疑う人があるかもしれぬが、そのどうもしないところがよいのであって、その他に理窟はないのである。反言すればただこれだけなところに鷹揚な一種の味わいがあるのである。草の宿という以上は決して金殿玉楼ではない。実際草で葺いた家でなくとも佗しい住居をしている家を想像する。女の子といえば多少艶な心持がせぬでもないが、これが春風の吹く頃でなくって物淋しい秋の風の吹く頃であるというところに、その艶な中にも一脈の淋しさが伴って来る。そういうところに平凡に似て平凡でないこの句の価値は見出される。ことにくどくどと詳しいことはいわないでただ大まかに秋風やと叙し、下十二字も何も曲折もなく一本調子に、女子生れし草の宿とした、その大まかな叙法がこの句の趣を助けている。

「短日や」の句は、冬の日万年青が赤い実をつけている、というだけの景色に作者は興味を持ったのであって、その万年青の実がどうしたとかこうしたとかいうのではない。もともと作者にはその万年青の実をどうしてみよう、こうしてみようというような考えがある訳でなく、ただじっとその万年青の実をながめていたので、その時の心持を何といったらよかろうと考えた末、作者はまことしやかに、という中七字をようやくにして得たのである。その万年青の実は別にどういう心持がある訳でもなく、ただまことらしい顔をして凝乎とあるというのである。まことらしい顔をしているといったところで、それは万年青の実が気取っているとか、すましているとかいうような強い意味ではなく、ただ凝乎と万年青の実は万年青の実らしくしているというくらいの意味である。もしこの句で表わそうとする心持を極端にいえば、短日や万年青の実といっただけでいいくらいなものである。この作者はそういうところを純客観に言わないで、なるべく主観の色彩を交える傾向のあることは次に論じようと思うのであるが、その点はしばらく別問題として作者の着想する点は大まかな趣味にある場合が多い。

雑詠集中にはないけれども、

春風や国の真中の善光寺　月舟

という句の如きもやはりこの作者の傾向を最も著しく表わした句の一つである。あの信州の善光寺という寺を頭の中に描いた時分に、その楼門がどうとか、その本堂がどうとか、その赤栴檀の尊像がどうだとか、戒壇院がどうだとか、そういう内部に這入ったごたごたしたことを考えずに、ただ大まかに日本国の真中にある寺として考え、それがまた桜の花の散る時にどうとか、時雨の降りかかる時にどうとかいうことをいうのでなく、ただ茫と春風の吹き渡っている頃を想像したところにゆったりした心持が強く出ている。

次にこの作者の句の他の特色の一つは情的なところである。前言った如く裕福に鷹揚に育った人であるために、狂熱的なところはないけれども温藉なる情的のところがあって、それは君の句を自ら ロ ーマンチックなものとする。例えば、

春暁の樹に倚りて弾く胡弓かな　月舟
春行く夜林檎むきつゝ港行く　同

の句の如きはいずれも西洋の小説などに見るような光景で、「春暁の」の句は例えばジプシーの如き漂浪生活をしている旅芸人がギターという楽器を弾奏している趣などが連想される。「春行く夜」の句は、よごれた洋服を着、破れた靴を穿いた水夫などが、ポッケットから出したナイフで林檎の皮をむきながら港の街を歩いているような、露西亜の小説の一節などが想像される。後の句の如きは小説の一節としては事実の写生というに過ぎぬけれども、それがかく俳句になって見ると多少ローマンチックの色彩を帯びて来るのである。——もっともこの二句の如きはそういうふうに異国趣味のものと解釈しなくともよいという説もあるであろう。しかし仮に作者自身の事実としたところでどこかにローマンチックな色彩のつき纏っていることは争われない。

芸名を襲ぎて閑居や炉の名残　月舟

杵屋何某とか、市川何某とかいうふうに親か師匠の芸名を襲いで向島とか根岸とか、そういう所に閑居をしている人が、もう春になって炉を塞いで風炉に替えるといったのである。――この炉は炬燵ではなく茶の湯の炉をいったものである。――この句の如きは前の異国趣味のものとは反対に、江戸趣味の面影を留めたものである。

僧の死や草木色添へ啼く帰雁　月舟
秋風や謎のやうなる古酒の壺　同
虫啼くや灯のまはり飛ぶ小さき鬼　同

この「僧の死や」の句の如きはまったくローマンチックなもので、ある一人の尊い坊さんが死んだ、ところが釈迦が死んだ時も同じようにその僧の死は天地に感動するところがあって、草も木も今までよりは色がまさり、鳥や獣も声を揃えて啼くというのである。もっともそこには俳句のことであるから動物の方は帰雁だけを出して来て、他の鳥獣には及んでいないけれども、心持はそこにあるのである。

「秋風や」の句は、そこに一つ酒を入れた壺がある。それは今年出来た酒ではなくて古酒である。その酒壺は相当な大きさをした古びた壺であろう。天は今蕭殺として秋の風が吹いている時候である、その中に蔵するところの酒は古酒である、その壺も厖然として古雅なものである。つらつらこれを見ていると、この壺はあたかも一個の謎としてわれらの前に立っているというのである。壺は壺に過ぎない。そこに一種の神秘あるが如く感ずるのは作者の情熱的なローマンチックなところである。

「虫啼くや」の句は、秋の夜灯下に坐して虫の啼く音を聞いている時の心持を具体的に表わしたもので、ここにも蕭殺の気が満ちて虫声が喞々(そくそく)として人に迫るように啼いている。灯火はその秋の夜を照らして淋(さみ)しく灯(とも)っている。じっとその灯を見詰めていると、小さい鬼がその灯のまわりを飛んでいるような心持がするといったのである。

　寒夜読むや灯(ともしび)潮(うしほ)の如く鳴る　蛇笏

という句と同巧異曲のものともいえるが、そのローマンチックな点は小さき鬼の方にある。すなわち秋の夜の灯を見てその周囲を鬼が飛んでいるもののように感ずるのは作者の主観のローマンチックな傾向に基づく。それに反し潮の如く鳴るという方はかすかに灯(ひ)の鳴る音を極端に強く感ずるのに過ぎないのであるが、同時にその主観の強烈さはかえってこっちにある。蛇笏君の句を引き合いに出したついでに、前の謎の句と、

　秋風や眼前湧(わ)ける月の謎　蛇笏

との句を比較して見てもやはり同じような傾向が窺(うかが)われる。月舟君が古酒の壺を謎と

見るのはある興趣が主になっている。ローマンチックな色彩は強いけれども誰れにも直ぐ受け取り得る穏やかさがある。が、この月の謎の句は何のゆとりもなく、何の興趣もなく、ただ作者の主観そのものが強烈に句の上に露出している。味わいは前者にある。強さは後者にある。

なお、

秋風やよろこび飛べる露の虫　月舟
秋風や相誘うて錆びる針　同
蟬当りて色動きたる灯籠かな　同
人を墜として煙突高し冬の月　同

の如き擬人法の句がこの作者に多いのもそのローマンチックな傾向から生ずる必然の結果である。擬人法というものは元来無生物を生物の如く見、動物を人の如く見る叙法であって、これらの句も、虫が飛んでいるのを人間に思い較べて、喜び飛ぶといい、どの針もどの針も皆錆びているのを、これも人間の如く見て相いざなうといい、蟬が釣ってある灯籠に当たって、その灯籠の灯がまたたいたように思われたのを、生物の如く色動きたるといい、煙突に人が登っていて墜ちたのをあたかも煙突そのものが人を墜としたものの如く言っているのである。少し主観的な傾向を持っている人には大概この擬人法の句はあるのであるが、月舟君はその傾向のとくに著しい一人である。
　情熱的な傾向は純主観的な写生句を作る場合にも静止的な空間的な句を作ることを難ずる傾きがある。すなわち静止的なものよりも活動的なもの、空間的なものよりも時間的なものが多くなる傾きがある。例えば、

　春雨の止まんとして月の出る気ほひ　月舟
　木々の芽や地を動かして杭を打つ　同
　十薬を踏みて掛ける絵馬新しき　同
　頬骨逞しく灯けては灯籠流しけり　同

の句の如きはいずれも活動的といい得るのである。

　短夜や土塊乾く草の上　月舟
　建ちて直ぐ薪割る水辺初夏の家　同
　大木を枯らす烏や秋の暮　同

等の如きは時間的の句と言い得るのである。活動には時間を伴い、時間には活動を伴うわけであるから、この両者を区別することはその実無理なのであるけれども、比較的傾向の著しいところをとりて試みにかく区別して見たのである。

「春雨の」の句は、今まで降っておった春雨が最早降りやもうとしていた時分に、東の方に雲の切れ目が出来てそこから大きな春の月が勢いよく出ようとしているというのである。

「木々の芽や」の句は、木の芽の吹き出た頃、ある工事をするために大地に杭を打ち込むので、槌で杭を打ち込むたびに、土地はある周囲まで動くというのである。冬枯れの間内部に貯(たくわ)えられてあった力が今外部に表われかけて木々は芽を吹き出しつつあるのであるが、その大地にこもった力が一方には木々の芽に表われ、一方には杭を打つ人の働きの上に表われて、大地はそのたびに生活あるものの如く揺らぐといったのである。

「十薬を」の句は、ある絵馬堂に新しい絵馬を掛ける時の光景で、下には十薬(じゅうやく)が咲き拡がっている、その上を踏んで絵馬堂の高い所に絵馬を掛けるというのである。

「煩骨」の句は灯籠流(とうろうなが)しの光景をいったもので一人の男が岸にしゃがんで灯籠に灯(ひ)をつけては流し、つけては流ししているが、灯をつけるたびに、しゃがんでいるその男の顔が明らかに照らし出されて、その顔の特色である煩骨の高い所がとくによく人目に映じているというのである。

「短夜や」の句は、夏の夜草の上にころがっておった一つの土塊が、前夜は湿っておったのが翌朝見ると乾いておったというのである。

「建ちて直ぐ」の句は、ある水辺に新しく一つの家を建築しておったが、それが出来上がったと思うと、もう人が住まってその水辺で薪(まき)を割っておる、それは初夏の頃であるというのである。

「大木を」の句は、ある一つの大木にたくさんの鳥が巣を食っていて何年かたつうちにその大木はついに鳥のために枯れるようになるだろうというので、その鳥の大木に群がり止まっている時間はなかなか永いのであるが、今眼前に描き出された光景は秋の夕暮で、ある秋の夕暮ふとその大木を見上げると、例によってたくさんの鳥が群がり止まっている、やがてこの木はついにその鳥のために枯らされて仕舞うのであろうといったのである。

以上の句は皆相当の活動と相当の時間とを含んでおって、絵の如き空間的な静止的なものとは多少趣を異にしている。もっともこれは俳句が時間的な文字の排列によってなされる文学である以上当然の結果で、ひとり月舟君の句に限ったわけではないがしかしそれも比較的のことで、月舟君の句にはその傾向がとくに顕著なように看取されるのである。

察するところ君は恐らく苦吟の人であろう。その草稿を見るとむしろ駄句の多いのに驚くことがある。この点は零余子(れいよし)君とよく似ている。――聞くところによると君は初め零余子君に誘われて句作の道に入ったということである。その句の傾向は大分異なっているけれども才にまかせて句作する方でなくって趣に案じ入って苦吟する人であることは両者よく似ている。――この駄句の多いということはかつても述べたように思うが決して恥ずべきことではない。幾ら駄句が多くってもその中に真珠の如き好句を拾い得れば、それで結構である。十句一通りの句が頭を並べているよりも九句がことごとく凡句であって一句ズバ抜けて好句である方を私はむしろ取る。月舟君の如きはこの傾向にいる人である。以上の他なお数句を挙げて見ようならば、

絵馬落ちて裏返へしなる杉菜哉　月舟
土塊に蜂歩み居る地震哉　同
暮れの水黒く親しげに杜若　同
漆掻く肉一塊や女なし　同
秋出水かくて廃る〻俚謡かな　同
かたまりて宿立ち出づる萩見かな　同
またゝきの音静かなる蒲団哉　同

「絵馬落ちて」の句は、今まで上に掛かっておった絵馬がいつの間にか地上に落ちている、その地上には杉菜が生えていて落ちた絵馬はその杉菜の上に裏返しになってい

るというのである。この句の如きは、君の句としては珍しく静止的のものであるが、それにしても「絵馬落ちて」という初五字にはやはり活動的な分子が残っている。描き出された光景は静止的であるが、使われた文字は活動的である。

「土塊に」の句は、大きな地震というような題を詠ずる場合に、大きなことを言おうとか、力強いことを言おうとかせず、庭にころがっている土塊の上を蜂が歩いているという眼前の小景を捉えたところに働きがある。

「暮れの水」の句は、杜若の咲いている池の水を日暮方に見ると、暗く黒ずんで見えるのであるが、また人に親しげな心持がその黒ずんだ水の色にあるといったのである。これも前に陳べた擬人法の一つに数うべきもので、杜若そのものに対する作者の情が、やがて其の水にまでこういう心持を賦与するのである。

「漆掻く」の句は、一人の男が山奥で木から漆をとっている。それは人間であり、男であるがただ一塊の肉と考えられるばかりでほとんど無生物に等しく、ただ黙って漆を掻いている。もとよりそこに女などいうものは思い浮かべようもない。男あっての女、生あっての女であるが、これはただ一塊の肉に過ぎないというのである。無生物を生物の如く見るのが擬人法であるならば、これはそれの反対で、人間をただ一塊の肉と見做したのである。女なし、の下五は露骨なる主観ではあるけれども、この場合に代えるべき文字もない。この句はかくあらねばならぬのである。

「秋出水」の句は、ある田舎に、その土地の流行り唄のようなものがあって、男も女も、大人も子供もその俚謡を唄っていた。ところが一ト年秋になって出水がしてその村は大変な損害を受けた。それまでは平和な村であったが、それ以来その水害を回復するために苦しい無理な生活をせなければならぬようになった。そこで平和に唄われておったさきの俚謡もそれを境にだんだん廃れるようになったというのである。これも田園小説を読むような心持がする。

「かたまりて」の句は、大勢の家族の人が出かけるとしてもよく、またある家に落ち合った多くの人が一緒に出かけるとしてもよい。要するに離れ離れでなくかたまって、大勢の人が一つの宿から一緒に出て萩見に行くというのである。温藉なる句である。

「またゝきの」の句は、静寂を極めた夜の光景で、蒲団の中に寝ているとあまり静かなので、自分の瞬きの音が聞こえるような心持がするというのである。この句からまた蛇笏君の「灯潮の如く鳴る」という句が連想されるが、事実を誇張して言った点は同一でありながら、彼の興奮を極めた状と反対に、これはまた静寂を極めた落ち着いた心持である。

前田普羅

前田普羅君は東京の産で、十七歳の時に生母を失って叔母に当たる人の手許に引き取られ、中学校を卒業して後早稲田の文科に這入ったが、文科を専攻するということが父君や親戚によろこばれず中途退学の上、父君の不動産がその地にある関係から横浜に移住し、続いて某役所に通勤するようになって、最近まで七年の間その職務をつづけていたとのことである。君がその役所を辞して自由の体になったのは最近の六月三十日のことで、これより社会的に新しい道を見出して行こうと君は目下考慮中であろうと想像する。最近君の私によこした手紙の中に、私はあなたと親しくなるまでは僅かに歌沢を稽古することと、山登りをすることとで心に染まぬ職業の鬱憤を晴らし、自分は遊事の外には真実になれない人間だと思うほどよく遊んだが、あなたと親しくなって以来、自分には俳句の別天地があることを自ら恃むようになってすこぶる慰むところがあった。何のために七年間心に染まぬ職業に携わっていたか、それは自分にも分からぬ。またそれについて深く考える気にもならぬとそういう意味のことが書いてあった。ただ今後如何なる方面に道を見出すかということについては何も書いてなかった。

私は大正三年の正月のホトトギスに次のようなことを書いたことを記憶している。「大正二年の俳句界に二の新人を得たり、曰く普羅、曰く石鼎。」と。正しく大正二年の雑詠の投句家としてこの二人者は新人の誇りを見せていた。しかしながらこの二人を比較して見るとまたその間に大なる相違があった。石鼎君の句は春の如く夏の如く、豪華、跌宕、普羅君の句は秋の如く冬の如く、簡素、雄勁、それぞれ異なった姿態を具えていた。石鼎君については次回にこれを論ずるとして、普羅君の句には、

しみ〴〵と日を吸ふ柿の静かかな　普羅

病む人の足袋白々とはきにけり　同

の如きをまずその代表作として挙ぐべきであろう。「しみ〴〵と」の句は、雨にもけがされず、風にも動かされない堅固に晴れ渡った秋の日の下に、梢の柿は赤い色をして静かに丸い形を見せている。秋の日は偏る所なく万物を照らしているのであるが、中にもこの梢の赤い柿は飽くことを知らずに、しみじみとその日影を吸いとっているというのである。初め青かった柿も日を経るに従って赤くなって来たのであるが、その赤い柿もなお日数を経るに従ってだんだんとその赤さを増して来る。柿は、蛭が血

を吸うように日光を吸うわけでもないが、しかもその堅い静かな秋の日に照らされているところを見ると、静かに落ち着いて日光を吸いとっているもののように感ぜられる。もっともかく見るのは、その柿に対した時の作者の心それ自身が落ち着いていて深くその趣に吸引されているからのことで、柿がしみじみと日を吸うというのは、とりも直さず作者がしみじみと柿をながめているということである。擬人法の句は他にもたくさんあるが、かく梢の句そのものに全力を注いで、ほとんど作者が柿になって仕舞ったことほど深く立ち入っている句はすこぶる珍しい。古人の句にたしか、

柿の葉の皆になつたる梢かな

というのがある。これも面白い句であるが、しかしこの方は客観的に柿の木をながめていて僅かに一、二枚残っていた梢の葉もある時ふと見ると落ちて仕舞って一枚も残っていなかったというので、淋しい心持は十分に出ているし、柿の葉らしい特性もよく表われているが、それにしてもよそから静かに眺めた景色であって作者が柿の葉になって仕舞ったということほど強烈な性質のものではない。しかしながらこの「しみ〴〵と」の句になると、作者がほとんど柿の実その物となっているような心持で、しみじみと柿をながめているのは作者、しみじみと日を吸うているのは柿であるが、しかし厳密に言ってどちらが柿、どちらが作者であるか見分けのつかないほど、相合致

したものとなっている。
「病む人の」の句は、ある一人の病人が白足袋を穿いておったというだけの光景に過ぎぬけれども、作者はただそれだけを表わして、満足しているのではない。ここに一人の病人があって皮膚の色も黄色く、光沢もなくなり、痩せ衰えているが、その穿いている足袋を見ると、それは少しもよごれていない真っ白な足袋である。それが汚いよごれた足袋であるならば、その垢づき汚れた病人に対して、それほど目立ちはしないのであるけれども、それが純白な足袋であるためにことにその白いのが目立って、かえってその病人に対する物あわれさが加わって来る。そこに作者は深い同情と鋭い観察とをもってこの句を得たのである。ことに「白々とはきにけり」と言ったところに作者はただちに病人の心に立ち入って、前の柿の句と同じく自分が病人か、病人が自分かという程深い関係に立っている。以上二句の如きは正しく新人的の観察で当時の俳壇にあってたしかに異彩を放ったものとせねばならなかった。大正五年の今日の俳壇にあってもなお優に一地歩を占めている。

　なおこの二句の如きは、その調子が洗練されておって一点の衒気もなく、一点の匠気もない。ちょっと見ると平々他気ない句のようであって、その中には清新な思想が何の屈托もなく盛られてある。世人はこの点に十分の考慮を費やさねばならぬ。

　この二句の如きは前に言った通り、石鼎君の華やかな句に比較して見るといずれも静かに淋しい。それかと言って決して力の弱い、張りのない句ではない。内部に潜める力は十分にあるけれども、作者の控え目なおとなしい性質は容易に表へそれを暴露しないでいるのである。

若竹に風雨駆るや庭の奥　普羅
新涼や豆腐驚く唐辛子　同
慌しく大漁過ぎし秋日かな　同
秋山に騒ぐ生徒や力餅　同
秋出水乾かんとして花赤し　同

等の句は、前の二句に比すればいずれも多少華やかな傾きがないでもない。しかしそれとても石鼎君の、

花影婆娑と踏むべくありぬ岨の月　石鼎
高々と蝶越ゆる谷の深さかな　同
朴に低くとまりぬ青鷹　同

等の句に較べて見るとなおどこかに地味なところがある。

「若竹に」の句は、ある奥まった庭に若竹がある。ある日烈しく風雨がしてその若竹の所にも横さまにその風雨は吹き込んで行くというのである。庭の奥の方にある若竹は、たとい若々しく延びた今年竹であっても、物に遮られて日にも遠く風にも遠く雨にも遠いような心持がしているのであるが、そのある日の風雨は、その若竹の辺までも駆けて行ったというのである。この句もまた風雨に生活あるものの如く見て、馬や牛が駆けるようにその若竹の方に駆けて行ったというのである。その駆け込んだ風雨と相まって若竹も生き生きとした生命を呼び起こしつつあるかのような心持もする。若竹ばかりでなく、ほとんど何物からもうとうとしくされていた庭の奥全体が生き生きと生命を得たような心持がするのである。「新涼や」の句は、秋の初めようやく涼しさを覚えた頃、冷奴などをして食べる時に、薬味として唐辛子を添えた、豆腐はその唐辛子の辛いのに驚いたというのである。豆腐が驚くというのは受け取れぬことであるが、天地の気象が循環して、初めて秋の涼しさを覚えた時人の心は一つの衝動を感ずる、その時あたかも食膳の豆腐に唐辛子の添っているのを見て、「にわかに涼しくなったので、この豆腐の奴は驚きアがったろう、それもただでは驚かなかったかもしれないが、唐辛子のヒリリと辛いのに接して豆腐の奴は酷く驚いたに相違ない。」と自分の心を豆腐に移して、豆腐が全然唐辛子に驚いたものとしてこの句は叙されているのである。

秋立つや何に驚く陰陽師　蕪村

という句があるが、この句の如きはそれよりも一歩を進めて新涼に驚いた人間の心持を豆腐に移して言ったものである。豆腐は唐辛子に驚かされたのであるが、それも新涼を覚えたからのことで、もしこれが盛夏の候であったならば、幾ら唐辛子が幅を利かしたところで、豆腐はたいして驚かなかったかもしれぬ。あたかも新涼を覚えて、人間の皮膚も豆腐の皮膚も多少蕭殺の感に打たれているところへ唐辛子が出て来たので、豆腐はことに驚いたことになるのである。また一方から言えば白い豆腐に赤い唐辛子を配したところは新涼の趣を強めるに足る。

「慌しく」の句は、ある秋の日、海岸で非常にたくさんの漁があった。大漁となると浜中が騒ぎ立てるのであるが、その忙しかった大漁も最早済んで仕舞って、今は再び静かな秋の日の浜になっているというたのである。大漁は勇ましい光景のもので、その間人は騒ぎたてるのであるが、しかもその騒ぎも長くは続かず、済んで仕舞ってみると如何にも慌しく瞬く間のことであったような感じがする。一時は大騒ぎであったが早や済んで仕舞った、という心持がする。人気の立った大騒ぎの大漁というものを叙しながら、その騒ぎも瞬くまに慌しく済んで仕舞ったというあとの淋しいところを叙したのがこの句の手柄である。

「秋山に」の句は、ある学校の生徒が遠足をして秋の山に登った。その山の上にはよくあるような力餅を売っている茶店がある。その茶店に教師初め休んでいるのであるが、生徒達は皆その近傍で騒ぎたてているというのである。騒ぐという言葉が使ってあるが、しかしながら秋の山の静かさには打ち勝てないほどの騒がしさで、たとい生徒がどれほど騒いでも、それは全体の秋山の静かさには何の影響をも与えない感じがする。かえって騒ぐという言葉があるために一層強く秋山の静かさが想像されるような心持がする。

「秋出水」の句は、秋になって出水して、赤い色をしてある秋草の花も水にひたっていたのであるが、その水が引いたために花は再び赤い形を表わした。水に濡れた上に少しは泥などにも汚れていたのが、今や日に当たって乾こうとしている。とそういう光景を描いたのである。今まで水につかっておった花が、乾こうとしてなお赤い色を保っているところに淋しさもあれば強さもある。

石鼎君の句を華やかと言い、普羅君の句を地味と言ったが、言を換えてこれをいえば、石鼎君の句は大きな筆で一筆に書いたようなところがあり、普羅君の句は注意深い筆を用いたようなところがある。石鼎君の句は自分の心持をただちに楽音として句の調子の上に表わして来るが、普羅君のは、自分の心持と対照物とを詳しく対比した上、両者が唯一不二の境地に立った時に初めてそれを句にするというような傾きがある。初めに挙げた二句、ここに挙げた五句の如き皆その傾向の著しいものである。「しみ〴〵と」の句、「若竹」の句、「新涼」の句、皆その著しい特色とすべき点は擬人法にある。すなわち無生物を生物と見て自分の心の活動をその物に寓する点にある。この擬人法については前にもちょっと言ったことがあるが、つまり作者の心の中にあるある熱情をそのままに表わすことが出来ない場合に、その感情を無生物に賦与するのである。そのためこの種の句には一種の力がある。「しみ〴〵と」の句でもその句の力は「吸ふ」という動詞にある。「若竹」の句でもその句の力は「駆る」という動詞にある。「新涼」の句でもその句の力は「驚く」という動詞にある。そうしてそれは皆人に擬して言った言葉である。これは注意すべきことであって、擬人法もかかる強い句を作ることが出来てこそ初めて強い感情を叙すことが出来るのであって、生ぬるい動詞を使った擬人法の如きは往々にして月並に陥る。

この力ある叙法ということは擬人法の如何にかかわらず、君の句をも、石鼎君の句をも通じての性質である。

騒人の反吐も暮れ行く桜かな　普羅
萍に伊吹見出でゝ雨上る　同
萍に豪雨底なく湛へけり　同

秋出水高く残りし鏡かな　同
荒れ雪に乗り去り乗り去る旅人かな　同
雪垂れて落ちず学校始まれり　同

「騒人の」の句は、いわゆる風騒の人である、詩歌の類を楽しんでいる人が花見に行って酒を飲み過ぎて反吐を吐いた。そのうちだんだんと日が暮れて来たというのである。騒ぎ立てている花の山は三味線の音も、太鼓の音も、仮装行列も、目鬘も、おかめも、ひょっとこも皆暮れて行くのであるが、その中に騒人の反吐も、また花の山の出来事の一つとして暮れて行くというのである。趣向から言って別にどこに力の籠ったというではないけれども、調子に張ったところがある上に、風騒人の反吐を持って来たところなどに多少の強味がある。

「萍に伊吹」の句は、ある池に浮草が生えている。それは近江の伊吹山が見ゆるところにあるのであるが、雨が盛んに降っているので、今まで伊吹は見えなかった。それが何時しかその伊吹が見え初めて来たと思うと、雨は上がったというのである。もともと雨が上がったから伊吹が見え初めたのであるが、それを反対に、伊吹が見え出して雨が上がったというのは理窟を抜きにして実際の感情をもとにしたものである。「ああ伊吹が見え出したナ」と気が付いた方が先であって、雨の上がったことを知ったのはその次である。もしこの句が「浮草に雨晴れて伊吹見えそめぬ」などとしたら、それは説明的の句になって力の弱いものとなって仕舞う。感情を土台にして「伊吹見出でゝ雨上る」としたためにこの句には力がある。調子もこの方が張って聞こえる。

「萍に豪雨」の句は、ある浮草の生えている池に、何時になったら晴れるかもしれぬというような盛んな雨が湛えていると言うのである。これももし理窟的に文字を正していえば「浮草に底なき豪雨湛へけり」といわねばならぬが、それでは調子が弱くなって、この場合の光景なり、心持なりを思い浮かばしめるのには力が不十分となる。「豪雨底なく」と中七字に置いたのは、ただ洒落に文字を転倒したのではない。作者の興奮した感情、その場合の雄大な景色を力強く描き出す必要上からである。

「秋出水」の句は、秋出水がしてある家の室内にも浸水して来た。大方の道具は運び去るか、そうでなければ空しく水底に沈んだままにしてあって、打ち見たところでは何も目に入らぬのであるが、その時ただ一つ壁の上に鏡が残っていた。これは高いところにあったために浸水の恐れがないとして人は持ち運ばなかったものか、それとも気がつかずに忘れられていたものか、どちらか分からぬが、とにかく鏡がただ一つ高い所に残っていたというのである。何物の力もこれを防ぐことが出来ず、出水は滔々として室内を冒しているのであるが、さらにそれに関知せざるものの如く静まり反って鏡は壁間に掛かっている。そのほとんど静的ともいうべき光景のうちにかえってある力が描き出されている。一瞬間まったく空虚にされた芝居の舞台の上に一つの力を感ずるのと同じように、水と鏡の外何物をも見出さない舞台にもまたある力を見出すのである。

「荒れ雪に」の句は、非常に風が吹きすさんでそうして雪が降っているので、大吹雪(おおふぶき)を言ったものであろう。北海道とか、もしくは小説などで読む露西亜(ロシア)あたりの光景を想像したものか、ある旅舎の光景で、大吹雪の中に一つの橇(そり)がしつらわれて、某々の旅人はその大吹雪を物ともせずに橇を駆(か)って立ち去った。ところがまた他の某々の旅人も同じく橇をしつらえその吹雪をものともせずに立ち去ったというのである。「大吹雪」といわずに、「荒れ雪」といったところにもある強味がある。「乗り去り乗り去る」という重複(ちょうふく)した言葉もこの場合その光景なり心持なりを率直に現わして力強い。

「雪垂れて」の句は、雪が軒に垂れて今にも落ちそうになっているが、まだ落ちない。学校の生徒は今まで控室その他でざわざわ騒いでいたが、始業の鐘が鳴ったので、皆教室に這入(はい)っていよいよ授業は始まった。その軒に垂れておった雪はやはり垂れたままで、まだ落ちずにいるというのである。学校の課業の方は今まではまだ始まらずにいたのが、局面一変して今はもう始まった、それに軒の雪は依然として垂れたままになって落ちずにいるという、その両者の対照を見出したところにこの句の面白味はある。落つべき雪のじっと落ちずにいるというところに発しようとして発しないある力がある。

以上幾多の例を出した中に、力に二種類のあることが自ずから分明したであろう。一つはその力が表面に出て動いているのと、一つはその力が内部に潜在しているのとがそれである。「新涼」の句、「荒れ雪」の句を初めとして大方は動的の句であるが、「高く残りし鏡」の句、「雪垂れて落ちず」の句などは潜在的の方に数うべきものである。

人殺すわれかも知らず飛ぶ螢　普羅

この句の如きその価値は暫く別問題として、かかる懐疑的の思想は、今の若い一部の人の心のうちに瀰漫しているところのものであって、一番明るく知っており、一番確かな信用を置くべき筈の自分をすら懐疑の眼をもってこれを眺めて、この自分はどんなことをする人間であろう、どうかしたはずみには人殺しをもしかねまじき人間であると、自分から自分を疑い怖れるような心持を言ったものである。「飛ぶ螢」とあるのは、蛍の飛んでいる暗の外面に立った時を言ったのであって、明るい白日のもとに立った時ならばそんな感じもしなかろうけれども、蛍の光の外何等の光明もない暗の中に立った時にはそういう恐るべき懐疑の念も萌すといったのである。君の句稿中の好句として推すわけにはゆかない。しかもある特異なるものとしてこれを見捨てるわけにもまたゆかない。

君の手紙のうちにあった歌沢は私も一、二度これを聞くことが出来た。その上手下手は私には分からないが、まんざら下手なものとも思えなかった。君は早稲田の文科を途中で止し、裁判所の役人になりながら、歌沢の師匠の前にかしこまって坐って、ぼんのくぼから甲の調子をしぼり出すような一面の趣味は恐らく江戸っ子として生まれながらに持っているのであろう。俳句のうちにも時々そういう趣味のものに接することがある。

面体をつゝめど二月役者かな　普羅

などはその一例として挙ぐべきであろう。二月のまだ余寒の烈しい頃に、一人の男が帽子を眼深に冠り首巻を鼻の上から巻き深く面体をつつみ隠しているけれども、それでも役者ということは一見して分かるというのである。これも「二月の面体つつむ役者かな」とでもしたのでは調子も平凡になるし、原句の表わした意味の半分の意味も表わせないのであるが、「つゝめど」と言い、ことに「二月」と「役者」とをくっ着けて、「二月役者」と言ったところにやや尋常でない手段があって、そのため調子が張って力のある句になっている。なおこれは余事ではあるが、面体というような言葉は、歌沢初め、俗曲でよろこんで使う言葉ではないかと思う。

太鼓かくれば秋燕軒にあらざりき　普羅

これは歌沢趣味とは大分かけはなれたものであるが、やはり一個の抒情趣味のものである。これは如何なる建物であるか、当然太鼓をかけるべき鼓楼であるか、もしくは祭などのために臨時にある建物の中に太鼓をかくるような場合を言ったものか、そこは私に分からない。これが鼓楼などであってしばらく修理を要するために下ろしてあった太鼓を再びかけるなどとしては、それほど面白味はないように思う。むしろ平常は太鼓のかかっていない場所に臨時に太鼓をかけたものとする方が抒情味に豊かなような気がする。さてある太鼓をある軒下に釣った。今まで格別気にもとめなかったが、太鼓を釣ったついでにふと気がついてみると、春以来軒に巣を食っていた燕はもういつの間にか南に帰っていなかったというのである。太鼓をかくるということも、元来太鼓そのものが音を発するものだけに一種の情緒をそそるものがある上に、秋燕という言葉などが支那の長恨歌的の情趣を連想さすものがある。

君が好んで山登りをするというその山登りの収穫として、

年木樵木の香に染みて飯食へり　普羅

湖を打つて年木の一枝下ろされぬ　同

眠る山樵夫筆立を鳴らしけり　同

梅雨乾かで山茶屋ありぬ十一時　同

温泉にとめし眼を大切や秋の山　同

冬山や身延と聞いて駕に覚む　同

等の句がある。「年木樵」の句は、来年の仕度に年の暮木を樵っている木樵が、山の中で木の香に染みて飯を食っているというので、君はかかる境界に身を置いている樵夫の上に特別の同情を持っているもののようである。「湖を打つて」の句は、木樵が来年の貯えの木を伐るためにある高い立木の一枝を下ろしたところが、それはその下にある湖の水面を打って、礑と下に落ちたというのである。「眠る山」の句は、冬眠ったようになっている山に、木樵はこの木はもう枯れかかっているから伐るとか、もしくはここから何間の間の木を何本伐るとかいうことのために、一々筆で木にしるしをつけて行く、それを力強く「筆立をならす」と言ったのである。「梅雨乾かで」の句は、杉やその他の立木が矗々として繁り立っていて、自然日影に遠い山路にある茶店の光景で、これがよく日の当たる平地であるならば、もうとっくに露が乾いていねばならぬのであるが、午前の十一時になっても、まだこの山茶屋は露が乾かずにいるというのである。「温泉にとめし」の句は、ある秋の山路を登りつつある時のことで、遥か彼方の山腹に、そこと志して行きつつあるか、もしくはそこを目当てにして道の方向を定めながら登りつつあるのか、いずれにせよその山腹に当たって温泉の建物を認めた。山路は迂曲しているので、その温泉の建物は今見えたかと思うと何時の間にかまた見えなくなって仕舞う。どうかあの温泉を見失わないように行かなければならぬという場合の句である。その温泉を見失わないようにしようと、いうことを、「とめし眼を大切や」と言ったのである。「冬山や」の句は、この間われらの一行が身延詣をした時のように船で富士川を下ったのではなく、冬山越えをして陸地伝いに身延詣をした時の句であろう。うつらうつらと駕の中に眠っているとさアもう身延に来ましたという声を聞いて駕の中で目が覚めたというのである。

君は歌沢を嗜み、山登りを好む。このまったく性質の異なった二つの嗜好は、赤い血を流して格闘している現社会に多くの興味を持っていないという点において共通の性質を有しておる。君は親戚の多くの人から不生産的の人として、変わりものとして、軽蔑の意味の「文学者」として、除け者あつかいにされている。君は多少の不動産があるために横浜に移住したということであるが、しかも君は何人の力も借らずに自分で自分の妻子の口を糊して行かねばならぬ境遇の人である。君が多くの人から「何のために七年間役所通いをしておったのか分からぬ。」といわれているその役所通いをやめて、その歌沢と山登りと俳句との、好きな遊び事にのみ真実であり得る人として今後如何なる方面にその道を見出そうとするのであろうか。私は多少懸念でもあるが、また少なからざる興味をも持ってこれを眺めようと思う。君の句に、

蝦汲むと日々にありきぬ枯野人　普羅

というのがある。この句の意味は、沼や川で蝦をとるのがなりわいであるところの人が、毎日毎日あの沼、この川と枯野を歩き暮らしているというのである。君はこういう人の境遇に深い深い同情を見出すようである、君はややともすると奮闘世界から逃避するような性癖を持っているのではなかろうか。君の句が熱情の句でありながら、同じく熱情の人である蛇笏君の句に較べて著しく色彩を異にしているのはその点である。蛇笏君は自己の熱情を真っ向に振りかざして進む。その際自己の前に立ちふさがったものはたたき潰して進もうとする。向こうがたたき潰せなかったなら自分が壊れるまでだと覚悟している。君にはその戦闘的なところが欠けてはいやしないか。もっともそこにまた君の長所もある。私は君に漫にその性癖を曲げよとはいわぬ。また曲げられ得るものとは考えない。けれども蝦汲む枯野人や木の香に染む木樵にのみ同情していてはこのせち辛い現世に立つ瀬がないであろう。

　終わりに君は人の句の選をする場合に往々にして自分の感情を句の上に移し過ぎ、その句にはそれほどの深い意味のないものを買いかぶる弊があるように思われる。君

自身の句には洗練されたものが多いにかかわらず、君の選んだ句には往々にして生硬なるものがあるのも、主としてこれに原因することであろうと思う。これは雑詠評としては無関係なことであるけれどもついでをもって一言しておく。

原　石鼎

原石鼎（せきてい）君は出雲簸川（いずもひのかわ）の産、初め医を志（こころざ）して京都医学専門学校に学んでいた。その頃春蟬会（しゅんぜんかい）という俳句会を組織してホトトギスの地方俳句界に投書して来たり募集画に応じてさし絵を送って来たりしておった。それは明治四十一、二年の頃であった。その後しばらく通信も絶えておったが四十三年に上京して初めて私を訪問して来た。何を目的で上京したのかと訊（き）いてみたら君は専門学校を中途退学したので、あらためて歯科医になるつもりだと答えた。そうして芝の某歯科医のうちに寄宿していると応（こた）えた。その時俳句の話やさし絵の話をして別れたが、しばらくしてからまた訪ねて来て歯科医も面白くないから雑誌記者のようなものになって見よう、どこかに紹介してみて呉れぬかというような話であった。私は、そんな考えを持つことは危険であるから、どこまでも辛抱して歯科医になるか、そうでなければ一日も早く国に帰り給えと言った。君は大いに不平な顔をして帰ったが、再三訪問して来て同じようなことを繰り返して言った。私もまた同一の返事を繰り返して国に帰ることを勧（すす）めた。それからしばらく消息を断っていたので大方国にでも帰ったことであろうと思っていると、ある日君は支那人の着ているような青色の洋服を着て、頭に電気局の工夫の正帽を冠って来た。そうして非常に決心したような様子で、私は最後の御願いがあって来たのであるが、どこか新聞社に周旋して貰うことは出来まいかと言った。その後どういうことをしておったのかと聞いて見たら、歯医者のうちも出てしまって、所々を放浪した揚げ句に電気局の図工という名義で傭われて工夫の督役をしておったのだが、今朝上役と喧嘩をして丁度辞表を出して来たところである。この上は他に方法もないから新聞記者にでもなろうと思うのであるが、周旋して貰うことは出来まいか、ということであった。私は君が熱すれば熱するだけ冷ややかに故郷に帰ることを勧めた。君は非常に激した調子で、それではどうしても周旋は願えないですか、と言った。そうですと私は応えた。君は憤然として起ち上がって青服の上に電気局の帽子を冠って靴を穿いて去った。その後また打ち絶えて消息を聞かなかった。ところが大正元年の夏、君は突然吉野の山奥から手紙に添えて壱円の為替を送って来てしばらく振りにホトトギスが見たいから最近の数冊を送って呉れと言って来た。早速送ったらまた間もなく手紙が来た。そうしてそれには雑詠の投稿が這入っていた。その句は従前の君の句とは見違えるような立派な出来栄えであった。それから続けて送って来る句稿はいずれも面白い句を見せていた。私は君がどういう訳で吉野の山奥にいるのであるかを詳らかにせず、君もまたその職業を言って来なかったが、東京にいるほど苦しくはないから安心して呉れというようなことが書いてあった。君は国に帰るつもりで奈良まで行ってそこで医者をしている兄さんに出会い、そのすすめで吉野の山奥に入って、兄さんの手助けをしておったということはその後君が上京して後に初めて聞くことが出来たのである。それまでは君の方からも話そうとしなければ、私の方からも聞こうともしなかった。とにかく吉野の山奥に住まってその天然の刺戟をうけて立派な句を作るということはいいことだと思った。私の考えではもし君の事情が許すならば何時までも吉野の山奥におるがよかろうとまで考えていたのであるが、しかし君の事情はそういう訳にはゆかず、ついに二ヶ年とはならぬうちにその吉野を出で、郷里の方に帰った。杵築、米子等の海辺に一ヶ年ばかりを費やし、それからまた上京するようになったのである。上京はもとより私の好まぬところであったが、君は相談なしに決行してまた身の振り方を相談に来た。今度も帰る方がよかろうとも思ったが、帰ったところで別に仕方がないという事情を聞いて、その後発行所の事務の一端を手伝って貰って今日に来ったものである。

君は前から無一文であったが今でも無一文である。三十一にして家を成さず、今でも一日三度の食を二度ですますことも珍しくないような生活をしている。それは主として君の性癖に根ざしていることであろう。しかし君の名もようやく俳壇に認められて、若い多くの俳人から推重されるようになった今日になっては、最早以前のような放浪生活をつづけることも出来まい。君は今日のところ俳句のほかに何の便るべきものもない境界にある。君はこの上一層進んで作句の上にも読書の上にも力をつくさねばなるまい。

さて君の句は前にもちょっと言った通り、豪華、跌宕とも形容すべきものであって、全体が緊張して調子の高朗なものが多い。君の感情は常に興奮しているために平々坦々たる句の如きは君の創作慾を満たすのに十分なものではないであろう。例えば、

風呂の戸にせまりて谷の朧かな　石鼎

日御碕
磐石をぬく灯台や夏近し　同

谷杉の紺折り畳む霞かな　同

の如く、「迫りて」といい「ぬく」といい、「紺折り畳む」というが如きは、緊張した文字を使用することを好むということよりは、むしろかかる文字を使用せねば君の感情は満足が出来ないという方が至当である。

「風呂の戸」の句は、山腹に一軒の家があってそこに風呂場がある。その風呂場に這入る戸の下は直ぐ谷になっていて、春の夜に見下ろすその谷はただ朧朧としておって

どれ程の深さがあるのか、如何なる木々が聳えているのか、そういうことは少しも分からぬ。ただ朧の谷というようなものがそこに見えるばかりである。実際の景色はそれだけであるが、この作者はその谷の朧に一つの力を認めて、その谷の朧は風呂の戸に迫って来ているように感ずる。山勢が急で風呂の戸の下が直ちに谷になっているということと、その谷は朧の夜の色が埋めかくしているということと、その二つの自然の力に作者の心は興奮されて谷の朧は風呂の戸に迫っていると観じたのである。

「磐石」の句は、出雲の海岸日御碕の光景で、その日御碕の岩の上に非常に高い灯明台が天に聳えて直立している。それを「磐石の上の灯台や」とでもいったのでは、その光景が作者の感情を刺戟したその時の力を十分に現わすことが出来ないので「をぬく灯台や」としたのである。灯台そのものに偉大な力があって磐石をぬき出ている如く聳え立っているように観じたのである。

「谷杉」の句は、山腹の家から谷を見下ろした時に、春の霞がかかっていて遠近によって杉の木立の色が少しずつ変わっている。いずれも緑深く紺に近いような色をしているのであるが、近景は紺が濃く遠景に至るに従ってそれが薄く、一帯の杉木立に、さらに一帯の杉木立を折り重ね、さらに一帯の杉木立を畳み重ねている。その模様は紺の色を折り畳んでいるように見えるといったのである。吉野の山奥の深い谷のことであるから、一木一木の杉の形を認めるよりも行儀正しく並んでいる一帯一帯の杉の木立を、一刷毛(ひとはけ)一刷毛の紺の色の如く眺めたのである。

私は、雑詠集中の初めの方にある二、三句を手当たり次第に取り出して来て以上三句を引例としたのであるが、かかる用語はほとんど君の句全体を通じてあるといって差し支えないのである。試みになお若干をあげて見ようならば、

浜草に踏めば踏まるゝ雀の子　石鼎
天(あま)そゝる嶺々夜雨もてる蛙(かへる)かな　同
浜風になぐれて高き蝶々(てふてふ)かな　同
花烏賊(はないか)の腹ぬくためや女の手　同
花影婆娑(ばさ)と踏むべくありぬ岨(そは)の月　同
杣(そま)が蟵(かや)の紐になな恋ひそ物の蔓(つる)　同
提灯(ちやうちん)を螢(ほたる)が襲ふ谷を来たり　同
峰越(をごし)衆(しゆ)に火貸す中ばも打つ砧(きぬた)　同
月見るや山冷到る僧の前　同
山川に高浪も見し野分(のわき)かな　同
野分やんで人声生きぬこゝかしこ　同
磯(いそ)ばたに日こぼす雨や雁(かり)の声　同

鉞（まさかり）に裂く木ねばしや鵙（もず）の声　同

鰯船（いわしぶね）船傾けて敷き競（あ）へり　同

川鴉（かはがらす）の喧嘩いつ果つ巌（いは）寒し　同

磯鷲（いそわし）はかならず岩にとまりけり　同

鰤網（ぶりあみ）を干すに眼こはし浜鴉　同

「浜草に」の句は、海浜に草の生（は）えている所に、まだ十分に飛べないような雀の子がいる。それをただ客観的に叙するならば、「浜草にまだ飛びあへぬ雀の子」ともすべきであるが、それではこの作者は満足しない。あの雀の子は踏もうと思えば踏まるるくらいであると考えたところから、その主観的の方に重きを置いて「踏めば踏まるゝ」と中七字を置いたのである。

「天そゝる」の句は、大空に聳え立っている山々が、今晩降りそうにどんよりと曇っている。谷々では蛙が啼（な）きたてているという句である。「嶺々曇りたる」といったのでは普通であるが、それを嶺々を活（い）き物（もの）の如く見て、あの嶺々は夜になったら降らすべき雨を持っていると言ったのである。「嶺々」を「ねゝ」と読ましたのもこの作者の技巧である。

「浜風に」の句は、海岸を蝶が飛んでいると風が吹いて来た。可（か）なり強い風であったので蝶々はその風に吹き撓められて非常に高い所へ飛んで行ったというのである。これも「なぐれて」の文字が力ある言葉として用いられてある。

「花烏賊」の句は、春さき烏賊のたくさんとれた場合に、その腹の中の墨や甲を抜きとってそれを干し烏賊にする、その時浜の女はその腹を抜く仕事にたずさわる、そういうことがある場合に、その女の手は花烏賊の腹を抜くために存在しているのだというふうに見たのである。烏賊は白々と美しい特別の感じのある魚である。ことに春の烏賊で、名も花烏賊といわるると一層美しい感じがする。また腸といったところで別に汚いものがあるわけでなく、彼の甲や墨くらいを抜きとるだけのことである。荒くれた男の手でするよりも優しい女の手でするのにふさわしい仕事である。とそう強く感じた場合、女の手は烏賊の腹を抜くために存在しているのである、と誇張して言ったのである。

「花影婆娑と」の句は、岨道を歩いていると、空には月が出ている。そこに突き出ている桜の枝は空の月の光を受けてその影を地上に落としている、婆娑は影の形容で、その岨道を歩いて行くと自然その花の影を踏んで通らねばならぬ、よろしい、面白いこの景色のもとにわれはその花影を踏んで通ってやろうというのである。これもただ客観的に叙するならば、「花影婆娑と路上にあるや岨の月」とでもいうべきであるが、作者の興奮した感情はそういう冷ややかな客観叙法では満足が出来ないで、われはあの影を踏まねばならぬ、よろしい踏んでやろうというところまで立ち入って打ち興じた心持でこの句は出来たのである。

「杣が蟵」の句は、樵夫の家に蚊帳の釣手がぶら下がっている、その家の外面には蔦葛の類が蔓をのばして、だんだんと家のうちまで這入って来ようとしている。そういう実際の光景があった場合に、作者は蟵の紐も蔦葛の蔓をも共に活き物の如く見て、如何に物の蔓よ、お前はあの蚊帳の紐に恋をして捲きつくつもりでいてはいけないぞよ、といったのである。

「提灯を」の句は、ある谷を通っているとたくさんの蛍が飛んでいるというだけの景色である。ところがその蛍がただ飛んでいるというだけの平凡な景色でなくて、たくさん飛んでいて提灯などにも打っつかるくらいの有り様であったので、蛍が提灯を襲うと誇張して言ったのである。

「峰越衆に」の句は、ある山家で一人の女が砧を打っていると、そこへどやどやと人が這入って来て消えた松明とか提灯とかを出して火を貸して呉れぬかと申し込んだ。その人々は今夜、夜通しにこの峰を越えて行く人達であった。そこで火はそこにあるから勝手につけてお呉れと言いながらその女はなお手を休めずに砧を打っているというのである。「火貸す中ばも」という言葉はその場合を適切に表わす力強い言葉である。

「月見るや」の句は、山寺の僧と月を見ていると夜が更けるに従って冷えて来たというのを、山冷えなるものを活き物の如く見てその山冷えが僧の前まで来たと言ったのである。これも力強い言葉である。

「山川に」の句は、野分の吹いている日、山間を流れている川に高い浪が立っている光景を言ったものであるが、「高浪の立つ」とでもいえば単に客観の句になってしまうのであるが、「も見し」といったためにこの作者は、この山川にもこんなに高い浪のたつことがあるものだなア、と驚いてその山川を眺めているような強い心持が出ている。

「野分止んで」の句は、野分の吹いている最中はただ怖ろしい風の音ばかりであったのであるが野分が止んだと思うと、今までさらに聞こえなかった人声が、そこここに聞こえ始めた。事実はそれだけであるが、今まで野分の吹きすさんでいる間は、自然界がひとり暴威を逞しくして人間はあたかも死滅したものの如く天地の間に声を潜めて静まり返っていた。それが野分が止んだがために、今まで死んでいた人間界がまた息を吹き返してそこここに人の声が聞こえるようになって来たというので、「生きぬ」という言葉を拈出したのである。少し生まな無理な言葉のようにも聞こえるけれども、野分あとでほつほつと人語の聞こえ初めた心持は、この言葉によって力強く描かれている。

「磯ばたに」の句は、海岸のある景色で、空は曇って雨が降っている。ところが雨が降りながらも時々雲の切れ目からちらちらと日光がもれて来る。ちらと日光が当たったかと思うと、また一面に曇って降り出すのであるが、しばらくするとまた少し日が洩れてそこに狐の嫁入というような雨の降りようをする、大空には雁（がん）の声が聞こえるというのである。この中七字の如きはむしろ後段にのべる巧みな叙法のうちに加うべき句に属するのであるが、しかも「日こぼす雨」という緊張した中七字は雨の降っている間にちらちらと日影のさすその光景が力強く描かれている。

「鉞（まさかり）に」の句は、高い木の上では鵙（もず）の声がつんざくように響いている。下では人が鉞を振り上げて木を割っているが、その木が容易に割れるサクイ木でなくって非常に割れにくいねばい木であるというのである。これも「磯ばた」の句と同じに巧みな句の方に加えてもよいのであるが、畢竟（ひっきょう）力強く叙するというのも巧みに叙するというのも五十歩百歩で、作者の緊張した感情は平坦の叙法で満足しない。そこでその強い感情にふさわしいような強い言葉を用うるか、もしくはその場合の光景を適切に表わす気の利いた言葉を用うるか、いずれかになるのである。「日こぼす雨や」といい「ねばしや」という類は作者の強い感情を表わしたというよりは、その場合の光景を適切な文字をもって表わしたという方が穏当である。

「鰯船」の句は、太平洋とか、日本海とかいうような外海の大海に鰯網を曳（ひ）く時の光景で、海岸にある物見から鰯が寄って来たというしらせに応じてたくさんの船が一時に出て大急ぎに鰯網を敷きにかかった。船から鰯網を落としながら漕ぎ廻るので、どの船もどの船も皆傾いてわれ先にと先を争いながらやっているというのである。船傾けてというはその場合を言い表わすのに最も適切な事実を捉(とら)えて来たのであるが、それればかりではなく、傾けてという動詞、敷き競(きそ)うという動詞がその場合の力の充ち充ちた船頭共の動作、ならびにそれに対する作者の感興を力強く表わしている。

「川鴉」の句は、ある山川の巌(いわ)の上で川鴉が喧嘩をしている、何時(いつ)までたってもやめる模様がなしにやっている、それをいつまでも喧嘩しているというふうに客観的に叙さないで、あの喧嘩はいつ果てるのであろう、と主観的に叙した、そこにこの句の力はある。

「磯鷲」の句は、如何なる場合にも磯鷲のとまっているところを見ると岩の上である、というそれだけの句で、鷲のような猛鳥が巌丈(がんじょう)な岩の上にとまっているという、棒を突き出したような粗大な叙景であって、それもいつ見ても同じ景色を繰り返し見るという場合に、「かならず」という一字を拈出し得てその力強い光景と作者が表わそうと心掛けたところの心持とが適切に出ている。

「鰤網を」の句は、これも外海の光景で、海岸で鰤網を干しているとその傍に浜鳥(はまがらす)が集まって来てその網に獲物でもありはすまいか、あるいはただ事ならぬことでも起こりはすまいかというような顔つきをしてその方を見ると云うのである。漁師の網の傍に鳥のよって来ることは常に海岸で見る光景であって、魚も鰯とか鯛とかいうものとは違って粗大な感じのする鰤を曳く網であって、鳥も田野などにいるものと異って荒磯を飛び廻っている浜鳥であって、それが鋭いこわい眼をして見ているというのであるから、この海岸の浪の高い、石くれの大きいいわゆる荒磯であることを想像される。中にも「眼こはし」の一句が最も力強い印象を与える。

以上の句を解説しているうちにしばしば逢着したように、作者の感情の強烈なためにエンファサイズした強い言葉を用うるということと、その場合の光景を表わすのに最も適当した気の利いた言葉を用うるということは二にして一、一にして二ともいうべきことであって截然切り離して考えるのは難しいといってもよいのである。例えば「風呂の戸にせまりて」という場合でも「せまりて」という言葉が、その場合の作者の感情を表わす強い言葉であると同時に、またその場合の客観的の光景を表わすのに最も力強い言葉であるともいえるのである。「磐石をぬく」の句でも同じことで「ぬく」という言葉は、岩の上に立っている灯台を見た時の感情を表わすのにふさわしい力ある言葉であると同時に、また岩の上に突っ立っている灯台の形を表わすのに適切な言葉でもあるのである。その他「紺折り畳む」でも「踏めば踏まるゝ」でも「夜雨もてる」でも「なぐれて高き」でもその他すべて圏点を附したところの用語は、ことごとく主観的、客観的の両面から見て適切な言葉とせねばならぬのである。言い換えて見れば、かかる言葉を用いて力強き主観的叙法をなすのも、畢竟（ひっきょう）客観的の光景を適切に表わそうとする所以（ゆえん）のものであるともいえるのである。同時にまた、かく客観的の景色がうまく十七字にまとまったのも畢竟作者の力強い主観の働きによるのであって、その主観的の助けをからなかったならば、ただ弱々しい一箇の景色として生命のない句になってしまったかもしれぬと言い得るのである。しかしながら左に掲ぐる句の如きはその用語が非常に巧みであって、些細（ささい）なことを生ける如くに叙している点にとくにその妙を見るのである。

松風にふやけて迅し走馬灯　石鼎

干物の裾（すそ）に影飛べり草の花　同

「松風に」の句は、軒下に走馬灯を釣っていると、庭なり後ろの山なりに松がある、その辺を通して涼しい風が吹きよせて来たと思うと、走馬灯は非常な勢いをもって廻り始めたが、早く乱雑に廻るために、その影は十分に映（うつ）る間がなく、ぼんやりしたものになってしまったというので、「ふやけて迅（はや）し」の中七字はその場合の光景を表わすのに巧妙を極めている。

「干物の」の句は、庭なり表の広場なりに秋草の花が咲いている、その辺に物干し竿が横たえられて干し物がしてある。ところが絶えず風が吹いているためにその干し物の裾は始終その風にあおられている。やや傾いている日は草花の影を干し物の裾に映しているのであるけれども、風で吹きあおらるるためにその影は一所に止まっておらずに、干し物の裾の動くと共に動いているというのである。風にあおられてサッと吹き飛んだ時に、草花の影はあたかも反対の方向に飛んで行くように見える。そういう複雑した光景を「影飛べり」の五字で現わしたところは、同じく巧妙なものとせなければならぬ。その他、

頂上や殊に野菊の吹かれ居り　石鼎

という句の如きも、「殊に」といい、「吹かれ居り」という言葉によって、山の頂上の少し平地のあるところに出ると一方から一方に吹き通す比較的強い風があるために、中腹などと異ってことに野菊が強く吹かれているという光景が適切に描かれている。これらの句も前の力強い叙法のうちに加えようと思えば加えられぬことはないけれども、仮に巧みな叙法として挙げて見たのである。

　さて以上の句について見てこういうことが明白になったことと思う。この作者の頭には常に高潮した感情がある。作者は句を作る場合にその感情の動きを句の上に表わさねば止むことが出来ない。そこでその表われにおよそ二様の道がある。一つはその

感情をなるべく強く誇張して表わそうとするもの、他は客観の光景を極めて巧みに生動するが如く描き出そうとするもの、そうしてこの作者にありては多くの場合この二者が一致して、感情誇張はやがて適切なる客観描写となり、巧妙なる客観描写はやがて作者の主観をも力強く表わし得るものとなっている。しかしながらこの作者の欠点をいえば珍しい名詞もしくは気の利いたる形容詞、動詞などに支配され過ぎる傾きがあって、そのため清新、緊密、活動等の長所はあるが同時に余韻、余情ともいうべきものが乏しくなるという弊がある。じっと眺めているうちに底の方から滋味が湧き出して来るというような句は第一雑詠集中に表われたこの作者の句にはまだ望むことは出来ない。怒濤澎湃と言ったような句は枚挙にいとまないが、静かなること林の如しというような老成した句は見ることが出来ない。

君は初めに述べた如く、十年間ほとんど放浪生活をつづけて来たのであるが、それでいてその思想に厭世がかったところはあまり認めることが出来ない。

秋風に殺すと来る人もがな　石鼎
己が庵に火かけて見んや秋の風　同

の句の如く物狂わしい感情を詠ったものも少しはあるが、それは君の高潮した感情が客観描写に赴く暇なしにその高潮した感情そのままを詠ったのに過ぎぬ。これらの句のうちにも、蛇笏君や普羅君の句に見るような暗い影は求めてもない。君は自分を殺しに来る人を待つと言ったり、自分の庵に火をかけて焼いて見たいと言ったりしながら、なおそれを打ち興じているようなところがある。そういう点において君はどこまでも在来の東洋趣味の人である。内に逆巻く感情の浪はあろうとも、海の彼方から押し寄せて来る思想の嵐には無関渉である。十年の放浪生活も、三十に余って家をなさぬということも、君が世を呪い人を咀うなかだちとはならなかった。君は深吉野の山奥に在っても、杵築米子の荒磯にあっても、その高山幽谷、寒雲怒濤に常に興味を見出して、これを詠嘆するに余念なかった。自己の不遇もまた彼の高山幽谷、寒雲怒濤と同じように、むしろ汪溢せる興味をもって、これを迎えつつあるかもしれぬ。それもなく、現在ホトトギス発行所である仕事に束縛されつつあるということ以外には、というのも君の足を閭門に繋ぎとめようとする財産もなく君の足手まといになる妻子ほとんど君の一身を縛るものがないという、その生活の自由に基づいているのかもしれぬ。

なお君の句について忘れることの出来ぬ点は、吉野の山奥に這入って深山大沢の霊気に触れ、始めて写生の真意義を会得した点にある。如何に君の感情が高調していてもこれに適わしい外物がなかったならば、そこには何等の芸術品も生まれなかったのであるが、幸いに二年足らずの吉野の山住は高潮せる君の感情に適わしい自然物を無限に供給して呉れて、それによって君の句は初めて高朗の調をなすに至ったのである。それに次いでは杵築米子の海岸も、また君の詩興を動かしたようであったが、しかも吉野には及ばないところがあった。言を換うれば、吉野あって君の感情は高潮に達し、杵築米子の荒磯あって君の感情は吉野に次ぐ程度の高潮を示し得たが、上京後の触目の光景は、まだ君の感情を当時程刺戟するには足らないようである。最近は余韻余情の句を試むべく努力しつつある形跡もあるようであるから、あるいはさらに別途の方面を開拓し来るのかもしれぬ。

　なお君の句は雑詠集に採録した人々のうちで一番多数を占めている。以上挙げた句の他になお掲げ出して略解をも試み紹介をしたいと思う句がたくさんあるけれども、限りある紙上にこれを尽くすことが出来ないのは残念である。が長短共に君の句の特色はその点にあると思わるる覇気汪溢のものでなくって、穏やかな調子で、普通の言葉を使って、それでいてなお趣ある光景、静かな心持を表わし得た若干句だけをここに挙げて、それでこの論を終わりたいと思う。

高々と蝶こゆる谷の深さかな　石鼎
蜂の巣をもやす夜のあり谷向ひ　同
山冷えにまた麦粉めす御僧かな　同

淋しさに又銅鑼うつや鹿火屋守　同

山畑の月すさまじくなりにけり　同

母家寐し納屋の大屋根や山の月　同

鹿垣の門とざし居る男かな　同

秬引きし谷の広さや月の虫　同

大社

節分の高張立ちぬ大鳥居　同

「高々と」の句は、蝶々がこちらの岨から向こうの岨まで飛んで行く時の光景を言ったので、蝶々はただ此方の岨から彼方の岨に渉るために飛ぶのであって、下に谷のあるなしは頓着ないから高々と飛んで行く。その下には谷が深々と横たわっているというのである。蝶の高く渡る程谷の深い心持が強くなる。「蜂の巣」の句は、谷の向こうに夜熾んに火が燃えている、どうしたのかと思えば大きな熊蜂の巣かなんかあったのでそれを燃やすのであった、山住みをしているとそういう一夜もあったというのである。「山冷に」の句は、山に住まっていると夜になって格段に冷えて来る。そこでああまた冷えて来たといっては麦粉を湯に溶いて暖かな麦湯を拵えて僧はそれを飲むというのである。

「淋しさに」の句は、夜田畑を荒らす鹿や猪の来るのを防ぐために、山畑に小屋掛けを拵えてその庭では火を焚き、その火かげで彼等を威す上に、さらに鐘や銅鑼を叩いてその音でまた彼等をおどすようにしている。その人を鹿火屋守というのであるが、もと銅鑼を打つのは鹿や猪を逐うためであるけれども、夜更けて淋しいため、その淋しさをまぎらす方法としてまた銅鑼をうつというのである。自分の鳴らす銅鑼の音によって淋しさを忘れようとするのである。「山畑」の句は、秋も末になって来て、だんだん月の色が寒く物凄くなって来る。そういうのを凄まじくなるというのである。ひとり山畑に限らず、如何なる場所の月も秋の末になれば凄まじくなるのではあるが人里の遠い比較的荒蕪した山畑を照らす月になると一層凄まじい感じがするのである。「母家寐し」の句は、ある山家を言ったので、夜のことであるから空には月がかかってその山家は寝てしまっている、母家も戸を閉じてひっそりと寝静まっているのであるが、月影にことに目立って見えるのはその母家を離れた納屋の大きな屋根だというのである。他ももちろん月光が照らしているのであるが、ことにその納屋の大屋根をあらわに照らし出しているところが明らかに描かれてある。「鹿垣」の句は、これも鹿や猪の類を防ぐために山の麓に石垣のようなものを長く作っている、そこで人が往来するためにその垣の所々に門が作ってある、もう日暮になって往来する人もないので一人の男はその鹿垣の門を閉じているというのである。「秬引きし」の句は、ある谷合は一面に秬（くろきび）が植えてあったのであるが、秋の収穫時になってその秬は引かれてしまった、眼を遮（さえぎ）る秬がなくなったのでその谷は広くなったような心持がする、大空には月が懸（かか）っている、虫の声は喞々（そくそく）として聞こえているというのである。「節分」の句は、前置にある通り出雲の大社の光景であって、節分の日には大鳥居の前に高張（たかはり）が立っているというのである。

以上の句はいずれも吉野や杵築で得た写生句であるが、中に多少巧みな言葉つきがあるとしても、比較的文字に支配さるることなしに、普通の言葉で穏やかに叙して、そうしてそれぞれの趣を十分に出すことが出来ている。私は前に、君はそういう一面は全然解しもせず試みもせぬように言ったけれどもまんざらそうでもない。ただ全体の傾向に比べてこれらの句はむしろ一小部分の取りのけとすべきものであろう。最後に、

父母のあたゝかきふところにさへ入ることをせぬ放浪の子は
伯州米子に去つて仮りの宿りをなす

秋風や模様の違ふ皿二つ　石鼎

この句の如きは、前置があるからではあるけれども、しみじみとした心持を味わわすに足る句である。模様の違う皿二つを点出して来て放浪の境界（きょうがい）を描いたところも巧

みである。別に奇抜な言葉を用うるでもなく、感じを誇張するでもなく、目前些事(さじ)をつかまえて来てそれで心持の深い句を作ることが出来る。この方面に心を潜めたならば自(おの)ずからまた別の境界が開けて来るであろう。

西山泊雲

西山泊雲君は、丹波竹田村の人、父祖の時代から土地の酒造家として相当の資産があったのを、ふとしたことから破産するようになり、人々の助力のもとにようやく銘酒小鼓の新しい醸造によって命脈をつなぎつつあることはホトトギス読者の知悉する通りである。君は十余年前私を訪問して来て、どうも世の中がつまらない、自殺でもしたいような心持がする、という話があったところから、私は不図俳句の話をして聞かせた。それ以来君は俳句に没頭することをもって安心の法と心得ているようである。現在でも小鼓の売れる売れぬということはもとより心配には相違ないが、雑詠の投稿の成績がそれ以上に心にかかる様子である。「泊雲は再び破産しても、善い句さえ出来れば、それで満足するのだ。」というような批評をする人もあるが、それほどではないにしても、もし衣食の途に窮することがないならば、恐らく君は心の全部を俳句に埋めて少しも悔いないであろう。そういう点において君は極めて忠実なる俳句作者である。ことにその句は善悪好悪は、これを自己の心にもとむるというよりも全部をあげてこれを私にもとめつつある。その点において君は純然たる他力主義である。念仏宗のものがただ一途に阿弥陀様を信仰するように、泊雲君はただ一途に私の選に信頼しつつある。もっとも雑詠に投稿する人々はいずれも相当に私の選に信頼しつつある人であることはこれを認めるが、それにしてもなお多少自己の標準、自己の主張、自己の理想、自己の性癖というようなものがあって、大体私に信頼しながらも、そのうちに幾らかの異議を挿む点は絶無といえないのであるが、泊雲君にあっては全然没理想、没主義、没主張であって、何でもかまわない私が採りさえすればその句はいい句であって、私がたくさんとりさえすれば、その句作は成功したものと考えているのである。そういう点において君はまことにわが俳壇の好々爺である。したがって君の句にはこれぞという各段の色彩を見出すことはむつかしい。破産の憂き目に遇ったということも、家庭の上にある苦痛を味わいつつあるということも、格別の影響を君の句に与えることはない。どこまでもすなおで、句作そのものの上に念仏同様の安心の相を備えている。

灯に栄えて金魚赤さや風雨の夜　泊雲
去る人はとめず灯籠に向ひけり　同
白菊によごれし妹が櫛笥かな　同

芋掘れば猪のついても安堵かな　同
焚きつけて尚広く掃く落葉かな　同

外面は雨風が荒れている夜に、灯のもとに置いてある金魚が、いつもよりことに赤く綺麗に見える。その金魚をじっと静かにながめ入った落ち着いた心持を叙したのが、「灯に栄えて」の句であって、天地晦冥として吹き荒んでいる戸外の風雨も、この作者の心を乱すには足らないのである。

「去る人は」の句は、話しに来ておった人が、もう帰ろうとする。自分は物淋しいので、もっと話してもらいたい心持もせぬではないが、しかし強いてそれを留めるでなく、去る人は去るにまかして、軒端にかかっている灯籠に向かったというのである。灯籠は自分の身のうちのものが死んだためにかかげてある淋しいものであるが、この作者は、去る人は別に留めもせず、その淋しい灯籠に向かって、静かなる自身一人の夜を見出すのである。

「白菊に」の句は、自分の女房はすでに結婚して年月が経っている。櫛笥も、もう大分古びよごれている。女房はその櫛笥を取り出して、今端近く髪を梳きつつあるのであるが、庭には淋しいしかしながら潔い白菊の花が咲いているというのである。

「芋掘れば」の句は、もう畑の芋を掘ってしまったから、山から猪が出て来たところで、自分の畑は荒らされる心配がない。もうこれで安心だというのである。

「焚きつけて」の句は、広い庭の落葉を掃き集めてその落葉の山に火をつけたのであるが、かく火をつけてしまってからなお掃き残してある庭の一方の方も広く掃くというのである。一方に焚(た)きつけて置きながら、なお遠方の方を静かに掃くというようなことは、事実にあり勝ちなことであるが、しかしこの作者のある心持をよく具体化しているとも考えられるのである。

けれども泊雲君は自分の主観に根ざした句を作るというよりも、写生ということに重きを置いて、目に見たことを忠実に写す点にその長所がある。これは他力信者たる君にとりて当然の傾向であるが、しかも主として十余年前、はじめて私が君に教えた句作法を忠実に遵奉(じゅんぽう)しているのに基づくのである。

落柿舎

柿若く花柚(はなゆ)老木やほととぎす　泊雲
秋風や芙蓉(ふよう)食ひゐる青き虫　同
藪(やぶ)耐(た)へて家現はるゝ野分(のわき)かな　同
飯籠搔けば鶏(とり)かけよりぬ鳳仙花(ほうせんくわ)　同
菜畑へ次第にうすき落葉かな　同

庭の椎（しひ）一日濃やかに落葉かな　同

「柿若く」の句は、落柿舎（らくししゃ）に遊んだ時の即景を叙したもので、落柿舎といえば柿の大木がたくさんにあるものの如く想像していたのであるが、それは思惑（おもわく）違いであって、別に目に立つ柿の木もなかった、しかしながらさすがに申し訳だけに一本の柿の若木があった、そうしてかえって柚（ゆず）の老木が花をつけて柿よりもその方が眼立って見えた、空にはほととぎすが啼（な）き過ぎたというのである。落柿舎に行って柿の木を詠ずるのは常套手段であるが、柚の老木を見出したことは写生の力である。

「秋風や」の句は、芙蓉を見ていると青い虫が葉や花を食いつつある、とそういう事実を見出した、その瞬間の心持は秋風の吹き渡っている淋しい景色にしっくりと当てはまるものであった。それも「虫食ひし芙蓉の花や秋の風」などとしたのでは、一通りの叙写に過ぎないのであるが、青き虫を点出したことによって始めて生き生きとした写生句となっている。

「藪耐へて」の句は、野分がはげしく吹いて来るたびに竹藪はそれに抵抗しながら、それでも一様に片方にしなう。そのたびに平常は藪の外から見えなかった家がその姿を現わすというのである。「耐へて」といいながら、力強く抵抗しつつなお風にしなう竹の力と暴風の威力とを現わしたところに修辞の力を認めるが、しかもこの句の如きは全然写生から来たものである。「耐へて」という文字が作者の頭に浮かんで来たのもその実際の光景を十二分に観察した結果である。

「飯籠搔けば」の句は、夏になると米が腐り易いために竹で編んだ飯籠に飯をとる、その飯籠にくっついている飯はそのまま烈日のもとに置くと、からからした干飯になる、その時竹のささらでそれを搔き立てると小石の如くからからになった飯粒は、竹籠をはなれて一所(ひとところ)に走り集まる、その時自然地上に落ちこぼれがあるので、その飯籠を搔くのを見ると鶏は直ちにその人のもとに駆けよって来る、庭には鳳仙花が咲いているというのである。これもよく見る田舎(いなか)の光景の写生である。

「菜畑へ」の句は、庭にある一木の落葉が、その樹下はたくさん落葉しているので自然濃密であるが、それが木を離れて遠くなるに従ってだんだんと薄くなっている、庭につづいてある菜畑の方へは、そのため次第次第に薄くなっていっているというのである。

「庭の椎」の句は、庭に一木の椎がある。それがこの間中から少しずつ落葉をしていたのであるが、ある一日今までとは異(ちが)って大変たくさんに落葉した。それが朴(ほお)とか柏(かしわ)とかいうような大きなあらい葉でなくって小さい椎の葉であるところが、自然濃密に落葉したような感じを強めるのである。

ある日泊雲君は、その句稿を携えて京都の私の旅宿を訪ねて批評をもとめた。破産当時しばらく中絶していた君の句のあまり振るっていなかったことをその時発見した。それは主として写生ということを忘れていたがためであった。その中に臼の句が一句あってそれだけは写生句として面白いと思った。それからよく様子を訊いて見ると実際君の庭に旧い朽臼があるということを明らかにした。そこで私は今後その臼を材料にして出来るだけたくさんの句を作って見給えとすすめた。その後君の送って来る句稿の中に散見された臼の句は大概好句であった。

朽臼をめぐりめぐるや蝸牛　泊雲
若竹やめぐる月日に朽つる臼　同
土間にありて臼は王たり夜半の冬　同

一つの蝸牛が何時までも朽臼を這いめぐっているということや、若竹のそばに長い月日据えたままで、だんだん朽ちて行く臼があるということや、冬の夜は土間に置かれた臼がすべてのもののうちで一番位のある王者の如く見えるということなどは長い間臼を見古したうえで自ずから醸し来った作者の主観でもあり、また事実の写生でもある。

前に紹介した諸君の多くよりも比較的古い作者である君は、やはりこの写生の一途に安心して長くその句作に精進すべきであろう。

奈倉梧月

奈倉梧月(ごげつ)君は、出雲松江(いずもまつえ)の人で大谷繞石(じょうせき)君の感化をうけてこの道に志(こころざ)したように聞いている。昔ホトトギスが東京で発刊されるようになった時分地方にぼつぼつと俳句会が始まって来た。松山、静岡、秋田、金沢、大阪、熊本、そうして出雲等はその第一期に属するものである。梧月君は実にこの第一期以来の出雲の俳句界の肝煎(きもいり)で、当時の碧雲会(へきうんかい)から、今日の山陰俳壇と称する会合に到るまで君は常にその忠実なる世話人である。その第一期の頃熱心に句作したり、会の世話をしておった多くの人は大概今日は句作に遠ざかっているのであるが——けっして俳句に遠ざかっているとは言わない。いわゆる俳諧趣味というようなものに薫染(くんせん)している人は、今日熱心に句作している若い人々の中よりもかえって句作に遠ざかっているそれらの古い人々の中に見出し得るのである。——その中に在って今も句作を怠らないのはまず出雲に君、大阪に月斗君等を推(お)すべきであろう。

君の句には主観句らしきものはあまり見当たらぬ。君の長技は確かに客観方面にある。

汲み水に一片の苔余寒かな　梧月
樹下にせし料理の屑や雨蛙　同
石垣が水吐く寺や花卯木　同
船癖や舳に朝寒の石置ける　同
虫に宿るわれに灯せり厠にも　同
柳散るや村町めきて印刷所　同
芋の葉に塔見えそめし詣かな　同
負ふといふ甕に蒲団を着せてあり　同

「汲み水に」の句は、手桶の中とか金盥とかいうようなものに水を汲んだ時に井戸の中に生えておった苔の一片れがその水の中に這入っていた。水はもとより清冽な水であるが、その中に青い一片の苔を見ることは、ことにその水の清冽さを思わしむるような潔い心持がする。春とはいえどまだ寒さの残っている余寒の時候と、その心持がしっくり当てはまる。

「樹下にせし」の句は、御馳走を作る時台所ですべき料理を客の人数に比較して台所が狭いとか、もしくはどうかした理由のもとに庭の木の下で料理をした、その料理の屑はその辺の地上に散らばっている、雨蛙は木にもおれば地上にも飛んでいる、といったような場合で、初夏の涼しげなすがすがしい光景が描かれている。

「石垣が」の句は、ある寺があってその前は石垣になっている、その石垣には樋が通っているとかもしくは石垣が頽廃して水が自らその罅隙に通路をもとめているとかして、そこから水を吐き出している、その水は下水であっても雨の日の逃げ水であってもよい、その辺には卯の花が咲いているというのである。

「船癖や」の句は、船にも癖があってややともすると片方に傾くとか、もしくは面檝が利かないで取檝が利き過ぎるとかいうようなことのあるものである、そこでその癖に備うるために舳先に一つの大きな石が置いてある、時候ははや朝の寒さを覚えるという頃であるというのである。当たり前の船でなくって、その如く癖のある船であるということが、その朝寒の心持にはまっている。

「虫に宿る」の句は、別に虫を聞くために泊まったというのではなく、虫声の盛んに聞こえている宿に泊まったという意に過ぎないであろう。虫の声に取り囲まれているような家のことであるからもとより平常はそれほど賑やかな家ではない。それが自分が泊まったというところから座敷にも明るく灯をともし、その他も相当に賑やかに灯かげが見えているのであるが、さて厠に行って見るとそこにもまた灯がともっていたというのである。

「柳散るや」の句は、秋も早や物淋しく柳の葉が散る頃になった。一つの村は、村らしい淋しさではあるが、しかもこの頃は相当に開けて来て都会の場末の町くらいの光景は見られるようになった、ことにそういう感じを強めるのは、小さいながらも一軒の印刷所の出来たことであって、今までそういう仕事をしている店などはこの村で思いもよらぬことであったが、その印刷所の出来たということが、ことにこの村を町らしく思わせるというのである。

「芋の葉に」の句は、ある寺に参詣をしようと思って野中道を歩いていると、今まで見えなかったその寺の塔が芋の葉の上の方に見えそめて来たというのである。あるいは森に遮られておったのか、それとも土地にゆるやかな起伏があったのか、いずれにせよ何者かに隠されている塔が初めてその芋畑の上に当たって芋の葉越しに見えそめたというのである。

「負ふといふ」の句は、ふとある家で触目した事実で、一つの大きな甕が、蒲団で包まれてそこに置いてある。どうしたのかと思ったら、これから一人の男がこの甕を脊中におぶってどこかへ持って行くことになっているのであったというのである。

これらの句は、作者がどういう心持で世に処しているとか、またどんな心持でこれらの光景に対しているとかいう、そういう主観の側の色彩はほとんど何も出ていないと言ってよい。その代わり目前に現われ来った客観の事実は極めて明瞭に、力強く描かれてある。調子の中にも些かの懈弛もない。二十年来の作者としてさすがにその技の老熟を思わさずには措かぬ。

前に述べた泊雲君にせよ梧月君にせよ、古い時代の作者は、また新しき時代の人の模倣を許さぬ各々の道を持っている。ことに梧月君の如きは、何の屈托もなくその進み来った道に安住して、ますます後進の提撕を怠らぬようにつとめてもらいたい。

長谷川かな女

子規居士時代は、婦人で句を作る人は極めて稀有のことであった。今日から振り返ってみてもほとんど二、三指を屈するくらいのことで、それもあまり永続はせずほとんど女流俳人として挙ぐるに足るほどの人はないといってよい。それがこの二、三年前から著しい勢いをもって婦人の句作家を見るようになった。元禄時代には園女、智月、秋色、羽紅等を初めとして相当の女流俳人があったのが明治にはかえって俳人らしき女流俳人を見ることが出来なかった。それが大正の時代に這入るようになってとみにその数が増し来ったということはわが俳句界の著しい事実の一つである。その女流俳人の中にあって一番熱心に句作をつづけ、また最も見るべき句の多いのは、長谷川零余子君の夫人のかな女君である。

かな女君は長谷川家の家附きの娘さんであって、零余子君は他から入家した人である。良人が俳句を作れば、細君は句作を好まず、細君が句作に携わろうとすると良人はそれを喜ばぬというようなのが普通の家庭の実情である。それは元来違った性質のものが夫婦となるというよりも、家庭の実際の事情から起こったり、もしくは人間の性情の微妙な働きから生ずる自然の結果であるが、この零余子君とかな女君との如きは稀に見る琴瑟相和の伉儷である。ことに両君の間にはまだ子供がないために、ほとんど俳句がその愛児の如き観をなしている。

かな女君の句を見るとおよそ三通りに別つことが出来る。其の一は女でなければ実験することもしくは気のつかぬ事実の描写、其の二は女でなければ感じ得ない情緒、其の三は女と思えない句。

第一の句には、

日永さや庭に下り立つ縫ひ疲れ　かな女
蚊帳くゞるや笄抜きて髪淋し　同
ほとゝぎす女はものゝ文秘めて　同

「日永さや」の句は、春の日永の頃、大分長い間縫い物をしておって疲れたので気をまぎらすために庭に下り立ったというのである。

「蚊帳くゞるや」の句は、夏蚊帳に這入ろうとする時に、昼間髷につきさしていた笄を抜きとってそれから這入った。その笄を抜きとったあとの髪は淋しい心持がすると言ったのである。

「ほとゝぎす」の句は、女というものは男ほど開放的にし兼ぬる地位にあるところから、ある文を固く秘めて人に見せずにいるというのである。これが男の方だとたといその秘事が暴露したところで一時の出来事として済むのであるが、女になるとそうはゆかぬ場合が多い。それはもともと女が社会的に弱者の地位に在るということも原因であろうが、それればかりでなく、元来女のつつましやかな、やさしげな性情から出発して来ているものともいえる。ほとゝぎすと置いたのは、主観的の配合で、ほとゝぎすという鳥は僅かに一声二声を聞かせたばかりでたちまち遠くへ飛び去って姿はもとよりそのあとの声も聞こえぬ鳥である。そういう鳥の人に与える感じと、女のものを秘め隠す心持とに似通った点を見出して配したものである。以上の句は皆女でなければ実験することも出来ず、また気もつきかぬる事柄である。

第二の女でなければ感じ得ない情緒の句は、

潮上げて淋しくなりぬ澪標　かな女
願ひ事なくて手古奈の秋淋し　同
羽子板の重きが嬉し突かで立つ　同

「潮上げて」の句は、海岸に澪標が、今までは引き汐であったためにたくさん出ておったのが、汐が満ちて来たために大分隠れて、僅かばかりしか見えぬようになった。

それを見て何となく淋しい心持を起こしたというのである。

「願ひ事」の句は、真間(まま)の入江のほとりにある手古奈の墓には安産を祈るために夫人が参詣する。しかし自分は懐胎をしないのであるから安産を祈る必要もない。手古奈の墓の秋の景色も淋しいが、願い事のない自分の心持も淋しいといったのである。

「羽子板」の句は、人から貰ったか親から貰ったか、とにかく重い大きな羽子板の手に入ったことが嬉しくって、その羽子板をさげて庭に下り立ったか、もしくは門口に出たかしたが、しかしそれで羽子をつくというのでもなく、ただその手に持った羽子板の重たさを感ずることを沁々(しみじみ)と心に嬉しく思っているという少女の心持を言ったのである。この句の如きは女でなければ味わえぬ心持であるばかりか、また女でなければ実験の出来ぬ事柄である。それゆえに第二に属するとともにまた第一に属するものと言っていいのである。

かな女君の句には非常に力強い句がある。それらの句は一見してどうしても女の作った句とは思えない。例えば、

切れ凧(だこ)の敵地へ落ちて鳴り止まず　かな女
空(から)濠(ぼり)にひゞきて椎(しひ)の降りにけり　同
額(がく)上げに攀(よぢ)上(のぼ)る岩の千鳥かな　同

「切れ凧」の句は、凧戦をしている時分に、自分の凧は敵のがんぎに切られて敵の領分の方の土地へ落ちた。唸(うな)りがついていたので空中で戦っている場合も強い響きを立てて鳴っておったのが、敵地へ落ちる時もやはり鳴り響いており、落ちて後もなおしばらく鳴り止まずにおったというのである。勇将が陣地で名乗りを揚げ、首をとらるる場合にも高言を吐いているような心持が、この凧から連想される。

「空濠」の句は、水の溜まっていない空濠がある、荒れ果てた城趾(じょうし)には椎の木がたくさん生い繁っている、秋も末になって風の吹くたびに椎の実が落つるのであるが、それが非常な音をしてその空濠の中に降っているというのである。

「額上げに」の句は、海岸の岩の上にある神が祀(まつ)ってある、願い事をしてその願いが叶(かな)ったとかいうような場合に、額を上げるためにその岩の上に上ろうとするのであるが、それはほとんど足場のない峙(そばだ)った岩であるところから、額を持ちながらなお両手で岩をつかまえて攀(よ)じ上るようにして上って行く、下には冬の潮が荒れ鳴って千鳥がその辺に飛んでいるというのである。

この最後の句の如きは、女心の一念で、人にも頼まず、一生懸命に岩に攀じ上っているものと解釈すれば、第一類の句中に分類しても差し支えないのであるが、その他の二句の如きは、一見して女の句とは思えぬ程力強い句である。

前にも言ったように、婦人の作句はようやく盛んになろうとしている今日において、かな女君の如きはその先達（せんだつ）として、定めて重い責任を自覚するであろう。ますます今後の奨励を望まざるを得ぬ。

佐久間法師

佐久間法師君は岩代(いわしろ)福島の人、年少の頃からある会社に勤めておって十年以上も継続し、恐らくその会社ではなくちゃならぬ人になっているのであろう。中途で上京したい希望があってホトトギスの事務員となりたいという話もあったが、それは法師君のために適当の道と考えなかったので私はそれを止めた。その後志(こころざし)を立てて一年余り北海道に行っていたことがあったが、それも思わしくなかったので、またもとの会社に復帰した。朝早く出て日暮でなければ帰れぬというような繁忙な職務に携(たずさ)わりながら、俳句を好み文章を好み、福島文学界の先覚者として地方に重きをなしている。

俳人中、最もよく写生の真味を解しておるものはたくさんはない。わが法師君の如きはそのたくさんない中の一人である。俳句ばかりでなく、その文章も写生文として十分の修練を経来(へきた)ったものである。この頃の若い人々は俳句も文章も、写生ということが一般に進歩している中に頭をつき出して来るので、それほどの苦労なしに直ちに相当の写生句写生文を作ることが出来る。しかし法師君の如き今日から見るとすでに中古に属する人にあっては、俳句でも文章でも、大分写生ということに苦しんでいる。ああでもない、こうでもないといろいろ試みた末にようやくここいらが写生の極意だと合点して始めて一条の光明を見出したというような苦心は、古い人ほどたくさん嘗めているが、法師君の如きも、ややその苦労を解している一人である。したがってその写生句には浮薄でなくしっとりとした、軽はずみでなく行き届いた、ちょっと見ると何でもないようなうちに苦心の跡を認め得る句が多い。

板橋の土吹き飛ぶや秋の風　法師
渦巻に吸はるゝ虫や散柳　同
炭の中に石紅の焔かな　同
馬につけし茅尖り立つ冬の雨　同
炊ぎ居れば落葉浮びし小豆哉　同

等はすなわちその写生句の一例とすべきものである。例によって句意を解釈すれば、「板橋の」の句は、ある川の上に板橋が架かっておる、折節風が吹いて来て自然に溜まっているその板橋の上の土を吹き飛ばした、下には秋の水が流れている、と云う景色であって、どこにきわ立った点があるというではないが、これだけの景色の叙写でことを心得ている。

蕭殺たる秋の心持が十分に出ている。写生ということに頭のない人が、こんな景色を見たならばほとんど意にもとめないであろうと思わるるのであるが、法師君はよくそこを心得ていて、その何でもないことをとらえ来ることによって、景色の中心を握ることを心得ている。

「渦巻に」の句は、樋の口のようなところでもあろうか、湛えた水の一部分が渦巻になっている。折節柳の散る時分で、風の吹くたびに蕭条として柳の葉は落ちて来る、水の上にもとよりその柳の葉も散り浮かんでいることであろうが、それより最前から一匹の虫がその水上に落ちてもがいていたが、その虫はとかくするうちに前に言った渦の中に巻き込まれてしまった、柳はなお散りつつあるとそういう光景である。一匹の虫のついに渦に吸い込まれた、ということなどは今目前にそれを見たか、もしくはかつてつくづくそれを見て頭に残して置いたか、いずれにしても事実の写生である。たとえば散る柳が一葉二葉と順々にその渦に吸い込まれて行くというのでは、どこか景色に締まりのないところがあるが、その中に一匹の虫を点出したことによって、景色に中心点が出来、その句も引き締まっている。

「炭の中」の句は、ある炭火の赫とおこっている中を見ると一つの石があって、それも炭の火の熱と光とを受けて、紅の焔を吐いているように赤熱しているというのである。石自身が炭の如く燃えるものでないことはいうまでもないが、起こりたった炭火の中にあると、堅い石はかえって炭よりも熱して紅の焔を吐いている如く見える。そこをそのまま言ったものである。

「馬につけし」の句は、冬の雨の降っている寒い道を、馬は荷を積んで通りつつある、その荷というのは刈り取った茅を積んでいるのであって、その茅の穂先は尖り立っているというのである。冬のことであるから茅は枯れていてその先は角ど角どしく尖りたっている。それが寒い冬の雨の尖ったような心持としっくりと嵌まっている。前の板橋の土の句と同じく、こんな些細なことは何でもないと思う人があるかもしれぬが、茅を積んだ馬と言っただけでは十分にこの景色が人に迫る力はないのであって、その茅の先の「尖り立っ」ているところを見出したことによって始めて句に生命が出来ているのである。

「炊ぎ居れば」の句は、小豆を鍋に入れて炊いでいると、その小豆の中に混じっていた木の葉がいつの間にか上に浮かび出ているというのである。これは都に住んでいるものが八百屋から小豆を取り寄せて煮る時などには経験し難い事実であって、百姓の手から多くの商売人の手に転々して来た小豆は、その中の眼に立つような交りものは選り捨てられるのであるが、自分の畑に作った小豆を無造作にとり入れて置いたとか、そうでなくとも百姓の手から直ちに買った小豆なぞだと、その小豆を莚の上に干している時に、そこで落ち混じって来た木の葉を別に選り捨つるでもなく、そのまま取り入れてしまった。それを鍋に入れて煮る時も無造作にそのまま煮ていると、初めの間は小豆の間に隠れていて見えなかったのが、だんだん温度が加わって来るに従って小豆より軽いものは自ずと上に浮かび上がって来る、まアこんな落葉が小豆の中に混じっておったか、と驚かるるほどの可なりの大きさの落葉が水の上に浮かんで来たというのである。これらも写生でなければ出来ない句である。これらの句は皆、繊細な事実を描いているのではあるが、しかも軽浮なあとは少しもなく、どこかに重厚な趣のあるのは、前に言った老熟な写生の賜である。

法師君の句にはまた情に厚いものがある。それは燃ゆるような熱情とか、人を冷殺するような鋭い情とかいうようなものではなく、極めて粗朴な、しかしながら底の方に熱い情を湛えたというような性質のものである。

月に飽く夜道を寒き欠びかな　法師
馬を灯に見て籾磨の納屋に行く　同
瞽女泊めて手引児憎む秋の暮　同
別れ泊る旅芸人や里寒き　同

「月に飽く」の句は、月のいい晩に夜道を戻って来ている、初めは月の清光を賞してそれに浮かれるような心持もあったが、しまいには月の光にも飽き、だんだん寒くもなって来るし退屈にもなって来て欠びがしきりに出るというのである。月に対しては厭でも応でも興がらねばならぬというような、いわゆる風流がる人は、こういう句を見て異端というかもしれぬ。

「馬を灯に」の句は、灯をつけて籾摺をしている納屋へ行くとき厩の前を通ったので、その灯でちょっと馬を見て行ったというのである。別に馬を憐れむとか何とかいう強い言葉が使ってなく、ただ「見て」と言ってあるところがこの句のよいところであって、かえってそこに率直な情が窺われる。この頃の主観的の句になるときっとこういうところに、強く人を刺戟しようとするような仰山な文字が使用される。よろしく心を潜めて、この「見る」の二字に学ぶべきである。

「瞽女泊めて」の句は、秋の夕暮瞽女を泊めたというので、それはある宿屋の主人になった心持の句としてもよく、あるいはどうかしたことで、普通の家に一夜の宿を貸したこととしてもよい。さて瞽女を泊めて見ていると、その瞽女は如何にも哀れげであるが、その瞽女の手を引いて歩いている眼明きの子供は、傍で見ていると、何かにつけて瞽女に対する仕打ちやその他のことが癪に障る、瞽女は可愛相と思うが手引き児は憎々しいというのである。この句の如きもまた飾り気のない人情を直叙したものである。

「別れ泊る」の句は、ある旅芸人の一行が村に来た、その村には大きな宿もないので、その旅芸人は彼処に五人、ここに三人というふうに、あの宿や、この宿や、もしくは素人の家などに別れて宿をとった。旅芸人のことであるからそう大勢というのでもないのになおそれが一軒の家に泊まることが出来ないで、処々に別れ泊まらねばならぬということは、芸人にとっても不自由な淋しい心持がするであろうが、また如何にその村の寒村であるかが想像される。この句の如きも素直な人情の句である。

以上叙して来たところを見ると、法師君は人間および天然の消極方面にのみ興味を持っているように見えるが必ずしもそうではない。積極方面にも満更興味を見出さぬわけでもない。その一例をいえば、

やはらかき桃の香に夏の夜人哉　法師

桃の実の芳香を「やはらかき」と形容したのは、桃の香そのものの性質をも表わしているが、同時にその香に対する作者の心持も出ている。卓上には美しい桃が載せてあって、人はそれを食いつつある、灯は明るくともっている、というので豊かな夏の夜の心持が味わわれる。

しかしながらこの種の句は決して多くはない。君は生来華々しき生活を営んだことはほとんどないといっていいだろう。白河の関を越えて索寞たる東北の野に質素な生活を営みつつある君は、決して南方の国の人があこがれつつあるような飽満な生活は

夢想だもしまい。しかしある時は都会の生活に目を向けたり、ある時は北海道の天地に逍遥(さまよ)ったりするその心の揺動はなおこれを持っている。しかも再びもとの生活に戻った今日に在っては最早ひどくその境遇を気にするでもなく暮らしているであろう。

君の句に、

薪能(たきぎのう)松を見つゝぞ急ぎける　法師

というのがある。それは春日(かすが)神社の薪能を見るために、あの松の下にそのお能は行われつつあるのだと、遠くから見える松を目当てに急いでいる、というのであるが、さて君は何を目当てに急ぎつつあるか。最近君が一篇の文章を送って来た消息のはしに、会社の用でくたびれ切った体を夜一時、二時頃まで起きておって幾晩かかってようやくこの文章を書いた、自分の心はもうだんだんと麻痺(まひ)して来て如何なる刺戟にも驚くことが出来ぬようになりつつあるのが情けなくも恐ろしくもある、あなたの北海道行きが止んで、福島に来られなくなったことを非常に残念に思う、せめて飯坂(いいさか)の温泉まで来てはどうか、自分は自転車に乗って毎晩飯坂まで出かけて行っていいというようなことが書いてあった。君は日常の生活の上には恐らくもう大した野心は持っていまい。ただ俳句や文章によって成るその感情の国には自ら目標の松があって、君は明け暮れその松を目当てに急ぎつつあるのか。

関 萍雨

かつてホトトギスが東京に移った頃、静岡の師範学校の生徒の中に、俳句を作る者が三人あった。加藤雪腸、関飄雨、渥味渓月の三君がこれであった。私や碧梧桐君などが静岡に泊まることがあると三君は寄宿舎を抜け出してわれらの宿に来たりしたものであった。その熱心なる生徒が一旦卒業して小学校の先生になると、いずれも言い合わしたように、生徒の作文には口語体の写生文を作らした。今日からみると小学校の生徒に口語体の文章を作らすということは、当たり前の事の如く考えられるであろうが、しかも小学校が口語体の文章を用いるようになったのは、僅か今から十余年前からのことであって、ことに写生文的の文章を作らすということなどは当時にあって破天荒のことと言わねばならなかったのである。ホトトギスで鼓吹した写生文が始めて小学教育の上に用いられたのは実にこの三君に始まると言っていいのである。また教科書に俳句が這入るようになったり、文部省の検定試験に俳句の解釈が問題になったりするようになったのもそれ以後のことで、多くの教員や受験生が始めて俳句というものにぶっつかって狼狽した中に三名はすこぶる得意であったというような話を漏れ聞いたことがある。何にせよ三君は今日から見るとわが俳壇の先輩であるが、雪腸君はこの頃和歌の方に没頭して俳句は顧みぬようになったし、渓月君はほとんど消息を絶って、これも俳句は作らぬ様子だし、終始不変に句作をつづけて来ているものは三名の中実に関飄雨君一人のみである。

飄雨を萍雨に変えたのは何時頃のことであったろう、名前の文字は変わっても、君の俳句に対する愛着の情は終始一貫して変わるところがない。君は師範学校卒業後、静岡県下も主として伊豆の各地の小学教員、校長等を歴任して今日は駿州の庵原尋常高等小学校の校長として重任に当たりつつあるのであるが、君は必ず到る所に俳句を鼓吹し、同人を作り、ホトトギスを頒布しつつある。俳句界にあっては幾多の君の後進が、新風を試みたり、にわかに名をなしたりするのであるが、君は一向それらに頓着するところなく、頑として旧態を守っておって、ホトトギスを月々手に受け取ること、ことに自分の句を紙上に見出すことを以て無上の怡楽としている。

かつて君が認めた文章の中に、ホトトギスを受け取った時その句が誌上に載っている場合は細君までがこれを祝福して重い一本の銚子を銅壺の中に浸けるというような記事があったと記憶する。自分の後進が少しでも自分より先に出るのを見るとたちまち厭気がさして俳句を抛ってしまい、同時にこれを呪詛するものが世間に多いのであるが、君はその境を超越して、ただこの俳諧境に立脚していることをもって慰安としている、その胸臆はすこぶる欽すべきものがある。またかつて君はホトトギスの感想録に、私が主観的の句を推奨したことに不平を述べたことがあった。これは率直なる君の忠言として私は快く受け取った。しかも私が決して極端なる主観句のみを歓迎するものでないことは、今日の君は最早了解にやぶさかならぬことと信ずる。否、当時君の不平の尻馬に乗った連中は、君がその不平を洩らす一方になお平然として投稿を続け、変わらぬ同情をホトトギスの上に注ぎつつあったことは知らないのである。わが読者中君の如き態度の人を決して君一人のみとはいわぬ。子規居士の徳風は深く広く俳句およびホトトギスの上に滲みわたっていて君と同じような心持をもってわが俳句およびわがホトトギスに対している読者はすこぶる多い。ただ君はその種の人の中にあって代表的の随一人と見るべきである。

　君の句も前に法師君の句を批評する時に言ったと同じく、根底を写生に置いている。

　塔の影大地に蝶のとまりけり　萍雨
　露けしや提灯つけて牛蒡引　同
　鍵かけて去るや落葉の奥の院　同

「塔の影」の句は、私は大和の法隆寺とか薬師寺とかいうような寺を想像する。掃き清められた広い庭の上に塔の影が落ちている、またその大地の上には蝶がとまっているというのである。広々とした大地の上に大きな塔の影と小さい一匹の蝶とを描き出して、その他の何物も描かなかったところにはっきりした印象と整った心持とを受け取ることが出来る。これは萍雨君が私の想像する如く奈良の寺で作った写生句というではあるまいけれども、しかもどこかの寺で見た実景か、しからざるもこれに類似した景色から想像され醇化(じゅんか)されて出来たものであろう。何物かの影が地上に在って同じく地上に蝶のとまっていたということはどうしても写生に俟(ま)たなければならぬところのものである。

「露けしや」の句は、露の深い夜畑の牛蒡を引こうと提灯をつけて出かけて行ったというのである。何でもないそのままの写生であるが、提灯つけて牛蒡引くということは事実にぶっつからねば思いもつかぬことである。

「鍵かけて」の句は、寺にはよく奥の院というものがある、比較的人里近いところに寺院があって、それから数丁、もしくは数里山奥に這入(はい)ったといったところに奥の院がある。したがって奥の院は建物も小さく、参詣者も少ない、ことに冬枯れの頃であるから参詣者は極めて稀(まれ)である、その奥の院にいる一人の僧かもしくは寺守のような男が、日暮近くなると鍵をかけて寺の方へ帰ってしまうのである。これもまたこういう事実に逢着(ほうちゃく)せねばつかまえることの出来ぬ材料である。

以上の句と法師君の句とを較べてみると、同じ写生句でありながらそこに多少の差異が窺われる。法師君の句に比べて萍雨君の句は、粗いところはあるけれども大きいところがある。これは同じ写生といいながら時代の相違を説明している。しかして萍雨君がどこまでもその古い時代の粗大な写生に甘んじているところにまたその特色がある。

なお君の句には、

銭拾うて真桑買ふ子を憐れめり　萍雨
折檻の我口吃るきりぐ〵す　同

の類の句がある。拾うた金で真桑を買って食っている子供は決していい家庭に育ったものでないことが分かる。その子を哀れむというのは老実なる教師の情である。生徒が悪いことをしたのでそれに折檻を加えようとする時、自分の感情が昂っているために思うことがはっきり言えないで口が吃るというのも、これまた教師の実情であろう。

これを要するに君の句には嘘の句は絶えてない。いずれも事実の句である、実情の句である。その点からいえば句の巧拙などはほとんど問う暇がないことになる。さらに進んでいえば、いわゆる無弦の琴を弾じ、無孔の笛を吹き、無底の舟に棹さす境にあって、俳句は作らなくとも俳諧の境地にさえ立っていればいいことになるのである。

しかしまたせっせと句も作る、投書もする、雑誌に載れば嬉しがりもする、そこにまた大悟了の天地がある。私は萍雨君ならびにそれと同じ境地に在る俳人諸君の健在を祈る。

杉本禾人

杉本禾人君は横浜の人でまだ年齢は二十二、三歳くらいの青年である。きわめて不遇な境遇にあって、確か幼い頃に孤児になり、その姉に当たる人は苦しい境遇に身を置いていたということを聞いたように思う。しかしこれは間違っているかもしれぬ。現に人に嫁して朝鮮の方に行っている姉上もあるということを聞いたことがあるから、右の苦しい境界に身を置いた姉上があるということは、君の書いた文章か何かの中にそれに似よったようなことがあって、漫然とそんな記憶が頭に残っているのかもしれぬ。とにかく君は幼い頃から暖かい父母の膝下にあることが出来ないで、いつも不遇な境遇にあったもののようである。

君は私が再び雑詠の選をするようになる以前から、よく手紙をよこしたり、俳句を送って来たりした。その点においては、水巴、月舟等の諸君と共に今日の俳句の隆盛を導いた先覚者の一人とせなければならん。その頃君は横浜の裁判所に出勤していて、同じ裁判所に勤めている普羅君と親しく交友し共に俳句の研究をしていたということである。その後に至っても君は熱心なる雑詠の投稿者であって、月舟君等と相角逐していたのであったが、君は生活の不安から一時は義兄に当たる人を使って朝鮮に行ったり、またそこも思わしくなくって横浜に帰って、今はある弁護士のうちに玄関番として寄食している。そういう状態で思う通りに俳句が作れないで、月舟君等に一籌を輸するに至ったのは残念であるけれども、もともとの俳人として立派な素質を持っているのであるから、今後機会を得て奮励一番したならば直ちに当年の面目に立ち戻るであろう。

君の句が色彩に対して非常に敏感であることは、その当時ホトトギス誌上でちょっと一言したことがある。例えば、

禰宜達は孔雀色なる祭哉　禾人
絵日傘に百花明るき面輪哉　同
絵日傘を染むわたつみの蒼さ哉　同
紺の香に染まりて育つ燕の子　同
鱶の海青きバナ、を渡しけり　同
冷たさにつや〳〵赤き木の実かな　同

の如き句がその例である。

「禰宜達は」の句は、祭のときにその宮の神主達は盛装をして祭の行事を司っている、その装っている着物の色は、彼の美しい鳥である孔雀の色に似ておる、と言ったのである。これが、祭の時の禰宜の服装は孔雀色をしていると言ったのでは説明になってしまって俳句にならぬが、禰宜達は孔雀色をしていると言ったために立派な句になっている。禾人君はひとり色彩の上に敏感というばかりでなく、その色彩から受け来った感じを現わすのに、いつも巧みな叙法をすることを心得ている。これも文字の羅列が旨いというわけではなく、その頭の感じその物が鋭く明らかな結果であろう。

「絵日傘に」の句は、夏美しい女の子が絵日傘をさしている。その絵日傘にはさまざまの花が、彩り面白くかかれている。上から当たる強い日はそのいろいろの花の描いてある絵日傘を透して、その花の下に映り栄えている美しい女の子の顔を明るく照らし出しているというのである。これも説明的にならずに直ちにその百花と人の顔との照り栄えている美しい感じを描き出している点に価値がある。

「染むわたつみ」の句は、美しい絵のかいてある日傘をさして舟に乗っている場合か、そうでなければ足の下が直ちに深い海になっている海岸に立った時のような景色で、絵日傘は赤や黄色や、その他はればれしい色で描かれてあるのだが、底の深さが知れぬような真ッ蒼な大海の色に照り栄えると、その海の色が青くその絵日傘を染めているように見えるというのである。

「紺の香に」の句は、ある紺屋の梁(はり)に燕(つばめ)が巣を作ってそこに燕の子が孵(かえ)って、だんだんとそれが大きくなって来る。下にはたくさんの藍の壺(つぼ)があって、その中には泡立った藍が湛えられてあって、多くの人はそこでものを染めたり絞(しぼ)ったりして毎日働いている。紺の香はその辺に一杯に満ち満ちている。燕の子はその香の中に育ってゆくというのである。はじめは嘴(くちばし)ばかりのような燕の子がだんだん成長して、両肩に羽を持つようになって来たのは、その紺の香に染められて育って来たのであると言ったのである。前の染むわたつみの句も、この染まりて育つという句も共に作者の主観は一つの力のようなものをそこに認めて、わたつみの青々とした色は大きな力をもって絵日傘を染めるし、紺屋の屋内に満ちている紺の香は、燕の子をだんだんに染めて育てていくといったのである。単純な客観的叙法をする人々から見ると、こういう句にはその主観の出ていることが煩(わずら)わしいように感ぜられるかもしれぬ。しかしながらその物象に対する作者の主観を現わしたことによってそこに一つの力が出ている。その力というのはすなわち物象と作者の主観と相俟(あいま)って生じたところのものである。

「鱶(ふか)の海」の句は、鱶のたくさんいる大洋をたくさんの青い芭蕉(ばしょう)の実を乗せた船が航海しつつあるというのであるが、それを大洋ともいわず、汽船ともいわずただ鱶の海といい、青きバナナを渡したというところにこの句の特別な感興はある。これも畢竟(ひっきょう)

作者の感興は、バナナの青い色にあって、それを乗せている船などはこれを問う必要はなく、また大洋もこの場合他の性質を持ち出す必要はなく、鱶のたくさんいるような恐ろしい海であることだけを現わせば十分なのであって、その鱶のいるような大洋の上を、もぎたての青いバナナは南の島から北の国へと運ばれつつある、といったのである。

「冷たさに」の句は、ある赤い木の実の色を形容して言ったので、如何(いか)にも冷たいように艶々(つやつや)と光沢(つや)を持って赤いといったのである。つめたさにつやつやと、つの字の三つ重なっているのも、その文字の運ぶ意味を、その調子で助けている傾きがある。

なおその他禾人君の句には、

そこばくの畑物(はたもの)に二百十日哉　　禾人
向日葵(ひまはり)にとり〴〵の花のあはれかな　　同

等がある。「そこばく」の句は、僅かばかりの畑に物を植えている、それに二百十日の風が吹くというので、もとより大した畑物ではないけれども、それにもなお二百十日の風をいたむという、自然な優(やさ)しい心持が出ている。

「向日葵に」の句は、庭の花園にはくさぐさの夏草の花が咲いているのであるが、その中に王者の如く突っ立っているのは、一番大きな向日葵であって、その他の夏草はそれよりも丈(たけ)低く、向日葵に蹴圧(けお)されているように咲いているが、しかしそれぞれその花の特色を備えて、各々姿態をつくしている。それがなかなかにあわれげに見えると言ったのである。作者がその向日葵の王者の如き方に興味を持たずに、その下にあるところの他のくさぐさの花にあわれを見出したところに面白味がある。この二句の如きは禾人君が常に不遇の境遇にありながらも、なお自己の安んずる所を見出している一つの心持が窺(うかが)い知られるといってもよかろうと思う。

池田青鏡

池田青鏡君は伊勢（いせ）の人で、年齢は禾人君と同じく二十歳を二つか三つ越したばかりであって安田銀行の行員である。福島の支店に一、二年前から転じて後はどういう模様であるか委（くわ）しく知らないが、東京にいた頃は最も熱心な作家の一人であって、雑詠集に集録した句も自然多い方の一人であった。その句は多く学生的のものであって、作ったあとがなく、安らかで自然であるうちに文字の斡旋（あっせん）は自（おの）ずから巧みである。

昼寝人に手紙届いてありにけり　青鏡

氷店に憩（やす）めば足の埃かな　同

丘の上に色濃き海と撫子（なでしこ）と　同

郵便の来てしまうたる夜長哉　同

膝に身を乗せて女や栗（くり）をむく　同

海荒れて芭蕉（ばしょう）静かに月夜かな　同

庭を直ぐ海に落つ日や鶏頭花　同

「昼寐人」の句は、ある人が昼寝をしているところへ手紙が来た事を叙したので、それも昼寝をして眼が覚めてみると手紙が来ておったと言ったのでは平凡になってしまうのを、昼寝をしている人に手紙が届いていると、まだその眠りの覚めない間に、枕元なり机の上なりに手紙の置いてあるところを叙した、そこにこの句の手柄はあるのである。

「氷店」の句は、ある用事のために道を歩いて来て、喉がかわいたので氷店に腰をかけて休んだ。今までは気もつかず目にもとまらなかったのだが、ふと見ると足には埃が真っ白についていたというのである。何か急ぐ用事で歩いていたか、それとも心に屈托があって歩いていたか、とにかく歩く間は、歩くということの方に気をとられていたので、休んだと同時に心も休み、前へ投げ出した足の埃が眼についたのである。

「丘の上に」の句は、海岸の砂丘の上に上ってみると、前には色の濃い真っ蒼な海が目に入り、自分の立っている傍らには撫子の花が赤く咲いているのが眼に入ったのである。撫子の咲いている砂丘の上に上ると海が見えた、というような叙法では説明になってしまうが、丘に上ると色の濃い青い海と撫子の赤い花とがぱっと眼に入ったというその時の強い印象をそのままに叙したところが面白いのである。

「郵便の」の句は、夜机の上で仕事をしているとか、もしくは火鉢によりかかっているとかして、秋の夜長を物淋しく過ごしかねている時に、郵便屋は一番終いの便の配達をして来た。人から手紙を受け取るということは、懐かしいものであるが、その郵便も、もうこれで今日はおしまいだという最後のものが来てしまって後は、いよいよ夜長の心持が強いといったのである。すらすらと叙してあるうちに自ら巧みなところがある。

「膝に身を」の句は、ある女が栗を剝いている時の様子を写生したもので、その女は坐っている自分の膝の上にからだを乗せるようにして、肱を膝の上について前かがみになりながら栗を剝いているというのである。これも「前かがみになりて女や」とでもいったのでは印象が弱いが、「膝に身をのせて」といったのでその女の姿がはっきりと眼に浮かんで来る。

「海荒れて」の句は、海岸の上の庭前の光景を言ったので、海は激しい波の音がして荒れ模様である。しかしながらそれは海だけのことであって、庭の芭蕉には風も吹かず大空には月がかかっていて、月の光はその静かな庭の芭蕉を照らしているというのである。海は決して風のある時ばかりに荒れるものではなくて、穏やかな日でも沖の方の天気の模様や汐の具合などで盛んに荒れていることがある。それで海ばかりが荒れていて月下の芭蕉は静かに突っ立っているというような光景は事実においてよくあることである。これも写生であって自然な句である。

「庭を直ぐ」の句は、これも海岸の家の写生で、自分の庭先は直ぐ海になっていて、その方角は西に当たっているので、東から西に廻って来た日は、自分の庭の上を通り越してすぐ海に落ちてしまう、庭には鶏頭の花が赤く突っ立っているというのである。庭を直ぐ海に落つ、というのは、そういう家に住まっている人の落日の感じをよく現わしている。ことにその庭に配するに鶏頭花をもってしたところも自然である。

以上の如く、この作者は格別主観的の言葉を使うでもなく、奇抜な文字を使うでもなく極めて平坦に客観的な叙法をして、しかも平浅に堕ちぬところにその長所がある。

山本村家

山本村家君は出雲能義郡赤崎村の人で恐らく三十五、六の年輩であろう。君は禾人、青鏡両君などとは異って大分古い俳人である。子規居士の選んだ日本新聞の俳句を土台にして作った『春夏秋冬』にはすでに君の句が相当に出ている。君は新傾向が跋扈した時代には静かに俳壇を退いていて、ホトトギスに再び雑詠を載せるようになってからまた熱心に稿をよせるようになった。聞くところによると君の父君は村長をしておられ、君は小学校の校長をしていて、その家庭は極めて平和で円満であるということである。その句も極めて平和で温藉であるのも偶然ではない。

朧夜や草履に見ゆる潦　村家
虫籠の虫が啼きゐる野分かな　同
お針子の掃除して去ぬ日短し　同

腰弁生活十三年

妻が手の握飯三つや秋の風　同

「朧夜や」の句は、春のおぼろおぼろした夜に草履をはいて歩いていると、雨の降ったあとの水溜まりが行く手に光って見えるというのである。おぼろおぼろとした穏やかな春の夜、足に穿いているものは軽い草履、潦というのも静かに湛えた浅い水溜まり、どこから言っても静かな心持である。

「虫籠の」の句は、外面は烈しい野分が吹いている、自然雨戸を閉めたり戸をたてたりなどして家のうちは暗いような景色であろう。その暗いためかどうか、家のうちに釣っている虫籠の虫は声を出して啼いているというのである。外面の吹きすさんだ野分の景色は叙さないで、かえって家内の小さい虫籠の虫を叙したことによって野分の日の心持が出ている。描かれている心持は暗い淋しいような心持であるが、しかも句調は穏やかで、作者の落ち着いた心持は自然そこに現われている。

「お針子の」の句は、一家のたつきの足しにとお針子をとって裁縫を教えている、そのお針子達はもう一定の時間が来たので皆帰るのであるが、女の子のことであるからその辺に糸屑などの散らかっているのをそのままにせず、箒をとって自分で掃除して綺麗に座敷を片附けてそれから帰るのである。短い冬の日のことであるからもうそろそろ暮れ近くなって来た、というのである。お針子が自分で掃除をして帰るという女らしい事実と、暮れ易い冬の夕暮の景色と相俟(あいま)って静かな落ち着いた侘(わび)しいような心持が十分に出ている。

「妻が手の」の句は、前置にある通り、十三年間も小学校に勤めていて腰弁生活をしている、その弁当というのも自分の妻が握って呉れた握り飯三つである、といったのである。秋風の吹き渡って淋しい身に染(し)むような心持のする時分に、その十三年間の単調な生活を振り返って見て叙した感慨の多い句であるが、あえて風雲を望むでもなく、また豪奢を希(ねが)うでもなく、自分の位置に安んじているところは尊敬に値する。この句の如きは最もよく君の心持を現わし得たものである。なおこれらの句と併(あわ)せ見るべきものに「赤崎田圃」と題した君の写生文がある。それは雑誌『ヤカナ』の誌上でこれを見たのであった。

山本果采

山本果采（かさい）君は村家君の弟であって出でて同族の山本家を襲うているのである。年齢は二十四、五で村家君の村とは違った村の小学校の教師をつとめている。

若樫（わかがし）の肌破りたる木（こ）の芽かな　果采

若葉より湧（わ）き出し橋の人馬哉　同

石見国江川

下り舟待ち飽きし眼に若葉かな　同

大寺の落葉が襲ふ長屋かな　同

「若樫の」の句は、若い樫の木のやや大きな枝もしくは幹から木の芽の吹き出した形を言ったので、木の芽は柔らかいものであるが、それが芽出している模様を見るとあたかも人間の肌を突き破ったように皮を破って出ているというのである。

「若葉より」の句は、川に橋があって、その橋の向こうは若葉が茂っている。今まではただ向こうには若葉が見え、橋は静かに空しくかかっているばかりであったのであるが、突然その若葉の中から一連の人馬が湧き出すように出て来たというのである。静かな境界に急に人馬を点出し、しかもその人馬は静かにぽつぽつと現われたのでなく、ぐわぐわと湧き出すように現われて来たというのである。

「下り舟」の句は、石見国の江川と言う川の川縁で、和船なれば大きい和船、もしくは小蒸汽の類で、それがおよそ何時頃には出る筈というので、そこで待っているとなかなか舟が来ない、いつまで待っても来ないものだから、もう飽き飽きしてしまった、別にこれという見るものもないのでその対岸にある若葉に眼をやったというのである。今までも若葉は眼に入っていたのであるけれども、まだまだという心のあせりがあったので、しみじみ眼には入らなかったのであるが、いよいよ待ち飽きてしまってかえって心は落ち着いて、はじめてしみじみと若葉に見入ったような心持である。

「大寺の」の句は、ある一つの大寺があって、その寺には高い大きな樹がある。風が吹いて来ると、その樹の落葉が、その近所にある長屋の上にざアと一時にかぶさりかかって来るというのである。風の吹くたびに密集してたくさんの木の葉が一面に長屋の上に落ちかかって来るのを「襲う」と形容したのも力ある言葉となっている。

以上の如く果采君の句は、村家君の句に較べてその温藉たる点を欠いているがその代わり潑剌（はつらつ）たるところがある。「肌破りたる」といい、「湧き出し」といい、「襲ふ」というが如きは主観的な強味のある言葉であって、これらの句の面白味は主としてその強味の点にある。

木村子瓢

木村子瓢(しひょう)君は東京で生まれ東京で育った人であるらしい。一時高等学校に学んでおったのが、病気のため中途退学をして早稲田大学の文科に這入(はい)って卒業し今は成女(せいじょ)高等女学校の教師をしている。年齢二十八、九歳。君は非常に熱心な多作家であって他の事情に制せられて時に冷熱はあるにしても多くの人の中にあって最もその冷熱の気の少ない方の作家であろう。

鏡立てゝ春愁(しゅんしゅう)に坐すや燕(つばくらめ)　子瓢
日傘さして遠く詣(まゐ)りぬ帯の塵　同
膳に向へば背(せな)曲る子や芥子(けし)悲し　同
子の事件(こと)に妻戒(いまし)めぬ枇杷(びは)の月　同

これらの句は子瓢君の好んで作る一面の句であって、人情的な優しみのある句である。「鏡立てゝ」の句は、一人の年をとらない女が化粧をするために鏡を立ててそれに向かって坐っている、心に憂いがあるために美しい顔に悲しみの色を帯びて、手に眉刷毛を取り上げるでもなく、ただじっと物思わしげに坐っている、外面にはその憂いを彩るように春の燕が飛んでいる、というのである。春愁というような漢語を使ったり、またそれに配するに燕をもってしたりするところに、漢詩などで見る支那らしい趣が出ている。一歩を進めていえば、支那の詩の句のうちにかつて見たことがあるような趣だともいえる。それがこの句の長所でもあり欠点でもある。

「日傘さして」の句は、これも女を描いたもので、遠方の寺に夏の暑い頃日傘をさしてお詣りに行った。市中をも通り抜けて田舎の埃の立った道を遥々と歩いて行ったので、後ろに高く結んだ帯に塵が積もっていたというのである。女性に対するこまやかな観察で、外面的のものではあるけれども優しみも十分に出ていれば写生の力も認めることが出来る。

「膳に向へば」の句は、一人の子供が飯を食うために膳に向かって坐ると猫背になって背が曲がっている、庭には芥子の花が咲いているというのである。「芥子悲し」とあるのは、芥子が悲しいのではなくって病弱な子が悲しいのである。その子供を見て悲しむ心を芥子に移したところに作者の心の優しさが彩られている。もとより病弱の子のことであるから背の曲がっているものはいつも曲がっているのであるが、膳に向かって食事をする時などにはことにその背の曲がっているのが目立ってみえるのである。そこに着眼したところに写生の力がある。

「子の事件に」の句は、何か子供のことについて妻がはしたなくその子を叱るとか、もしくは愛に溺れて思慮の十分でない所置をしたとかいうことに対して、それはお前が間違っている、そういうことはすべきものでないと言って妻を戒めた、外面には枇杷の実のなっている上に夏の月がかかっている、とそういう場合の情景を叙したものである。この句もまた前の句の芥子悲しとあるのと同じように、枇杷の月を配合したことによって、子のことに対して妻を戒めるというようなやや興のさめた人事に対して色彩を加えて、同時に優しみを添えている。妻を戒める心はとげとげした心ではなくて、十二分に物のあわれを解した上の心であるということが、枇杷の月の点景物があるために想像されるようになる。

これらの女性的とも人情的ともいうべき句のほかに、

神の灯を捨つ秋雨の大湖かな　子瓢
萩の戸や野分の中の猫白し　同
行潦に銀杏落葉や雨明し　同
木の実前に首傾けて鶏をかし　同
お降りや杉の下行く禰宜の傘　同

等の句がある。「神の灯を」の句は、何かある神事に使った灯を、その神事が終わってから秋雨の降っている大きな湖の中に捨てたというのである。その社は湖のほとりにある社であることも、大きな湖は濛々と降っている秋雨にほとんど降り隠されているということも、自ずからこの句のうちに想像されて、壮大な景色、崇高な趣が伺われる。

「萩の戸や」の句は、萩の花が咲き乱れている庭の戸口に一匹猫がいて、それが白く眼にうつるというのである。萩の葉の青く花の赤い中に白い猫のいることは、際立って眼にうつる景色であるが、ことにそれが野分の吹きすさんでいる中であって、萩の葉の緑もその花のつぶつぶと赤いのも、風に吹き乱されて動揺しながら、いよいよ青く、いよいよ赤く見ゆるような感じの中に、柔らかく白々とした一匹の猫を見ることは、いよいよ強く白いその一個の生物を印象せしむる心持がある。

「行潦に」の句は、雨のために溜まった水たまりの中に銀杏の落葉がしている、雨は明るい色をして降っているというのである。秋の空気の透明な中に、黄いろくなって降る銀杏の落葉は明るい感じのするものである。雨の降っている景色は薄暗いじめじめした感じのあるものにしても、その潦の中に一面に落ち散っている黄いろい明るい色をした銀杏の落葉を見ると、雨までが明るい心持がするというのである。

「木の実前に」の句は、一匹の鶏（にわとり）が木の実をついばもうとして、その前に立っているときに、よく鶏がするように首を傾けてじっとその木の実を見ている。その様子に軽い滑稽な興味を覚えてこの句は出来たのである。

「お降（さが）りや」の句は、元日に天気が悪くって雨の降るのを「お降り」というのであって、その雨の降る元日にある社（やしろ）の神主が傘をさしてその神社の前の杉の下道を通っているというのである。お降りというような句は余りいい句はないものであるが、この句の如きは元日の社前の光景をうつして極めて自然である。お降りの句のうちの秀抜なものとすべきであろう。

これを要するに子瓢君の句は穏当で、明快で、優しみに富んでいる。多作の割合に平凡な句が多いということが君の欠点であるけれども、一度平凡を脱した句になると以上列挙した句の如く、自然で穏やかで情味のある句が出来る。いよいよつとめて倦（う）まないことを希望する。

鈴木桃孫

鈴木桃孫君は、東京の人で、その家は質屋を業としているやに聞いている。年齢はまだ三十歳以下か。その弟に禅丈君があり、友人に北蓬外君があって、三人で盛んに俳句を作っておったことは数年前のことであった。その後盛衰はあったであろうが、しかも禅丈君と共に桃孫君の投稿は常に私の案頭に落ちつつあった。桃孫君は病気のため大分以前から鎌倉の腰越に転地療養をしている。一日も早く快癒を待つ次第である。

君の句は子瓢君とは反対に覇気に富んでおって、長短ともにその点にある。

通り雨あなどり濡れて桑を摘む　桃孫
夏山や天柱杉を見て登る　同
蝙蝠に橋より下の落暉哉　同
狐落ちし姉いそしめり星迎へ　同

八朔や火色ある星黍に見ゆ　同
柿博奕濁酒の酔の眉を上げぬ　同
柩舁きて眉の力や秋の風　同
萩の戸の一封来や水見舞　同

「通り雨」の句は、雨がばらばらと降って来た時に、通り雨だから直ぐ晴れると多寡をくくって桑を摘んでいたところが、それでも馬鹿にならず相当に降ったためにすっかり濡れて終ったというのである。「あなどり濡れて」というところにこの作者の平坦では承知の出来ない一点の閃きがある。

「夏山や」の句は、夏ある山に登る時に、天柱杉という名前のついているとくに目立って大きな、大空を摩している老杉がある、それを常に見ながら目当てにして登って行くというのである。天柱杉の一語を得てこの作者は溜飲を下げているのである。

「蝙蝠に」の句は、夕暮になって蝙蝠が盛んに出て飛んでいる、夕日は西に沈みかかっている、その夕日は丁度作者が立っている西の方に橋がある、その橋の下側に紅く色を染めているというのである。橋より下の落暉というところがこの句を平板ならしめざる点である。

「狐落ちし」の句は、狐のついている姉がその狐が落ちて全快をして七夕の星迎えをする儀式に機嫌よく世話をしているというのである。星迎えということは極めて静かな、ゆとりのある、またその上に優しみのある人事である。そのことと今まで狐つきであったということは余程かけ離れたことのようであるが、それでいて別に不自然なことでもないところにこの句の力がある。

「八朔や」の句は、八月朔日、すなわち八朔の日のある光景を言ったので、この日は田面の節句と称えて徳川時代などにはある儀式があったそうだし、農家の方ではとくにその日の天気を気遣うということなどもある。そういうとくべつな日の夜、ふと畑の方を見ていると、火のような赤い色をした星が黍の上の方に見えているというのである。天候の加減などで星の色が赤く見えることなどはよくあることで、ほかの星はそれほどでないが、ある一つの星がとくに目立って赤く見える、火のような色をしているということが何か事ありげに作者の注意を引いたのである。「火色ある星」ということが奇異の感を喚び起こすに足る。

「柿博奕」の句は、柿の中の種子の数を言い当て、博奕を打つことがある。それを言ったので、数人の男がその柿博奕を打っている。一人は濁酒を飲んで大分酔っ払っている。それが何かその柿博奕のことでどろんけんになっている眼を瞠ってその眉を昂げたというのである。急に意気込んで人の顔を見上げたような時の様子を言ったのである。博奕に勝ったとかもしくは思いたかぶったとかいう様子である。

「柩舁きて」の句は、秋風の吹いている蕭殺の気のする頃に、二人の男が棺をかいて墓場の方に行きつつある。その棺はかなり重い棺であるのだが、男等はよくその重みに堪えて舁きもて行きつつある。その時の一人の男の顔を見ると太い眉を引き締めてそこに力が集まっているような様子に見える。眉に力が集まっているわけではなくって重い棺をかいている身体全体に力が充ちているわけであるが、それが不図顔を見た時にはその眉に力が籠っている如く見られたのである。この句の如きも「棺をかく人の力や」などと言わず「眉の力」と言ったところにそういわねば承知の出来ない作者の覇気が窺われる。

「萩の戸の」の句は、秋出水のした頃、自分の家もやはり水に侵された、庭には萩が咲いていて、そこに入口の戸があるのであるが、それも水に浸された。その水見舞に一本の手紙――あるいは一封の見舞金を言ったものか――が来た、という事実を叙するに当たりて、「萩の戸の一封来や」と言ったところに凡を脱した叙法がある。

以上の通り桃孫君は文字なり、趣向なり、叙法なり、材料なり何物かに平板を脱しなければ承知の出来ない点がある。前に言った通り長短共にその点にあるのであって、以上の句を見るといずれもその平凡を脱した奇抜な点に――少なくとも奇抜ならんとする点に――面白味がある。しかしながらそのために一見平凡であってもじっと味わっていると底の方から味のしみ出して来るというような趣には欠けている。君としては将来そういう点に三度思いをいたさなければならないであろう。しかしながらまたこの覇気に満ちた奇峭な句を軽蔑するは採らないところである。それにも面白味があれば、これにもまた面白味がある。

なお君の句には、

待春や千鳥染めたる大漁着　桃孫
船多く沈めし去年や店卸し　同

等の句がある。「待春や」の句はこの秋から冬にかけては漁が多かったのでその祝いに千鳥を染めた華やかな着物を網主から漁師一同に頒ってやった、そこで漁師一同は皆その千鳥の染め出してある大漁着を着て春の来るのを待ち設けているというのである。「船多く」の句は、年の暮にある荷受主が店卸しをする時に、今年はまず大したあったが、それに較べると遥かに成績がよかったと荷物の潤沢をよろこぶ心持である。船の損害もなかった、去年はあんなにたくさん船が沈んで荷物の損害が多かったのでこの二句の如きはどこか規模の大きいような傾向を持っている。近来になって規模の大きい句というのがだんだん少なくなって来る傾きがある。規模の大きい句を作るということも桃孫君にあっては有望なる一路としなければならぬ。

増永徂春

増永徂春君も東京の人である。年齢三十四、五歳か。もと佐藤紅緑君について俳句を学び、またその関係から一時新派の劇にたずさわったこともあったそうである。この数年は伊予の宇和島にあって新聞記者として精励し、またその間に宇和島俳句界を開拓してわが党の句を鼓吹したことは人の記憶に新たなところである。一時大阪に在った頃は今朝鮮にいる車春——当年の聴秋声——君と自炊生活をやって、それにこの間亡くなった菊太君を加え、三人共力して句作に励んだことも当時の消息に通ずるものは熟知するところの事実である。

君の句には紅緑君の系統をひいているだけあって軽みのある句が多い。例えば、

走ること忘れし馬の長閑かな　徂春
明易き戸を焦したる放火かな　同
葉柳や街の隅より点灯夫　同

「走ること」の句は、長閑（のどか）な春の日に馬に乗るかもしくは馬車でも駆（か）って野道を過ぎていると、その馬は走ることを忘れてしまったようにただのろのろと歩いているというのである。

「明易き」の句は、夏の夜放（つ）け火をした奴があったが、それは大した火事にもならずただ戸を少しばかり焦がしただけであったというのである。

「葉柳や」の句は、夏の夕暮葉柳の繁っている頃、街の隅の方から点灯夫が現われて来て街灯に火をともしたと思うとたちまちまた向こうの方へ走って行ったというのである。

以上三句は皆軽々と事柄が叙してあるので読者もまた軽易な心持をもってこれらの景色を想像することが出来る。馬がとぼとぼと野路を歩いているのを「走ることを忘れてしまやあがった」というところには別にそれを咎（とが）めるでもなく軽く笑ってしまうような心持がある。「戸を焦したる」も同じことで放（つ）け火をしたけれども、戸が少し焦げたばかりだと言って、その大事件を軽く見てしまう心持がある。「街の隅より」もまた同じことで、点灯夫が高い踏み台を肩にして長い竿の先に火のついたものを持ってヒョコッと現われて来た様子を空気の中からわいて出たように街の隅より点灯夫と言ったところに軽い心持がある。

けれども君の句は決して軽みのみをもって生命としているわけではない。否（いな）むしろ軽浮となり平浅となる傾きのあり易いそれらの句よりも次の如き句に十分の価値を認める。

朝寒き通ひ路に見る地層かな　徂春
軒下に濡れて遊ぶ子秋の雨　同
里の灯を見て灯す秋の山家哉　同
暁の芙蓉に煙かゝりぬる　同
雨戸閉づ日毎日のある枯野哉　同
鴛鴦の沓魔の穿き渡る古江哉　同
塀の日は支へ柱に石蕗の花　同

「朝寒き」の句は、いつも通勤している道端の光景ではあるが、それが朝の寒さを覚える秋になって一層強く目に映る場合を言ったのである。山を切り拓いて往来としたところはその左右に切り立っている土がだんだんと色の変わっている地の層をまざまざと見せている。そこには草も木も生えておらず、切り拓いて間のないなまなましい心持で、秋になるより以前であっても毎日そこを通る人の眼にはあまりいい心持にうつらず、毎朝ここを通ってある職業のために出かけねばならぬ自分の境遇を淋しがるような心持があるのであるが、それが朝寒の時候になって一層強く感じられるその場合を言ったのである。

「軒下に」の句は、秋雨の降っている時分に軒下で子供が遊んでいる。その軒というものは浅い軒であるからしてそこに遊んでいる子は自然雨に濡れ勝ちである。濡れても子供は平気で遊んでいる。そこにあまり富んでいない街並の有り様も想像される。

「里の灯を」の句は、秋の淋しい頃のある山家は、日が暮れかかって来てその山の麓の村の家々がぽつりぽつりと灯をともしかけるのを見てから、自分の家にも灯をともすというのである。村里よりかけ離れた山上の小家の淋しい心持がうかがわれる。

「暁の」の句は、明け方の庭に咲いている芙蓉の花に朝早く米を炊ぐ煙がかかっているというので、おとなしいやわらかい心持のする芙蓉の花に、静かな煙があたかも霞がかかったように、円かにかかっている景色が描かれている。極めて自然であってしかも温藉たる光景に掬すべきものがある。

「雨戸閉づ」の句は、日暮になって毎日雨戸を閉める時分に外面を見ると向こうに見える広々とした枯野にはいつも夕日が残っているというのである。これも極めて自然で枯淡な趣が出ている。

「鴛鴦の沓」の句は、前に挙げた句などとはやや趣を異にして、番いになっている二匹の鴛鴦が古い河の此方から彼方に渡って行ったという景色を主観的に形容して叙したのであって、その二匹の鴛鴦は一つの魔が穿く沓であって、鴛鴦が泳いで行ったように見えたのは、その実魔が沓にして穿いて此方から彼方に渡ったのである、人間の眼に魔は映らないために鴛鴦だけが見えたのである、とそう言ったのである。これが水も淀み勝ちであるような古江であるために、そこに一つの魔が住まっている如く感ぜられたのである。鴛鴦を沓と見立てたことは古い歌にも句にもある。それを魔の穿く沓としたのはこの作者の趣向である。

「塀の日は」の句は、冬の日影を描いたもので、寒い日影は一面に当たってはおらず、僅かに庭の方に突き出ている支え柱に当たっている、その塀の下には石蕗の花が咲いている、というのである。寒そうな庭の光景が、支え柱の日影によって中心を得ている。

以上の句は皆軽みを持った句というのではなくて、むしろしっとりと落ち着いた淋し味のある句であって、君はさらにこの一面に深い根底を持っていることを証拠立つるものである。ことに「鴛鴦の沓」以外の句は、ことごとく写生の叙景句であって正しい俳句の大道を歩んでいるものである。

君もまた多作家の方であってその投稿を検すると今少し推敲し精選したらよかろうと感ぜられることがしばしばである。しかもその中から拾い出した佳句になると以上の如く朗々として高唱すべきものが多い。ますます奮励を望まねばならぬ。

島田的浦

君は志摩の国の産で島田青峰（せいほう）君の弟である。的浦（てきほ）の号はその生地（せいち）が的矢（まとや）という小さい港を成しているところから来たものである。外国語学校を卒業して今は東洋汽船会社に籍を置いている。

君の句には次の如きものがある。

東風（こち）の浜人形芝居かゝりけり　的浦
葬（とむらひ）のある日を子等の泳ぐなし　同
高潮（たかしほ）に侵（をか）さるゝ納屋（なや）や箒草（はうきぐさ）　同
秋晴や南うけても浦淋し　同
漁船へ積み込むや夜着と角灯と　同

「東風の浜」の句は、春になって東風が吹いて来る浜に小屋掛が出来てそこに人形芝居がかかったというのである。

「葬の」の句は、あまり広くもない村のことであるから一軒のうちから葬が出るとなるとその村の子供等は皆謹慎をして泳ぐものは一人もないというのである。

「高潮に」の句は、ある日急に高い潮が押し寄せて来たので海岸の家にあっては、その庭に作っておった納屋まで潮に侵(おか)されて、その納屋の前あたりの庭には箒草(ほうきぐさ)が作ってあったのだが、その辺までも潮が来たというのである。

「秋晴や」の句は、秋のはればれとした天気の日にあっては、この辺の一帯の浦は南の方に海を受けて日はまともに当たって暖かいのではあるが、それでも秋となるとなんだか春や夏と異(ちが)って淋しい心持がするというのである。

「漁船へ」の句は、港へかかっている漁船へ、夜着と角灯とを積み込むというのである。その船はこれから漁のため沖へ出るのであるが、その船で夜を過ごすために夜着をも積み込み灯火を必要とするところから角灯をも積み込むというのである。

以上の句はいずれも海岸の港の写生句であって、恐らく的浦君の生地である的矢を描いたものであろう。私も一度その辺を通ったことがあるが、南の海に突出している、伊勢の南端にあたる志摩の国は冬もなお暖かなところであって、東風の浜に人形芝居のかかるという光景も、南うけても云々(うんぬん)という光景も、まことにさもありそうに想像される。また的矢近傍は白砂青松(はくしゃせいしょう)の遠浅ではなくって、崖下直ちに百尺の深さになっているというようなところであるらしく、「高潮に」の句も自ずからそういう光景が連想されるのであって、石垣を築き上げた上に庭があって、そこに納屋が建っており、乾いた庭には箒草なども生えており、平常は石垣から一、二間も下に船を繋ぐというような状態であるのが、ある日突然高潮が来て納屋はその潮に侵されたというのであろう。また漁船へ夜着と角灯を積み込むということも、葬のある日は親が戒めて子供等を泳がさぬということも、正しく浦住みしたものでなくてはかく易々と句にすることは出来難いところのものである。これを要するに以上列挙した五句の如きは、的矢を背景とした写生句であって、この地に育った的浦その人を俟って始めて成就し得たところのものである。

なお的浦君には、

塗り盆に漂よふ柿の反映哉　的浦

の句にある「漂ふ」という文字の如く、巧みなる文字を使用することもまたその長所の一つである。塗り盆に三つか四つの柿が載せられてある場合、光沢のある塗り盆の上に同じく光沢のある柿が照り栄えて丸い影を映しながら、柿も盆も光っているような光景が巧みに描かれている。ことに積み重ねられたたくさんの柿でなくって、四つか五つかの柿が転がしたように載せられてある、その場合「漂ふ」という文字は巧みな力強い文字として十分にその光景を現わしている。

清原枴童

清原枴童君は筑前福岡の人、年齢は三十二、三歳か。一時東京に出て来ておってその頃はよく発行所に遊びに来ていた。何をしに来たのですと訊いてもただ笑っているばかりで明白な答えをしなかった。何でも伯父さんの家とかにいて毎日図書館に行く筈になっているのが発行所へ来るのだというような噂もあった。それから伯父さんが玩具の製造をしているのでそれを援けて仕事をするのだというような噂も聞いたことがあった。とにかくその頃君の俳句に対する熱心は非常なもので、その作句も見るべきものが多かった。福岡から投稿する何女とかよしえとかいう名前の女流俳人なども君の引率のもとにあるのだということもその頃詳らかになった。君は自分で熱心な句作者であるばかりでなく、地方の俳人を誘導する上にもすこぶる熱心であったのである。その後君は福岡に帰って博多毎日新聞の創刊以来その社員として今日まで筆を執っている。新聞紙上には常に俳句を掲げこれが指導に尽力している。例えば、君の句には描写の上に君独特の一つの巧みさを持っている。例えば、

土砂降りの夜の梁(うつばり)の燕(つばめ)かな　枴童

花深き戸に状受の静か哉　同

「土砂降り」の句は、烈(はげ)しい雨降りの夜、暗い梁の巣の中に燕がいる、というただそれだけの景色である。「花深き」の句も花がたくさん咲いている中に奥深く引っ込んである戸がある、その戸に状受けが拵(こしら)えてある、その状受けの箱は頻繁に手紙が這入(はい)るでもなく、ただ静かにそこにあるというのである。二句とも別に珍しい趣向とも新味のある景色ともいう訳ではないが、どこかに捨て難いところのあるのはその叙法の点にある。すなわち「土砂降り」とまず初め五字を読んだ時にはいわゆる土砂降りの光景が眼の前にある。次に「夜の梁の」と読んだ時には、広々とした天地晦冥(てんちかいめい)の土砂降りの中にある一軒の家を想像し、夜の暗い梁を眼の前に描き出す。次に終わりの五字の「燕かな」に至ってその梁の上に巣を拵えて、そこに眠りに入っている燕を想像する。すなわち初め土砂降りという、大きかった景色が、だんだんと小さくなって来て最後にただ燕の一点に帰する。すなわちわれらの頭には真ッ先に受け取った土砂降りはやや薄墨に印象され、夜の梁はそれよりもやや濃い色でその薄墨の中に一部分強い色を見せ、さらに最後の燕はただ一点最も強い黒い色をさらにその夜の梁の色の中にとどめて、この景色の核を作っている。かく順序よくいっていることは、これを読み去った後に極めて自然な快感を覚えて、作者が土砂降りを通し、夜の梁を通し、最後に燕に及んでじっとそこを凝視した心持がはっきりと読者の頭にも受け入れられる。「花深き戸に」の方も同じことで、初め花深き戸にと上半を読んだ時には、深々と咲き満ちた桜の奥に戸のあることを想像する。次に下半の「状受の静か哉」というのを見るに至ってその戸の一部分に静かに状受けのあるということが、前よりも小さいしかしながら力強い映像として眼に映る。これらの二句が斬新な景色というでなくして、しかも快感を与えるものは一にこの叙写の法、すなわち中心点の置き具合にある。

次に、

掃き乍ら新樹出て来る女かな　枴童

この句は夏になって青い葉を出した新樹が庭にある。その新樹の蔭から一人の女が出て来た。その女は手に箒を持って庭を掃きつつあったのがそこに姿を現わしたのだというのである。女は最前から同じ動作をつづけているので、新樹を出る出ないは彼女自身には問題にならないのであるが、この句を作った人は自分の位置からしてその女が新樹の蔭から現われ来ったところに興味を持ったのである。もし作者の位置が違ったならその女が庭を掃いていることは大分前から分かっているので少しも珍しいところはなく、自然興味も引かないわけではあるが、それが位置の関係から今まで新樹の陰になっていて見えなかったのが、そこへ初めて現われ来ったために興味を引いたのである。最前から休まずに庭を掃いているという連続的の動作が初めて作者の眼前に現われ来ったというところに力強い中心点が置かれてある。

山門を月に閉(とざ)す僧の葛沓(かづらぐつ)　枴童

秋の月の明るい晩に今まで開かれていたお寺の門を一人の坊さんが閉めに来た。その坊さんは足に葛で作った沓(くつ)を穿(は)いていたというのである。この句は初め十二字を読んでいる間は、ただ坊さんが月下の山門を閉ざしつつあるという光景を描いたのに過ぎないと思っていると突(とつ)として下五に葛沓と出て来たので、おやおやその坊さんは葛の沓を穿いているのだなと合点するのである。すなわち句の中心は坊さんが門を閉めているというところにあるのではなくって、意外にも坊さんの足元の沓にあったのである。色でいえば沓を描いた色が一番濃くって著しく人目を刺激するのである。

別れ路(ち)の水辺を寒き問ひ答へ　枴童

これは男と女とであるか、もしくは男同士であるか、女同士であるか、それらの点は分からない。またいずれであろうともこの句の価値に損益するところはない。いずれにせよ二人の人間がある水の辺りを一緒に歩きながら、いよいよここで別れようというところになって、甲の人が何かを問うと、乙の人がそれに答えつつあるというような光景である。「寒き」というのは時候の寒い頃であるということを現わすと同時に、別れる人の心の淋しさというようなものも現わしている。この句もずっと読んでいくと、これから別れ路になろうという水の辺りに二人の人がいることを想像しているのであるが、「問ひ答へ」というに至ってその二人の人は何かについて一方が尋ねれば一方が応えつつあるのだなということが分かる。すなわち中心点は最後の五字の「問ひ答へ」というところにあるのだということが読んでしまって後に合点されるのである。

以上の五句はいずれも一句のうちの中心点の置き具合に平凡でないところがある。同じような景色を現わすにしてもこれらの句の通りに叙したのでなかったらあるいはつまらぬ句になってしまったかも知れぬと考えられるのである。こういう気の利いた叙法は確かに楊童君の長所としてこれを認めなければならぬ。もっともかく技巧の点に勝れたところのあるというのも、新人として物を見たり、考えたりする上に神経の鋭い点に基づくものであるということは言うまでもない。技巧というと単に手の先や口の先で出来るもののように考えていることは大間違いである。技巧も畢竟頭の問題である。

その他なお君の句には、

紫陽花(あぢさゐ)に毒仰ぐわれと思ひけり　枴童
月ありと見ゆる雲あり湖(うみ)の上　同
私闘とて賞されぬ月の領淋し　同

坑内

秋山の底の底にも車馬の音　同
大炉燃えて山中の家城の如し　同
石集めて一人遊ぶ子鳰(にほ)淋し　同

等がある。「紫陽花に」の句は、あの紫陽花の紫がかった強い毒々しい花の色を見ながら、ふと自分が毒を飲んだらどうなるであろう、と毒を飲んだ時の自分を想像して見るというのである。これは突然な句のように思う人もあるであろうが、君自身にあっては気取ったり拵(こしら)えたりした句ではなくて、真実この辺まで思い悩んだことがあったのだろうという想像がつく。

「月ありと」の句は、ある湖(みずうみ)の上に夜の空がかぶさりかかっている。雲がかっているのではっきりとはしていないけれども、月のある晩のことであるから薄ぼんやりと明るい。その大空を見るとあるところの雲が他と違ってことに明るく光っているような心持がする。恐らく月がその辺にあるのであろう、というのである。あの雲の辺に月があるのであろうという説明の方が先になって印象が薄い。「月ありと見ゆる雲あり」と雲を中心に叙したために印象的となって力強い。

「私闘とて」の句は、古く言えば地方にいる一つの豪族、幕府時代でいえばある地方に封ぜられた大名の如きものが、隣れる豪族、もしくは隣藩の大名と争いを起こして戦をした。武運が強くって勝ちを占めた。そこでかくかくの理由のもとに公の賊を亡ぼしたのであると朝廷とか幕府とかに報告した。ところが朝廷や幕府はそれを決して公のために戦ったものとは認めないで、それは私の戦いであるといって賞めても呉れない。その結果は朝廷もしくは幕府のためになっていると考えられるにかかわらず、それを認められもせず、賞されもせぬということは残念至極なことである。自然その領地全体に住まっている人も火の消えたような心持でふさぎ返っている。大空には明らかな月が照っていてもその領地全体は淋しいというのである。戦記の一節を抜き出して来たような句である。

「秋山の」の句は、前置にもある通り鉱山の坑内を詠じたもので、折節秋の時候であるがその秋の山の底の方、すなわち非常な低い地下にあって、そこに鉱石を運搬する車や馬の音が盛んに響いているというのである。福岡地方にある大きな鉱山の光景を言ったものであろう。秋の頃の山になれば静かな物淋しい感じのするものであるが、その地上の光景とは反対に低い低い地下の穴の中には、地上が淋しい秋であることも知らぬように、坑道に敷きつめたレールの上を車や馬が騒々しい音をたてて通っているのである。地上の秋の蕭殺（しょうさつ）の気と相俟（あいま）って、暗憺（あんたん）たる地下に生活のためにいそしんでいる人間のあわれさが思われる。雑詠集第一巻に載せたのはこの一句に過ぎないが、君の句にはこの他にも坑内を詠じたものが非常に多い。恐らく君は地下の坑道における人間の生活から強い刺戟を受けたものであろう。

「大炉燃えて」の句は、ある山の中に一軒の家があって、その座敷には大きな炉が切ってあってそれが盛んに燃え立っている。その家は城のような感じがするというのである。これはもとよりその家も大きいのであろうけれども、大きな炉の熾（さかん）に燃え立っていて、その周囲に人のたかっている光景などを見ると、あたかもそれらの人々にとってここが一つの城郭であるようなふうに見える、というのである。「城の如し」の終わり五字は、家の大きさを形容するよりもむしろ「大炉燃えて」という初五字が現わす光景を一層力強く説明しているような傾きがある。

「石集めて」の句は、ある淋しい辺鄙（へんぴ）に住まっている子供が想像されるので、一緒に遊ぶ他の子供もなく、これという玩具もなく、地上に散らばっている石を集めて、それで一人淋しく遊んでいる。そのほとりには池があって、そこには鳰（にお）が淋しく浮いたり沈んだりしているというのである。

以上列挙した如く、君の句には技巧の上に格段の長所が認められるばかりでなく、まだ小さく固まってしまわずに如何なる方面にも手足を延ばすことが出来るような自由さを持っている。とくに今後に嘱望する所以である。

原田浜人

原田浜人君は、確か浜松近傍の産であったように記憶する。現在は大和郡山中学校の英語の教師をしている。君の句をホトトギスの雑詠中に見出した時は、その投稿に認められた筆蹟の暢達なことと共にその句の巧緻なことが目にとまった。それから後さらに驚かされたのはその句作熱の旺盛なことで、雑詠の句を二十句に限ったことについて苦痛を訴え来った人はたくさんあったが、君は最もこれを感じた一人であったらしく、そのために大分長い手紙をよこして今少し句数の制限を自由にすることを要求して来た。君は俳句の他に写生文をも作った。すでにホトトギスにも「節分」「安息日」等の作を掲載した。最近君には堺の俳句会で逢ったが、その後私に手紙をよこして、自分は「節分」に書いたような暗い気分にとざされることが半分で、また「安息日」に書いたような明るい気分のもとにあることが半分だというようなことを書いて来た。そうして君はそのはれやかな気分の時も、その曇った気分の時も俳句を作ることをもって唯一の楽しみとしているらしい。丁度酒飲みが愉快な時にも酒が飲みたくなり、不愉快な時にも酒が飲みたくなる、というのと同じことで、愉快につけ不愉快につけ君は俳句に没頭するようである。例えば

春風に雌を得て軍鶏の濶歩哉　浜人
蓮の花廊に朝拝の柝を打つ　同
鶏二羽に朝戸繰りあり鳳仙花　同
歓待や物めき蒲団敷くことも　同

等の句は恐らく君の心が打ち晴れた時の句であろう。そうして、

秋風や子無くて人のつゝましき　浜人
病む母に遊びもどるや秋の暮　同
炭切るや心まどへる師の一語　同
冬服に恪勤の傴僂の小吏哉　同

等の句は君の心に多少の曇りの出来た時、すくなくとも心の引き緊った時の句であろう。

「春風に」の句は、今までは雄ばかりの軍鶏であって雌がいないために気が揚がらぬように見えていたのが、他の鶏が飼い足されて雌が出来たために、その雌を引きつれ

て大得意になって大胯に歩いているというのである。軍鶏自身が得意でいるかどうかは別問題として、軽快な心持でいる時の浜人君の目にはそう映ったのであろう。そうしてそこに春風らしい陽気な心持と、軽い滑稽とを感じたのであろう。

「蓮の花」の句は、奈良あたりにある大きな寺の光景であって、庭の池には蓮の花が咲いている、その蓮池に臨んだ廊下には一人の僧が立って拍子木を撃っている、それはこれから本尊の前にその寺にいる僧一同が並んで朝の礼拝をする、その合図のために撃っているのであるというのである。あるいはその寺に附属した一つの学寮などがあって、そこの学生一同も同時に仏前に礼拝するといったような訳かもしれぬ。要するに梵寺の朝の心持が出ている。

「鶏二羽に」の句は、二羽の鶏が庭に放し飼いにしてあって、家の人はもう起きていると見えて戸が開いている、その庭には鳳仙花が咲いているというのである。その辺に人は見えないけれども、二羽の鶏は曙の色をよろこぶように庭を歩いて餌をついばんでいるし、朝の戸は暁の空気を迎え入れるように繰り開けてある、鳳仙花の赤い色は朝日の光を待つように庭の一隅を彩っているといったような光景である。すがすがしい朝の心持の出ている句である。「蓮の花」の句もこの句も、作者の心が曇っている時に出来た句でないことはもちろんである。如何にすがすがしい景色であっても、作者の心が不愉快な時には、それらの景色は作者の眼に映じようにも映ずることは出来ないのである。

「歓待や」の句は、自分の家に客を泊めてそれを歓待する場合に、夜になってこれから寝ようという時、さア蒲団を敷こうと、家人どもが笑ったりしゃべったりしながら、大騒ぎをして蒲団を敷く、そういうことをすることもやはり歓待をする心持を表示する一つになるというのである。この句の如きも作者の軽やかな楽しげな心持と相俟って出来た句である。

次に「秋風や」の句は、子供の無い一人の女の人は、人中に出ても余り出しゃばらず、つつましげにしている。その人も淋しく物足らぬ心持であろうが、傍にそれを見ている人の心持も同じように淋しく物足らない感じがする、というのである。「秋風や」と置いたのは、秋風の吹く淋しい時候の心持と、その人事の淋しさの間に共通点を見出したのである。

「病む母に」の句は、秋の夕暮、今まで表に余念も無く遊んでいた子は家に帰って来た。その家にはその子の母は病気で寝ているというのである。子供にしても表に遊んでいる間は気が晴々としていたのが、家に帰ると病母を見るにつけて心が暗くなる、その病める母にしても無邪気に表で遊び暮らした子供を淋しい心持で迎えると言ったような暗憺たる光景である。まだ灯をともさぬ秋の夕暮の薄暗い色とぴったりはまった人事である。

「炭切るや」の句は、鋸をとって炭を切りながら、近く自分の師匠から言われたある一つの言葉が気にかかって、ああ師匠が言ったのはどういう意味であろう、とその言葉からふと心が様々に惑わしくなって来た。炭を切りながらもその心の迷いにとざされているというのである。

「冬服に」の句は、紺の小倉の冬服を着た傴僂の小役人が一人あるが、その人は他の者に擢でて職務に忠実で、少しもなまけたり休んだりすることはしないで一生懸命に仕事をしているというのである。「炭切るや」の句には、どことなく暗い影がただようている。この「冬服に」の句を読むと胸の痛いような心持がする。

その他君の句には、

大鍋とのみよぶ陵や暮の春　浜人
灯取虫浩瀚にして興薄し　同

の二句がある。「大鍋」の句は、奈良地方にある一つの御陵で、その地方の人は何帝の御陵というようなことはいわないで、ただ大鍋とばかり呼んでいる、というのである。暮れ行く春を惜しむような心持と、里人が帝陵を大鍋という俗称で呼び習わしているということとの間にある抒情的な趣味が通っている。暮春の野に立って、そこに一つの陵を眺めた場合、正面からその陵の形を説明したり、木の茂り具合を描いたり、堀の水の湛え具合を描いたりするようなことをしないで、少し他に外れて、暮春の展望などということとは関係のなさそうな「里人が大鍋と呼んでいる」ということを叙しているところに、この句の働きがある。この叙法は次の「灯取虫」の句を説明することによって一層明瞭になるであろう。

「灯取虫」の句は、夏の夜灯火をつけて本を読んでいるとたくさんの虫が灯にぶっつかりに来る、その書物は非常に大部な書物であって、読んでいてもなかなかはかがいかないので興が薄いというのである。この句も、灯取虫を詠じたものであるにかかわらず、灯取虫については正面から何の説明をも試むるところなく、灯取虫が如何にして灯にぶっつかって来るか、その灯火はどんな灯火であるか、灯に当たって落ちた虫は如何なる様子をして机のほとりを這い廻っているか、そういう虫が灯をとりに来るということについては、何も叙するところがなく、それらの主題からずっと離れて、その読んでいる書物は大部な書物であって興が薄いということを叙している。あたかも前の「大鍋」の句が暮春の野に帝陵を見たことを叙するに当たって、その陵は大鍋とのみ呼び習わしているといったのと同じように、灯取虫を叙するに当たって、その読んでいる書物は浩瀚な書物であって興が薄い、といったのである。かくの如くまともに事を叙するということをしないで、少し他にそらして叙するということは確かに一つの技巧である。「暮春の帝陵」「灯下の読書」ということは、それ自身が陳腐な材料である。如何にしてこれを新しくするかという場合に、正面から客観的の描写を精細にするということも確かに一法であるが、この二句の如くやや冷静な態度で、静かに他のことを言うという手段も捨て難い方法である。ただし冷静というのはその句を案じる時の心の状態を言ったのであって、その根底の情緒は決して冷静なのではない。暮春の帝陵、灯下の読書、その両者に対するに作者の興味は油然として尽きざるものがあるのであるが、これを叙する場合に一歩立ち止まって静かに他のことを言っているといったような句作の方法を看取せねばならぬ。栩童君の、句の中心点を格別に色濃くするような叙法と較べて、また自ずから別種の趣がある。

野村泊月

野村泊月君は西山泊雲君の弟で出でて野村家を継いだのである。年齢三十六歳。君は小川未明、高須梅渓等の諸君と共に早稲田大学の文科第一回の出でその在学中に俳句に志したのであった。大学を出てから一時師範学堂の教師として南清地方に行っていたことがあり、後転じて亜米利加に行ったことがある。帰朝後は大阪に日英学館という私塾を開いてそこで英語の教授をしている。

渡米中はほとんど俳句と縁を断ち帰朝後もまたしばらく句作の様子が見えなかったが、大正三年の秋頃からまた熱心に句作するようになった。ことに近来は若い俳人を誘掖する上にも力を注いでいるようである。俳句を生命としている点は令兄の泊雲君と異なるところはないが、彼が鈍重にして大概なことには動きもせずたじろぎもせず、いつも熱心な句作の態度をつづけているに反し、これはある時は火の如く熱し、ある時は氷の如く冷たくなるような熱のさしひきの烈しいものがあるようである。ただしその冷たいというのも畢竟俳句に対する烈しい熱心から来ることであって冷静な意味の冷たさではないのである。

君の句には直情的なものが多い。例えば、

秋雨に子は叱れども寝顔哉　泊月
沙魚(はぜ)釣れで彼(か)の糞船を憎みけり　同
酒狂乱醒(さ)めて我ある千鳥(ちどり)かな　同
替へて早や火こぼす師走(しはす)畳かな　同
産期近く死をいふ妻や枇杷(びは)の花　同

の如きものがそれである。「秋雨に」の句は、秋雨の降っている中をなお表に出て遊ぶとか、転がって帰って来るとか、そうでなければ表で遊べぬために内でやかましく言っているとか、そういう場合に疳癪(かんしゃく)を起こして子供を叱りつける、しかしそれは一時の情であって、夜すやすや寝ている無邪気な寝顔を見ると可愛想になって昼間それを叱った自分が浅ましいような心持がする、といったのである。

「沙魚釣れで」の句は、海の汐(しお)が這入(はい)って来る川尻のようなところで沙魚を釣っていると一向釣れない、最前から向こうの方に一艘の糞船がおってそれが仲々そこを離れない。沙魚の釣れないのも畢竟(ひっきょう)その肥船のためであるような気持ちがして腹立たしくも憎らしいといったのである。

「酒狂乱」の句は、酒に酔っぱらっていろいろ乱暴を働いた、その結果酒楼かどっかに泊まってしまった、眠りも覚め酒も醒めて見ると楼下の水には千鳥が啼いている、われに帰って淋しくその千鳥の声に耳を傾けたというのである。

「替へて早や」の句は、師走になって取り込んだ中をようやく畳替えをしたと思うと、そこへ女中か細君かが十能に火を入れてそれを火鉢に運んで来て火を移す際に取り落としてもうその畳に焼け焦げをこしらえてしまったというのである。

「産期近く」の句は、もう産をする時期が近くなって来た妻が、今度は何となくお産のために死にそうな気持ちがして仕方がないと心細そうに愚痴なことをいう、外面には寒い日影の中に枇杷の花が咲いているというのである。以上二句の如きは別に直情的というほどではないけれども替えたての畳に火をこぼすということや、産が近づいて死をいうというようなことやに興味を持った点は、やはりこの作者の直情的な性質に基づいたものということが出来る。

けれども直情的な句が好句を得るというわけにはゆかない、同じ子供を叙した句でも前の秋雨の句よりも、

泣いて戻る子に気忙しや秋の暮　泊月

の句の方が、俳句としては価値が多い。秋の日暮に細君は御飯の支度もしなければならず、雨戸も閉めねばならず、灯もともさねばならず、気忙しくしているところに、今まで表に遊んでいた子供は喧嘩をしたとか、怪我をしたとか、何とかであんあんと泣きながら帰って来た。そうでなくっても気忙しいところへ持って来ていよいよ上ぼせあがるような心持になるというのである。気忙しいことを叙していながらも、その半面には人間生活の淋しさが窺われる。「秋雨に」の句の方は、ある心持を正面から出そうとしている痕跡がまざまざと見える、「泣いて戻る」の方の句はそんなところはなくって自然の叙事のうちに作者の心持がしみ出ている。直情的な句も「糞船」のような句になると多少の滑稽味が伴うてかえって一種の興味が出て来るが、ややともすると浅膚なそしりを招くことがある。

なお君の句には、

朝寒の杣がとゞけし端書かな　泊月

我影の滝にあり仰ぐ月円か　同

石段の榧の実拾ふ烏かな　同

南丹旅行中所見

針金張つて山から船へ年木かな　同

等の句がある。これらは皆写生的の句であって、それぞれ穏やかな趣がある。「朝寒」の句は、秋になって朝寒を覚える頃山寺にいるとか、もしくは山に関係した用事で山深く逗留しているとかする場合に一人の杣が郵便屋にことづかったといってハガキを持って来て呉れたというのである。山中にあっては如何にもありそうな事柄である。

「我影の」の句は、月夜の晩、ある滝に面して立っていると自分の影が滝に映っている、大空を仰いで見ると背後の天には円い月がかかっているというのである。

「石段の」の句は、ある寺か宮かの段の上に鳥が何かをついばんでいるのは何であろうかと思ったら、それは椎の実を拾っているのであったというのである。この句の如きは平々何の奇もない句であるけれども、石段の上に一羽の鳥を大きく黒く描き出したところは、自ずから写生の妙味を見る。

「針金張つて」の句は、前置にある通り、南丹波の山中を旅行しておった時分の実景であって、年の暮に来年一年中の薪を刈り込んで置こうと山人達は雑木の伐採をしている、その山で伐った薪を、下を流れている川の船の中へ運び入れるのにどういうふうにして運び入れたらいいか、なだらかな勾配になっている処ならば、人がそれを背に負うて運び下ることも出来るのであるが、切り立ったような山の下が直ぐ川になっているというような場所であるから、そんなふうにして運ぶわけにもゆかない、そこで山から下の船へ針金を張って、その針金を伝わして薪を直ぐ山から船の中へ運ぶようにしているというのである。こういう景色は私も二、三年前叡山を下りて大原から八瀬の方を通った時分に見たことがあった。それは船の中ではなくって川を隔てた向こうの山からこちらの往来の方へ針金を引っ張って薪を運び下すのであった。一体京都近くの山人はこういうことをよくするのであろう。書家が深山幽谷を跋渉してあの山の形が面白い、この水の姿が面白いといって写生するのと同じように、俳句も珍しい景色事実を深山渓谷の中から見出して来てこれを十七字にするのは面白いことである。その景色が雄大な景色だとか奇峭な景色だとかであるならばただそのままを写しただけで立派な俳句となるのである。平凡な景色を主観の力で生かす作法とは自ら別途のものである。

村上蛃魚

村上蛃魚君は、尾張国印場の産、年齢は最早五十を過ぎること一、二であろう。千葉の成東中学に奉職していた頃俳句に志して、当時千葉にいた故斎藤梅影君——梅影君は大畠化人君の兄、一水の伯父に当たる人で明治三十一年頃その郷里の前橋市にあって倉田萩郎、高桑化羊、小見雄美の三君と共に「いなのめ会」という俳句会を組織して熱心に句作をした。その梅影君が後年千葉県に奉職して千葉に移ってから、そこでまた俳句を鼓吹して若干の仲間を拵えた。蛃魚君もその一人であったかのように記憶する。梅影君は昨年物故したのである。——などと交友していた。ある年梅影君の誘引のもとに私は鳴雪、碧梧桐君と共に千葉に遊びに行って梅影君の家で夕飯の御馳走になった。その席上に蛃魚君を見出したのが私が君を知る一番最初であった。君は同時にまた和歌に志し蟫室と号して故伊藤左千夫君などと交友ありいわゆる根岸派の系統に属しておる。大正二年二月には私は前橋の俳句会に招かれてその地に出向きその時折節高崎中学校の教諭に転じていた蛃魚君の来り会するのに久しぶりで逢い、間もなくその鬼城君等斡旋の下にまた高崎の俳句会にも招かれてその方にも出向いた。その高崎の俳句会の時に私は初めて村上鬼城君などにも遇ったのであったが、鬼城君は旧知の間柄であったためにことにいろいろと世話になった。高崎の紫苑会という俳句会があって、すべて君の周旋のもとにあるということである。これは鬼城君の高崎に来てから出来た会であって、已に百何回かに達している。千葉成東在任中に渓蓀会という会を組織してこれを周旋したのも君であった。

君は決して白熱的に熱する人ではないけれども、一度やりかけたことはどこまでもつづけるというような極めて地味な、着実な人である。したがって君の句も醇朴にして敦厚、軽佻浮薄の態は少しもない。

涅槃像尼に抱かれて拝みけり　鬼城
涅槃像大山の如あふぎけり　同
夜を訪へば門を圧する新樹かな　同
歌よみの家に生れて夜長かな　同
むかばきに穂蓼こぼるゝ小路かな　同
帰り来ぬ馬に焚き添ふ榾火かな　同
灯一つを厨にも向けて蕪汁　同

「涅槃像尼に」の句は、子供の時を思い出したのであろう。幼い時分にお寺へ行ったところが、その寺には尼がいて自分を抱きあげてくれて壁一面にかかっているような大きな涅槃像を拝ましてくれたというのである。ただそれだけの事実を叙したのに過ぎないのであるけれども、事柄そのものも情けのある事柄であるし、それを追懐して句にした作者の心持の上にも情けがある。

次の「涅槃像大山の如」の句は、多分前の尼に抱かれてと同じ時の心持を回想して作ったものであろう。大きな涅槃像が壁にかかっている、それを子供心に打ち仰いだ時はあたかも大きな山を仰ぎ見たような心持がしたというのである。もっともこの句の方は必ずしも子供の時のことを回想した句としなくとも、大人の身分であっても大きな涅槃像の軸を見る時はやはりこんなような感じがするものである。作者の心に何の気取ったところも、ひねくれたところもなく、涅槃像を打ち仰ぎ見た心持が素直に出ている。

「夜を訪へば」の句は、夜ある人の家を訪問して見ると、その門を圧して青葉の吹き出した茂った木が夜の色の中に聳(そび)え立っているというのである。初めて訪問する人であるとか、もしくは自分より目上の人であるとかいうような場合で、その門を圧する新樹はやがて自分をも圧するような心持がするのである。

「歌よみ」の句は、代々歌を詠むことを家業としているその歌よみの家に生まれたある人の境界を言ったものである。三十一文字をつらねて悠長な情緒を詠っている系統に生まれて来た人であるところから、秋の夜長にあっても静かにその趣の中にある、すなわち夜長の趣と、その歌よみの家に生まれた人の趣とに似通った点がある、如何にも秋の夜長人としてふさわしい人であると言ったのである。

「むかばき」の句は、むかばきというのは鹿や熊などの毛皮でこしらえた袴の前面に垂れたもので昔騎馬の時に用いたものである、そのむかばきをつけて馬に乗っていたのが、どうかした場合に馬から下りて野中の径を通っていると丈高く生い茂っている穂蓼がそのむかばきに触れてぼろぼろとこぼれ落ちるというのである。

「帰り来ぬ」の句は、もう夜も大分更けて来て馬も戻って来なければならぬ時分であるのにまだ戻って来ない。馬を引いて出たのは使っている男であるのか、父であるのか、夫であるのか、そもそもまた妻であるのかその辺は分からないが、何にせよその馬はもう帰って来なければならぬ時分であるのに帰って来ない、そこで囲炉裏にさらに榾を焚き添えてそれに当たりながらその馬の帰るのを待っているというのである。ひとり馬を待つばかりでなく、その馬を引いている人も同時に待ちつつあるのであるが、その人の方をいわずしてかえって馬を言ったところにその動物に対する優しみが窺われる。一体に情けに満ちた句である。

「灯一つを」の句は、貧居の趣で、狭い家でもあろうしたくさんの灯がついているわけではなくただ一つの灯があるだけであって、その灯のもとに夫は書物でも読んでいるか、もしくは母親は縫い物でもしているかするのであろう。その一つは灯をさらに台所の方にも向けるようにしてその灯の明かりを受けて妻は働いている、そこには蕪汁も煮えつつあるというのである。貧を詠じたところは鬼城君の句などに似通ったところがあるが、しかしその貧に安んじて格別の不平もなさそうなところが大分趣を異にしている。すなわち鬼城君の句に見るような激越な調子は少しもない。むしろ貧賤に安居している静かな趣が窺われる。この句の如きは最もよく蛃魚君の心持を現わしたものであろう。現在の高崎の俳句界にあって君と鬼城君とは親しい交わりを結んでいるようである。まったく性質を異にした両村上君の対照は興味深いものである。

高橋拙童

高橋拙童君は、東海道五十三駅の一つの戸塚の高松庵という寺の住職である。それは鎌倉円覚寺の末寺で、君は本山の役僧をしておったこともあり、同派中の論客であるように聞いている。年齢は五十前後。君は陸前湧谷の人で、家庭の不幸から中年にして僧となったということを聞いている。日清戦争の時は下士として徴募せられて親しく剣銃をとって北鮮地方に戦ったのであったが、その間にあっても戦死者の霊を祀る場合には上官の命令で経を読んだというようなことも聞いたことがある。

戸塚の俳句界は半美、逸節、隆子、木公子、青崖の諸君があって一時は非常に盛んなものであったがこの頃はむしろ衰頽しているといっていいくらいである。その中にあって今日に至るまで独り不断の努力をつづけているのは拙童君である。君も蚋魚君と同じく白熱的に熱する人ではないけれども相当の熱度を保って懈弛することなしに進み得る人である。

君の句には、

看経に迫る暮色や白芙蓉　拙童
輪蔵を出て明るさよ紅葉寺　同
僧林を空に皆出で、掃く紅葉　同
葱さげて寺世話人の見えにけり　同

等がある。これらはいうまでもなく僧徒の生活を描いたもので君の如き人でなければ出来難いところであるし、また君の如き人の句でなければ十分の力を認められない句である。言を換えればこれらの句と同じ句をある俗人が作ったとしてわれらに示した場合、われらは君の句として君の手から受け取った時ほど強い感銘は受けられないのである。僧林に生活している人の僧林に関した句としてわれらはとくに価値を認めるのである。

「看経に」の句は、この作者が高松庵にあって本尊の前に日暮方経を読んでいるとだんだんと夕暮の色がおし迫って来る、本尊も暗くなれば経文の上もうす暗くなってくるし、自分の纏うている僧衣も暗くなって来る、ただ庭の面はまだ白芙蓉が白々として暮れ残っているというのである。

「輪蔵を」の句は、大きな寺に行くとよく見るところの一切経を入れた蔵で、その蔵は中央に軸があってその軸を中心にしてぐるぐると廻るようになっている、輪蔵の名はそこから起こったものであろう、その輪蔵の中に這入ってやや薄暗い光の中にしばらくあった、やがてそこを出ると外面は如何にも晴れ晴れとして明るい、折節紅葉の時候でその寺の境内にもところどころに紅葉がある、その紅葉の赤い色が日に映えていよいよその辺を明るくしている、とそういう景色である。

「僧林を」の句は、大学林などというのと同じ意味で坊さんのたくさんいるところを僧林といったものであろう、言わば坊さんの寄宿舎のようなもので、寺の一方に庫裡があって、その一部分は坊さん達の居間になっている、そこにいるたくさんの坊さんは皆出払ってしまって、その寺の庭に散らばっている紅葉の落葉を掃くというのである。足袋も穿かず衣もつけていない、手足をむき出した白衣の坊主達が手に手に箒を持って一時に散紅葉を掃いている光景が想像される。

「葱さげて」の句は、その寺の世話をしているいわゆる寺世話人が葱をさげて台所の方に見えたというのである。住職は寺を主管はしているけれども寺の公の事件になるとその檀家中の名望家とか、口利きとかいわるる人から組織されている寺世話人なるものに相談をせなければ決することが出来ない。自然寺世話人なるものは寺に対して親しみもあれば威力も持っている。田舎の寺のことであるからその寺世話人というのも百姓なのであろう、それが自分の畑に出来た葱を呉れるためにそれをさげてやって来たというのである。ただ葱を呉れたばかりで帰るのか、そのついでに何か意見でも陳べて帰るつもりなのか、その辺はこれだけの句では分からない。

その他、

春を待つ新の烏帽子の埃りかな　拙童

の句の如きも烏帽子は位階ある人とか、神主とか、白拍子とかいうふうなものを連想して君の生活には不似合なるものと考えられるのであるが、しかしそれも考えようで、君は烏帽子こそ被らざれ、この句に現われたような心持はその禅寺の生活の上にもあり得るかとも考えられるのである。すなわちこの句の意味は、新しく烏帽子を買った、そうしてこの烏帽子は春になってから被ろうと思ってそのまま釘にかけているのであるが、それも日数がたつうちにその上にも埃がかかったというのである。われらのような慌しい心の生活にいるものから見ると、その新の烏帽子に埃のかかるのを見ながら静かに春を待っている人の心持と、輪蔵を出て紅葉を照る日の明るいのに驚く人の心持と何の変わるところもないように思われるのである。

その他君の句は、

算筆の恩を荷ひて出代りぬ　拙童

豪奢さめて席人を見ずほとゝぎす　同

の如きものがある。「算筆」の句は、文字を書くことも、十露盤を置くことも知らなかったのが、ある家へ奉公をして子供の時分からだんだん大きくなってゆくに従ってその文字を書くことも十露盤を置くことも覚えるようになった。それがどうかしたことでもうその主家を出て今度は他の家へ奉公するようなことになった。その出る時の心持を言ったので、何はさて措き算筆が出来るようになった御恩は生涯忘れぬとその恩を深く心に銘記して出代わったというのである。以上は男の身の上として解釈したのであるがこの句は女の身の上の句としても解釈の出来ないことはない。いずれでもよかろう。

「豪奢さめて」の句は、金があるのに任せて極めて贅沢な奢りをした、その頃は多くの人が自分の膝元に集まって来て盛んなものであったが、もう金がなくなってその豪奢も一朝の夢となり、その夢から覚醒したような心持になった時には、もう席上には一人の人もいない、多くの人は自分から遠のいていてしまっていてただ自分一人の淋しい影を見るのみである、大空にはほととぎすがただ一声啼き過ぎたというのである。以上二句の如きは、拙童君の句として、恩を忘るるな、豪奢を戒めよといったような心持にも解釈が出来て拙童和尚の説教を聞いているようにも取れるのであるが、しかしそれは無用の解釈であろう。

戸を閉めて淀屋一家の花見かな　拙童

の句の如きも、ただ淀屋という屋号の大きな店が一家こぞって戸を閉めて花見に行った、というだけの叙事句と解釈するよりも、その歓楽の後には何物かが待ちつつあるといったような寓意があるもののように解釈の出来ぬこともない、しかしこれもあまり立ち入った解釈であろう。この句の如きは僧徒の生活を描いたものでもなければ、また因果応報を説いたものでもない。君が眼を浮世の巷に注いで、淀屋一家が戸を閉じて花見に行ったという一つの出来事を門前の柏樹子と同様に観じ去ったものであろう。

鈴木禅丈

鈴木禅丈君は前ちょっと言ったことがあるように鈴木桃孫君の令弟である。君等兄弟と北蓬外の三君が共に熱心に句作しておったこともその時言った通りである。一時東京俳句界、地方俳句界の句はほとんどこの三君の独占であったといってもいいくらいであって、どの地方の五句集にも十句集にも君等三人の名を見ないことはなく、それら五句集、十句集が各地俳句界の主な材料になっていたような有り様であった。その後私はこの五句集、十句集のみが地方俳句界を占領していることをなげかわしく思って、地方俳句界は是非(ぜひ)実際会合した時の句の報告にして貰いたいという事を要求してそれがやがて現在の隆盛を来すようになったのであるが、当時の各地俳句界は実に君等三人の努力によって維持(いじ)されておったといってもいいのであった。そうしてその頃私は君等三人がどういう人であってどんな生活を営んでいるかということも審(つまび)らかにしなかったので、あるいは桃孫、禅丈、蓬外の三つの名は、一人の変称では無いのかと考えたことすらもあった。一つは三人の文字がよく似ている上に、その句風もちょっと区別がつきかねるくらい似ておったがためである。その中で蓬外君はやや違っておったけれども、桃孫、禅丈両君のは文字も句風も極めてよく似ておった。普通に兄弟というものは違った句を作るものであるが、この両兄弟の句は余程よく似ている。

炎天の虚空を渡る颷かな　禅丈
俄かなる風雨の萩の蝶々かな　同
瘤とれし杣の機嫌や小六月　同
山茶花や日溜りに鶏毳けて来る　同
谷の音障子にとゞく夜寒かな　同
魚毒さめし妻あり子あり秋の蚊帳　同

かくの如く君の句はいずれも覇気に充ちている。「炎天」の句は、夏の暑い盛りに颷が吹いて来たという場合、それを炎天の虚空を渡る、と仰山に力を添えて言ったのである。炎天の虚空というのは文字から見ると少し重複しているように感ぜらるるであろうけれども、炎天はいわゆる俳句の季題として夏の日盛を言ったのでその日盛の頃の大空という意味で虚空と重ねて言ったものであろう。文字から言ったら意味が重複している訳になるが作者はそんなことを考える暇なく、張り切った調子の文字が欲しかったところからかく炎天の虚空といったものであろう。

「俄かなる」の句は、今までは真に打ち晴れた静かな萩日和であったのが、俄に雨の添うた風が吹いて来てその萩はしどろもどろに吹き悩まされる、最前までその萩に長閑に飛んでいた蝶々も身の置き場所を失ったように、あるいは吹き飛ばされ、あるいは萩にしがみついている、そういう模様を叙したのであって、萩の蝶々というような優しいものに俄の風雨を持って来たところに配合上の技巧を見る。その上「俄かなる風雨の萩の蝶々」と一気呵成に叙したところに調子の強味もある。ちょっと見ると穏やかな素直な句のように見らるるけれども、やはり覇気のある巧みな句である。

「瘤とれし」の句は、今まで顔かどこかに瘤があってそれを厭がっておった樵夫が、どうかしたことでその瘤を取ることが出来て、もう瘤男でなくなったので非常にいい機嫌でにこにこしている、折節時候は小春といわれている暖かい冬の頃であるというのである。その瘤はどうしてとれたのか、医者に切ってもらったのか、お伽噺にあるように鬼にとってもらったのか、それはいずれでもよかろう。機嫌という二字を持って来たところに作者の才気を認める。

「山茶花」の句は、冬の庭の光景で、そこには山茶花が咲いている、その辺はよく日の当たるところで庭中の暖かさがそこ一ト所に集まっているかと思われるようなところであるが、そこに一匹の老い耄けた鶏がひょこひょことやって来たというのである。

鶏でも老い耄けてしまうと他に望みはなく暖かい日南（ひなた）が恋しいためにそこへやって来た訳なのであろう。「耄けて来る」と働かして言ったところにも才気を認める。

「谷の音」の句は、ある山家か山寺か何かの景色で、秋の夜寒の頃じっとしていると遥か下の谷で起こった物音が、そこの障子に届いて来るというのである。大砲の音が障子を振るわすようなそういう物凄い音ではあるまい。左程でもない音であるけれども、それが障子にまで届いて来るというところにその境の静かさが窺われる。谷の音が聞こえて来るといわないで障子にとどくと眼に見えるように具体的に叙したところに働きを見る。

「魚毒さめし」の句は、家族中である魚を食ったところが、女房も子供もその魚の毒に中（あ）てられて腹が痛むとか身体中が痒（かゆ）くなるとか、いずれにせよその毒のためにしばらく苦しみながら臥（ふ）せっておった。けれどもある時間が経過するにつれて妻も子も毒から覚めて、もうその苦しみもなくなるようになって、すやすやと心地よげに眠っている、折節まだ秋の暑さの残っている頃で蚊（か）がいるために蚊帳を釣っている、というのである。この句も秋の蚊帳の中にそういう妻や子があるというふうに叙したところに力がある。

これを要するに、禅丈君や桃孫君の句は大正俳壇の新進作家としていずれも溌溂（はつらつ）たる生気を持っている。その点において前に挙げた蛃魚、拙童両者の句などに較（くら）べると著しく色彩を異にしたものがある。ただ両君共にまだ年が若くって各々の自己の天地を陶冶し、渾成するに到らない。一句一句を調べてみるとそれぞれ生気発動の趣があってすこぶる珍重すべきにかかわらず、一家の句としてどことなく物足らないのはその点にある。しかも前途には春の如きものがある。つとめて倦まざらんことを希望する。

岩木躑躅

岩木躑躅君は淡路摩耶の産、年歯三十七。家代々東京千住の名倉の如き接骨術を業としている。躑躅君は二十歳前後医を志して東京に遊学していた。その頃初めて私を訪問して来て俳句を学び始めた。躑躅の号は君が要求するままに私のつけた名前であった。私が人に俳号をつけたことは恐らくこれが初めであったろう。その頃三日にあげず私の家に出入りして句作はもとよりのこと、留守番もしてくれたり、子供の世話もしてくれたりしたものは、君、杉山一転、田中王城の三君であった。中でも最も多く留守番の役目を仰せつかったり、ホトトギスの雑務の手伝いをさされたりしたのは君であったように覚えている。

君の家業は淡路の他に神戸の楠町にも看板をあげていて、むしろ家業としては神戸の方が繁昌している。「本家まや」の屋号は隣国にまで鳴り響いていて、遠く治療を受けに行く者すらある。父君が老齢に傾いてことに淡路の方をその責任とするようになってから、躑躅君はついに意を決して中途学を廃し神戸の方の家業を継ぐことになった。それは今から十三、四年前のことである。君の母堂は生さぬ仲ではあるけれども、君に対する慈愛も深く、また信頼の念も強く、その間は非常に円満であるばかりか、君の細君は母堂の連れ子であって、これまた貞淑君を援けて十二分に内助の功を奏しているようである。

君は情の人である。友人に交るにも何人の上にも深い同情と親切をもってする。かくて何人も君の人格を非議するものはない。君の家庭の円満ということも、母堂や細君の淑徳以外に君のこの円満な人格が素因をなしていることは争われない。

君はその医学生として通学している頃から熱心なる作者であった。かつて三允、癖三酔、東洋城、松浜その他の諸君と俳諧散心を催してあるいは十二社に出かけたり、山王の茶屋に出張したりしていた頃のことであった。丁度われらの一団体がどこかへ出掛けた時、君、一転、王城の諸君はこの団に加わらないのを不平として向島かどこかへ繰り出して一日句作をして帰って来たというような笑い話もあった。

神戸へ帰ってから後は、家業の方に忙殺されつつあったのであるが、それでもその間にあって句作は怠らなかった。神戸には君よりも先輩であるところの渓舟、烏堂、素泉、小洒、夏袖等の諸君があったが、あるいは他に移ったり、亡くなったり、句作を廃したりして、今では君が自ずから中心人物になっている。そうして当時の先輩でありながら君と親しき交友を結んでいるものに都月、黒星の二君がある。その他の今の神戸地方の俳人は大方君の坩鎚下にある。

私が雑詠を選びはじめた頃、君はあまり投句しなかった。君が最も熱心な雑詠投句家となったのは、雑詠集第一巻を編んでより後のことである。そのため雑詠集第一巻に這入っている君の句は割合に少ない。けれどもそれらの句を検するだけでも君の句の特色は十分に窺うことが出来る。

干草を踏む憚りや墓参　躑躅

夜学子を幾度母の覗きけん　同

なつかしや思はぬ方に嵯峨の月　同

家祖の墓ちさきがうれし落葉払ふ　同

「干草」の句は、秋の盆になって墓詣りをしようと思って菩提寺に行った、ところがその墓に行く道には刈草が一面に干してある、これがただの路上に干してあるのならばともかく、墓所であって見ると、何となくその上を踏むに憚りがあるような心持がする、踏まねば墓に行くことが出来ぬのであるから、止むを得ず踏みはするものの、どことなく心の底にそれを咎めるようなところがある、というのである。もっとも草の綺麗に列べ干してある上は、たとい墓場でなくってもそれをむざむざ踏み躙ることは何となく心がひけるところがある。「干草を踏む憚りや門の内」としてもそれだけの心持は十分に出るのである。が、その心持がある上に、なおそれが墓場の道であるところに一層踏み躙ることの憚りがある訳になるのである。

「夜学子を」の句は、夜長の時候になって学にいそしんでいる子供が、一心不乱に机に凭れて夜の更けゆくのも知らぬように勉強している、母の身になって見ると嬉しいことはいうまでもないけれども、あまり勉強し過ぎてもし身体に障りはすまいかというような心配が絶えずあるためにしばしば立ち上がっては学問している様子を見に行く、それも親しく子供の前に出て行くと子供の気が散って勉強の邪魔になるであろうと気がねをして襖の隙間から覗いてみる、その優しい母は一夜に幾度覗いたことであったろうというのである。これもこの作者の情け深い心持を現わした句である。ことに出しゃばらないで陰の方で気を揉んでいるところにこの作者のやさしい心持は現われている。

「なつかしや」の句は、嵯峨に遊んだ時に、嵐山はもとよりのこと、天竜寺、二尊院、釈迦堂その他くさぐさの名所を訪ねまわって何時の間にか日暮になった、その時ふと一方の低い空を見るとそこに月が浮かみ出ている、おや、あんな方に月が出ている、あちらが東の方であったか、と驚いたような心持を言ったのである。かく方角も分からず意外の方に月を見たということも、この嵯峨のような名所に来た人の身になってみると懐かしい心持がするというのである。他郷の人がこの名所に来て、一日遊びくらして日暮になっても、なおその土地を懐かしむ心の深い有り様が十分に出ている。冷ややかな覚めた眼で物を見るというようなことはこの作者の好まぬところであって、墓所にあっては敬虔の心を持し、夜学子に対しては母の情を思い、名所に来ては飽くことを知らず物を懐かしむというような、順当な情けに充ちた心持が君のすべての句を一貫している。

「家祖の墓」の句は、自分の家の一番先祖の墓は如何にも小さい、ただしるしばかりの石が置かれてあるばかりである、その墓に参るたびに、その小さいのが如何にも懐かしく嬉しい、これが誇りがに大きい墓が立っていると何となくうしろめたく、おもはゆい心持がするのであるが、家祖の地味な謙譲な人であったことも忍ばれて、物なつかしくうれしい、かくて心を籠めて一枚の落葉もあとに残らぬように丁寧に掃き清めるというのである。家祖の墓の小さいのをよろこぶ心は、やがてこの作者が世間にはばったい生活をすることを好まぬ心である。

その他、

あげ船に落葉する木や浜社　躑躅
茄子もぐや海荒れてゐて日の出づる　同

の二句の如きは、単なる叙景の句に過ぎないけれども、それでいてどことなく優しみ、なつかしみを見出すことは、それが躑躅君の句であるという先入が主となる点もあろうけれども、必ずしもそればかりではあるまい。「あげ船に」の句は、海岸の砂地のやや小高くなっているところに小さい一つの社がある、そうしてそこには立木がある、その社の玉籬の傍近くまで引き揚げられてある船がある、その船の上に、その神社の木の落葉が降りかかるというのである。別に木の葉に情があるわけではないけれども、何となくそこに物懐かしさがある。

「茄子もぐや」の句は、これも海岸近い畑で、朝早く茄子をもいでいると、向こうに見ゆる海は白い波を立てて荒れている、そこへ勢いのいい朝日はその海の上に昇りはじめたというのである。この句の如きですらもが、冷ややかなる叙述ではなくって、やはりどこかに物懐かしさがある。

これを要するに君の句は情をもって勝っている。それも激越な情でなく、埒を逸する不健全な熱情でなく、極めて順当な、謙譲な、慈悲に充ちた情である。雷霆がはためくとか、大風が一過するとか、石が割れるとかいうような情ではなくって、雨が深く深く地中に滲み込んでゆくというような情である。

躑躅は近来また仮名にてつゝじと署することもある。そうしてそのつゝじの名が雑詠の中に多い時には多いで奮励し、少ない時は少ないで奮励する。いずれにしてもそれは自分に力を与うるものであるということを君は繰り返して言って来る。私は君のこの志を称美する。由来少し名をなすと句作を怠ることが俳人の通弊である。その中に在って、たとえば鬼城、泊雲両君の如きは少しもそういう傾向がない。両君の如きは、俳句を作るのは外部の刺戟によるのでなくって実に内部の要求に基づくのである。人に賞められたからもうそれで安心したとか、もしくは人に賞められて後まずい句を作るのはみっともないからといって句作を怠ったり発表を躊躇したりするのは外部の力に支配さるるからのことである。俳句を作らねばその日が暮らせないというような、内部の要求の強い人は、ただ作りたいから作り、作れたから発表するのである。君の如きもまたその系統に属する一人である。この「進むべき俳句の道」で漫評を試みた人は、往々にしてその後急に句作を怠ったり、もしくは発表を躊躇したりする。それははなげかわしいことと思う。ここに君を論ずるついでにそれらの人に対して一苦言を呈して置くのである。

久世車春

久世車春君は大阪の人、当年三十歳、目下朝鮮会寧の間島貿易商会の社員としてその地にある。仄聞するところによると、君の家は髢商の老舗であって相当に資産もあるのであるが、君の継母がその里方から姪に当たる人を強いて君の妻女として迎えたために、君は結婚後四、五日にして家を捨てて、それからしばらくの間徂春君と自炊生活を営んでいた。これに菊太君を加えて三人は熱心なる句作者としてホトトギスに句を送って来ていた。当時君は聴秋声と号していた。それを「車百合に培へと春の別れ哉」という私の月斗君送別の句に因んで、月斗君が車春という号を新しく君につけたのだということである。その家出をした当時、君は某妓と相思の仲であって、ついに君は北鮮の寒地にさすらうようになれば、某妓は京大阪を経て、今は岡山に左褄をとっていて、その自由になる日を共に待ちつつあるということである。かく君は小説的の境遇に身を置いて、今は大阪の自炊生活時代ほど句作の余裕を持たないようであるが、それでも時々雑詠投稿中に君の名を見ることがある。

風強く吹ける木の間の椿哉　車春

薄き日の汗に光れる角力かな　同

この二句の如きは洗煉された写生の技倆を認めることが出来る。「風強く」の句は、非常に風が吹くので、その辺の木々は烈しく吹きなやまされている、一本の椿がその木の間にあって赤い花をつけている、風は強くその周囲の木に当たるけれども、椿は中の方にあるためにこれほど強くは吹き当てない、もとより多少枝も動き花も吹きあおらるるであろうけれども、しかしそのために花がことごとく落ち散ってしまうというほどの強い動揺もしないでいるというのである。ただそれだけの景色を叙したのであって、そのほかに深い意味も何もないのだけれども、それだけの景色の叙写が何となく面白い。際立った強いものが出ているというのではないけれども、自然な叙法のうちに捨て難いところがある。

「薄き日」の句は、相撲場の中のことであるから光線が直射しないで淡い日影が物を照らしている、その中にあって角力取の肌には見物の眼を射る一つの光がある、それは肌に滲み出ている汗が光っているのであるというのである。ただ角力取の汗を描写したのであるけれども、それが力強く印象明瞭に描き出されている。烈日のもとに光っているとしてはかえってこれだけの力がない。薄い日の下に光っているところに、自然な写生的な力がある。

雨降れば笠着て風呂や花すゝき　車春

別に屋根があるでもない、野天に置かれた庭の風呂に這入る時に、雨が降って来たので裸に笠を着て這入るというのである。もっとも初五字が雨降ればとなっているところから推すと、これは現前した景色ではなくって、雨が降って来た場合にはそういうことをするのだという、かつてあったことかもしくは未来にあるべきことを想像して言ったものであろうと解すべきであろう。これを要するに「野天の風呂で結構だ。屋根なんかなくってもいい。雨が降って来た場合は笠を着て這入ればいい。」とそういう境界にいて別にこれを苦痛としないばかりか、むしろそれを興じよろこぶ心持を言ったのである。恐らく君が情実纏綿の家庭を離れて、物質的には不自由でも、精神的に自由な生活をやっていた当時の心持から生まれ出た句であろう。

稲の花終に立ち退く故郷かな　車春

ついに故郷に住みかねて立ち退く、その辺には、稲の花が一面に咲き満ちているというのである。轗軻不遇でありながらもなお故郷は去り難い心持がして、どうかしてここで暮らしが立てたいと思って出来るだけ辛抱をしていたのだが、ついに住みつづけることが出来ないで稲の花の咲き満ちている田舎道を通って故郷を後に見すてて、他国にさすらうような境遇になったというのである。ただ拵えた句としては何の感興もない。親しくその境遇に立った君の句としてとくに力がある。

手毬唄違ふ国の子淋しけれ　車春

これは朝鮮へ引き移る以前の句ではあるけれども、自らその後の君の境遇を予言したような傾きがある。日本本土内であっても国が異うに従って手毬唄も違う。父母がどうかしたことで他国に移住したために子供もそれに従って移り住む時、子供のことであるから慣れ易くってもう近所の子供達と一緒に遊んで手毬唄を唄いながら毬をつく、けれども国が違うためにその手毬唄が違っていて一緒に唄うことが出来ず、何となく物淋しい心持が子供心にもある。そこを言ったのである。この手毬唄の違う子供を憐れんだ君は今は北鮮の、気候も、風土も、言語も違う偏鄙にあって、自ら自分を淋しみ哀れむ心持が深いことであろう。

よき金魚われに飼はれてわれ淋し　車春

これはかつて一度註釈したことがあるように、一種の抒情的の句であって、いい金魚を飼って、それを誇りとする人の心は、自分の豪奢を鼻にかけるとかそうでなくっても何となく自分を豪いもののように思うのが普通であるが、この作者はそれとは反対に、いい金魚を飼ってみるにつけ、自分の身の貧しく、力のないことが思われて、この金魚が適当な主人を得ずに自分の如きものに飼われていると思うと、その金魚を誇りとするどころか、かえって自ら顧みて、自己を淋しみあわれむ心持を禁ずることが出来ないというのである。多恨なる作者の情緒は遺憾なくこの句に現われている。

この作者はその後朝鮮から現在の境遇を写生したものや、某妓に対する綿々の情を叙したものなどを雑詠中に送って来ておった。それは採録したものもあり、採録しなかったものもあったが、この採録したものもまたこの雑詠集の第一巻には収まっていない。

私は君が一日も早く句作の余裕を見出し得る境遇に立ち戻って、当年の勇気を振るい起こせんことを切望するのである。

池田義朗

池田義朗君は、朝鮮総督府の役人であって、有名なる金剛山に近き春川（しゅんせん）に駐（とど）まることが久しい。君はかかる僻遠（へきえん）の地に在って俳句を愛することが極めて熱烈で、終始一貫渝（かわ）るところがない。

任地高麗（こま）に二（に）挺砧（ちやうきぬた）を聞く夜かな　義朗
秋風や任地いやがる友の立つ　同

この二句の如きは、君の如き士官懸命の地にある人の心持を現わしたもので、ことに北鮮というような辺鄙（へんぴ）の地にある人の遣（や）る瀬（せ）ない心持がよく現れている。「任地高麗に」の句は、役人となって朝鮮に来ている、そぞろ寒い秋の頃になって砧の音を聞く、それも普通の砧でなくって、二人が向かい合って打つ二挺砧を聞くというのである。砧を聞いて故郷を恋しがるということは昔から言い古したことであるけれども、その砧が二挺砧であるというところにいわゆる異郷趣味を伝えて、特別の面白味がある。

「秋風や」の句は、秋風が吹いて蕭殺の感を覚える頃、一緒に同じ地に在った友人が、新たに他の土地に転任を命ぜられて一層淋しい物慣れない土地に赴任して行かねばならぬ、それを友人は大変厭がっているけれども、それかといって職を抛つわけにもゆかず、厭がりながら出発して行くというのである。以上の二句の如きは刺史となってどこそこへ貶せられた時作ったという、支那人の詩などに見るような心持がある。

物植ゑぬ畑のうねりや草萌ゆる　義朗
夜に入りて余り寒さや馬を下る　同

この二句の如きも朝鮮と結びつけて考えると特別の面白味がある。内地の畑でも、何にも植えないで打ち棄ててあるものは少なくないけれども、朝鮮になるとさらにそれが甚だしくって、何も植えないで打ち棄ててある畑の、畝も真っ直ぐに出来ていない、ぞんざいに曲がりくねったものが冬枯れて荒れはてている、それが春になってそろそろ草が萌えはじめたというのである。

「夜に入りて」の句は、寒い土地を馬に乗って旅行して行くのであるが、夜分になってますます寒くなってとても馬上では堪えられなくなったので、ついに馬を下りて徒歩で歩くことにしたというのである。この句の如きは正しく北韓地方の寒さを思わしめる句であって、また恐らく君が実験から得来った写生の句であろう。時々君の手紙に見るところから推すと、君は官命を帯びて地方に出張することが多いようである。寒さに堪えないで馬を下るというような時に当たって、君を慰める唯一のものは大方俳句であるのであろう。

山間や大河静かに蕎麦の花　義朗

山の間に大きな河が流れておって、その河のほとりには蕎麦の畑があって、花が咲いている。そこにゆったりした静かな趣がある。これもまた朝鮮の山中で見出した写生的の句であろう。

これを要するに君の句は、まだやや粗漫な嫌いのあるものが少なくないけれども、北鮮の天地を舞台とする自然人事の句を得ることによって、その異郷趣味が力強く人に迫るものがある。ますますその方面に努力を惜しまないことを希望する次第である。

これで大方雑詠集第一巻の中の主な人は批評したことになる。雑詠集第一巻には僅かに三、四句ほか載っていなくって、それが立派な句である上に、その後の雑詠に雄飛している人も少なくないけれども、それらの人の評は他日に譲ることにして、ここに掲げた各人評はたびたび繰り返して言ったように雑詠集第一巻を材料としての批評であるから一応以上の人にとどめることにする。ただここになお取り残されている二様の人がある。その一は小杉余子（よし）、野村喜舟（きしゅう）、織田枯山楼の三君であって、三君は以上に列挙し来った人々と相角逐（かくちく）するに足る句を雑詠集第一巻にとどめているのであるけれども、三君は東洋城門下として私がとかくの批評を下すことをあるいは迷惑に感ずることがないとも限るまいと考えて、わざと差し控えることにする。

其の二は平川へき、大橋菊太の両君である。両君は不幸にして今日はすでに幽冥界（ゆうめいかい）を異（こと）にしている。すなわちこの両君の句を検していささか追慕の情を叙したいと思う。

平川へき

往年私が秋田に遊んだ時、俳句会の席上で、あまり多くを語らず席の一隅に端坐して天井に嘯きながら時々私の方を瞥見する五十余りの人を認めた。席上の諸君は、五工、北涯、和風等の諸君を先輩としている人々で年少者が多かったのであるが、その年少者と伍してしかも端然として儀容を崩さずに坐っているこの比較的年長者を何者であろうかと疑っていたが、それは五工君の紹介によって多年ホトトギスに俳句を寄せ来った平川へきその人であることを明らかにした。子規居士生存当時からしてたくさんあるホトトギス投句家の中にあって、へき君の如きは最も選者の頭に深い印象を与えた一人であった。というのは他の訳でもない。君は極めて熱心なる投句家で一題二十句以下という投句数の制限に満足することが出来ないで、へき、へき生、碧、平川碧、その他なお二、三の別号を用いて同一人であることは見え透いていながら、申し訳だけに名前を変えて百句以上を投じて来るのであった。選者の身になってみるとこういう投稿に接するとその熱心は汲み取りながらも、何となく小腹の立つものであるが、へき君に対してもどうしても同情を持つことは出来なかった。ことにその句は随分の出鱈目で作者自身が慎重な態度で自選をさえすればその中から二十句だけ選んで、他はうっちゃってしまっても差し支えないものであると分かった時には、いよいよ選者の煩労を察しない態度を不愉快に思うのであった。そういう意味において平川へきなる名前はどの選者の頭にもやや滑稽味を帯びた強い印象を与えておった。私は別に年齢を想像してみたこともなかったけれども、あまり年のいかないやりっ放しの人であろうと想像していた。それが五工君の紹介によって、この端坐して儀容を崩さない年長者がへき君であると知った時には私は軽い驚きを感じた。

　君は秋田県山本郡下岩川村の人で、学校であったか役所であったかに勤めている人であったように記憶している。右の時に対面したのが最初でまた最終のものであった。君はその後数年ならずして鬼籍に入った。君はその後も熱心なるホトトギスの投句家であったが、相変わらず推敲を経ない句が満載されていた。その中にあってある年投じて来た「芋」の句は入神の作に満ちていて朗々として高唱すべきものが珠を連ねてあった。二十句の中から私が雑詠集第一巻に採録するに到ったものが実に六句であった。

　　師の芋に服さぬ弟子の南瓜かな　　へき

七ケ寺を請ず法会や芋の秋　同

芋肥えて村の豚皆孕みけり　同

人の来て掘つたら芋よ石となれ　同

奇無き句の太だ芋に適ひけり　同

俳席や芋煮る妻も一作者　同

「師の芋に」の句は、村塾などを想像する句で、師というもいずれも野趣を帯びた人間であって共に書を講じ文を談じているのであるが、一人の弟子はどうしても師の言う説に対して服さない、頑強に反抗している。とそういう事実をその野趣を帯びいる点から思いついて、師匠の芋に弟子の南瓜が服さないというように叙したのである。かかる叙法は一種の俳諧手段で旧窠に堕していると言って非難する人があるかもしれぬが、それは間違っている。ある一種の句作法として、俳句国の一分野に永久に存在すべきである。

「七ケ寺を」の句は、芋も肥えている田舎の秋において、ある大百姓が法会を営む、その村や近村にある七つの寺の和尚を招じて厳かな儀式の大法会を営むというのである。

「芋肥えて」の句は、これも田舎の秋を詠じたもので、畑に作ってある芋は皆肥えるし、家々に飼ってある豚は皆子を孕んだというのである。都に遠い貧しい田舎にもなお富める感じがする秋のある事実を詠じたものである。

「人の来て」の句は、芋に向かって話しかけたような叙法で「オイ芋よ、もし他所の人が来てお前を盗み出そうとして土を掘ったら、その時たちまち石となれよ。そうすればその人も盗まずに帰るであろう。」とこう言ったのである。芋盗人を正面から咎めずに、興じて言ったところに面白味がある。

「奇無き句」の句は、いわゆる平々として他の奇無しといった類の句は、あたかも野菜類の中で芋そのものが平々凡々にして何の奇なところがないのに似通っている。すなわちそういう平凡の句のみを作っている自分にあっては芋の句を作るのに最も適している。と言ったのである。

「俳席や」の句は、自分の家に数人を会して俳句会を催し、別に御馳走もないので、芋を煮てそれでお茶受けにするとか、もしくは晩飯の菜にしようとかする。すなわち細君は台所にあってその芋を煮つつある。しかしながらこの細君も亭主の感化を受けて俳句を作るので、芋を煮ながらもなお席上に出ている題で句を案じつつあるといったような有り様である。すなわち芋煮る妻もまた一作者であると興じて言ったのである。

これを要するに、作者は芋に逢着して始めて十二分の感興を喚起して咳唾が珠をなしたのである。「芋の句ありてへき死せず。」と言わねばならぬ。けれども芋の句以外の句がことごとく駄句という訳ではない。

　葺きかけて久しき堂や鶏頭花へき
　馬の上に敷いてなまめく蒲団かな　同
　しぶ〳〵と燃えて笛吹く根榾哉　同
　笹鳴や俗事頼みに寺訪へば　同

の如き佳句が別にある。

「葺きかけて」の句は、ある御堂があってその萱葺を新しく葺き替えにかかったのであるが、少し葺きかけたままで打っちゃってある。もうそんな状態にあることが随分久しいことであるが、それでも一向運ばないでまだそのままにしてある。その辺の土には鶏頭が赤く燃えているというのである。

「馬の上に」の句は、駄馬に乗る場合に荷鞍の上に蒲団を敷いた。その蒲団は赤い色の這入ったメリンスか何かの蒲団であって、座敷に置いてある時には別に美しい蒲団とも思わなかったが、かく馬の上に敷いて見るとあたりの殺風景な色の中に特別に打ち栄えてなまめかしく見えるというのである。

「しぶ〳〵と」の句は、炉の中に根榾を投げ込んで置くと、それがなかなか容易に燃えないので、火がついたり消えたりして、如何にもしぶしぶと燃えている。その時この榾の中の水が熱して噴き出すかどうかした機みにある音を発した。あたかも笛を吹くような音がした。そういう時の事実を即興的に写したものである。

「笹鳴や」の句は、法事に関したことではなくってある俗事に関して、和尚さんに頼みたいことがあって、寺へ出かけて見ると、鶯の子が啼いている。これもそういう田舎の即事を叙したものである。

右四句の如きは各々田舎の人事を写生したものであって些末な人事にかかわらず、事実として強い力がある。しかも作者の感興がほとばしり出た芋の句に較べると幾らか調子の低いところがある。芋の句を頌して作者の追福を祈ろうと思う。

大橋菊太

二、三年前、私が久し振りで大阪に行った時分にある寺で俳句会が催された。青々、別天楼、月斗、鬼史、素石、秋双、北渚といったような古顔の諸君の他は知らぬ顔が多かった。その知らぬ顔の中に白い顔をした一人の青年が、まめまめしく立ち働いて会の世話をしていた。月斗君の紹介によってそれが菊太君であることを始めて明らかにした。君はたびたび記したように、徂春、聴秋声（車春）の両君と共に熱心に句作をしてその句稿をホトトギスに送って来ておった。そのために菊太の名はすでに旧知の感がしておったのであるが、親しく面接したのはこの時が初めてであった。そうしてへき君と同じように、君との面会もただこの時一度きりであって君はその後持病の肺患が重って昨年亡き人の数に這入ってしまった。大阪で出合った俳句会当時もすでに君の病は相当に重かったのであるが、それを圧して種々斡旋してくれたのであったことが後になって分かった。

君の句には次の如きものがある。

咲く日数英焦げし椿かな　菊太

病牀

色鳥が来てくれし朝の垣根かな　同

去秋の木曾行を憶ふ

忘れめや顔をそむけし焼鶫　同

寝の足らぬ心とがりや夜半の冬　同

足袋つゞる心何かと鳥の影　同

「咲く日数」の句は、永い間椿の花が咲いておって、その英が衰えかかって来て黒ずんだような色になって来た。それを「英焦げし」と言ったのである。その実は傷んで腐ちかけて来たのであるけれども、とくにそれを焦げると見たところに作者の詩的想像がある。腐る椿と言ったのでは厭な感じがあるのを、「英焦げし」といってそれを厭な感じのものにしないでしかも力強く古びた椿を描き得たところにこの句の価値がある。またこれを一方より言えば、腐ったものを正面から腐ったと言うに忍びないで、「英焦げし」と美化して言ったところに、この作者の心の優しみ——弱さ——を認めることが出来る。汚いものを正面から汚く言い得る人は強い人である。それを言葉を替えて優しく言う人は気の弱い人である。久しく不治の病になやまされて、体も心も弱くなっていたこの作者は、腐った椿を詠じようとする場合に「英焦げし」という言葉を見出し得て、ようやく安心したものであろう。

「色鳥が」の句は、前置にある通り、久しく病牀に横たわって退屈に堪えないその単調な病牀の生活を慰めて呉れる何者かが欲しいと思ってる時に、秋になって色の美しい小鳥共が渡って来て、ある朝ふと見ると垣根にその色鳥の飛んでいるのが目にとまった。アア色鳥が来てくれた、よく来て呉れた。とその自然界の出来事を格別に喜んだのである。

「忘れめや」の句は、これも前置にある通り、去年の秋木曾を旅行した時分のことを思い出すと、いつもあの焼鵜のことを思い出す。あれが膳に乗って出たのを見た時には思わず顔をそむけたというのである。小鳥の中でも比較的大きな鵜が、丸い頭を黒く焦がして浅ましい形をして膳の上にあるのを見た時には、そういうものを見慣れない浪華育ちの優男である作者は覚えずゾッとして顔をそむけたのであったろう。木曾の旅行を想うたびごとに、アノ焼鵜のことは忘れようと思っても忘れられないと言ったのである。

「寝の足らぬ」の句は、病気のために夜も眠れぬことが多い。十分に寝たら心が落ち着いて神経も静まるのであろうけれども、眠りの足らぬために心がとげとげしくなって何彼につけて癪に障る。冬の寒い夜半の病人のいたいたしい情懐である。

「足袋つゞる」の句は、女が静かに居間に坐って足袋を綴っている。眼は足袋の方に向かい、指は針を運びつつあるのであるが、その心の中ではいろいろのことを考えている。小さい胸には些細なことも気にかかり勝ちでむしろ思い煩う方のことが多い。それ心はその種々の思いにとざされている時に、ふと眼に何か動いたものがあった。それは障子に鳥の影がさしたのであると言ったのである。優しい心持が出ていると同時に静かな光景も想像される。

以上の句を総括してこれを見ると、この作者の弱い優しい、しかしながら悧発な一面が忍ばれる。聞くところによると君は少々の熱などには頓着しないで、句作のためには非常な勇気を起こして外出もすれば、夜更かしもすることがあったらしいそうである。そういう点には勇者らしい点もあっただろうが、何にせよ浪華人として優しく育った上に常に大患に悩んでいたので、心身共に弱々しくなっておったことは想像に余りある。たしか三十に届かないで没したように思う。天が今少し年を仮したならばその後の進境には著しいものがあったろうに、まことに惜しみても余りあることである。

結論

結論は緒論の繰り返しである。私は簡単にこれを陳べようと思う。

まず私は俳句の道は決して一つではない、様々である、各人各様に進むべき道は異っている、ということを言った。これは今まで挙げ来った人々の句を一々吟味することによって直ちに明瞭になることと思う。一人として同じ道を歩いている人はない。また少しでも異った道を歩いていることによって始めてそれらの人の存在は明らかになって来ている。世上には我がまま勝手の論者があって、道はこの一筋ほかない、その他の道を歩むものは皆邪道に陥入ったものである。と高唱する。かかる時俳句界の多くの人は、皆絶望の声を放って、それはとても自分の歩むことの出来る道ではない、自分は到底俳句界に立つことは出来ない、という。かかる時俳句界は混乱し、衰亡する。高丘の上に立って俳句の原野を俯瞰するものの眼には決して一条の道のみを認めるものではない。縦横無尽についている曠野の道を認めて各々その立っている場所から便宜の道をとって此方に進み来ることを暗示する。この時俳句界の人々は各々自分の道を見出し得て、わが道は明らかになった、この道さえ進めば誤りなく彼岸に達することが出来る、自分は始めて俳句界に存在する価値を認めることが出来たと喜悦するのである。この時俳句界には群雄が並び起こり、機運は一時に勃興する。諸君は各々自己の道を開拓して進んで行くことに安心と勇気とを持たねばならぬ。

かつて守旧派と大呼したことも、当時の俳壇の趨勢に対する警醒的の叫びであった。われらは常に「新」を追う。陳套たる形骸を守って、そこに何の文芸があろう。ただわれらは秩序を守り、歩趨を整えておもむろに新境地を拓かねばならぬ。十七字、季題趣味という二大約束は、決して諸君の句を陳套ならしめるものではない。この約束あらしむることによって、俳句は常に文芸界に新味を保ち得るのである。近来の新を衒う句が動ともすると和歌、新体詩などの足跡を舐って得たりとするが如きは噴飯の至りである。十七字、季題趣味を煩しとするが如きは決して大才ではない。天賦の才を持って生まれた人ならば、そういう約束は約束として受け入れて置いてなおかつ十二分にその力を発揮することが出来る。十七字を破壊し、季題を撥無して始めて新しくなった如く考えるのは小才の致すところである。眼先が変わって新しそうに見えたところで、それは皮相の新しさである。慧眼なる読者は前来引き来った各人の俳句を吟味することによって、如何にわが党の俳句が、その二大約束を守りながらも、なおかつ新境地を拓き、新しき醍醐味に指を触れつつあるかを知るであろう、雑詠集第一巻の句を吟味することにおいてすらすでにそうである。その後の雑詠において、如何に日進月歩しつつあるかは、さらに今度編むべき第二集を精査することにおいて明らかになるであろう。

私は本論の初めに近来の句の著しい傾向の一つは主観的であると言った。そうしてこれが子規居士(しきこじ)の主張した客観主義よりも一歩を進めたものであると言った。その言の誤りでないことは査(しら)べ来った各人の句を見ることによって明白となったことであろう。しかしながらここに一大事を閑却(かんきゃく)してはならぬ。何ぞや、曰(いわ)く、

客観の写生。

この点についても、私は緒言においてすでに多くの言を費やしている。読者は今一度繰り返して熟読されんことを希望する。

解説　俳人のキャラクターと句風の関係の面白さ

岸本尚毅

はじめに――本書の成立

俳句の歴史を語るとき『進むべき俳句の道』（本書）は逸することの出来ない一書である。

江戸時代に「俳諧」と呼ばれた短詩形は、明治以降「俳句」という近代文芸の一ジャンルとなっていった。明治二十年代には俳諧の宗匠（旧派）に対し、新派と呼ばれる俳人が現れた。その中には尾崎紅葉らの一派もあったが、現代につながる主要な系譜となったのは正岡子規の一門である。子規没後、後継者の高浜虚子は主宰誌『ホトトギス』を俳壇の最大勢力に押し上げた。虚子から離反した水原秋桜子の門下からは加藤楸邨や石田波郷などが現れた。さらにその門下の世代によって現代の多彩な俳句の風景が形づくられた。戦後俳壇の最もユニークな俳人である金子兜太の系譜は、子規―虚子―秋桜子―楸邨―兜太である。

歴史の結果だけを見ると上述の通りだが、明治三十五年の子規の死から今日までの百二十年の間には俳壇の転機がいくつかあった。その最初のものが子規門の双璧とされた虚子と河東碧梧桐の対立である。まずは碧梧桐の「新傾向俳句」が子規没後の俳壇を席巻。虚子はその間、小説に専念していたが、大正初期に俳壇に復帰。「霜降れば霜を楯とす法の城」（大正二年）、「春風や闘志いだきて丘に立つ」（同）と詠んで碧梧桐と対決する決意を表明した。この虚子の動きを、大岡信は次のように記している。

彼のもとにあっという間に結集したのは、ライヴァルの碧梧桐がついにもつことのできなかった一騎当千の門弟たちだった。勝負はあっというまに決まった。『ホトトギス』の「雑詠」欄は、たちまちにして俊秀ひしめく競技場に変り、虚子は彼ら一人一人の個性を驚くべき的確さをもった直観的洞察によって見抜き、激励し、才能を短期間に開花させた。『ホトトギス』の最初の黄金時代がここに生じた。

（岩波文庫『俳句はかく解しかく味う』解説）

「俊秀ひしめく競技場」の様相を、虚子は「進むべき俳句の道」と題して大正四年から六年にかけて『ホトトギス』に連載。単行本は大正七年刊。明治四十五年の「雑詠」欄再開の時点では「新傾向かぶれの晦渋を極めた句の多い」ことを嘆じた虚子だが、大正四年の時点では、渡辺水巴、村上鬼城、飯田蛇笏、原石鼎、前田普羅などの俊英を門下に擁していた。このとき虚子は四十一歳。門下の秀作を誇らかに評した本書は、碧梧桐に対する勝利宣言であり、大正から昭和前期にかけて俳壇を主導したその俳句観を体現する。

本書の面白さ――「各人評」の人物描写

本書は読みものとして抜群に面白い。それは「各人評」の人物描写のゆえである。たとえば渡辺水巴の人物を、虚子は次のように描写した。

省亭画伯の息であって、父君の愛護の下に衣食の道に窮迫したような苦痛は一度も嘗めたことなしに今日に来ている。三十幾歳の今日でも自ら稼いで自ら食わねばならぬという差し迫って生活上の難儀にはまだ出逢わないのである。けれどもその家庭は平和でありながら普通の家庭とはやや異なっていて、今日は慈母を亡くし一人の妹君と父君の膝下を離れて淋しく暮らしている。父君の溢るる如き愛は一貫して変わるところはないけれども水巴君の主観の上にある淋しい影を投げているものはこの家庭の事情ではないかと思う。

虚子はさらに水巴が「極端な潔癖家」である、「本当の江戸趣味が判らずして江戸っ子がるもの」や「田舎もの」や「西洋かぶれ」が嫌いである、虚子に選を頼むときは「綺麗に清書した草稿」を送り、選が返って来るとそれを再び綺麗に清書してさらなる厳選を求めるような人である、病弱である、「酒を飲むと平生の鬱憤が迸り出て、巻舌で啖呵を切る」、「団菊などを中心とした新富、歌舞伎の大歌舞伎趣味」で「帝劇などは恐らくまだ一度も門をくぐったことはあるまい」が「自ら弁天小僧くらいは遣る」、と書き連ねる。

虚子はなぜ、水巴の人となりをこれほど詳しく述べたのだろうか。虚子は、水巴の「境遇性癖」が「同君の句を解釈する上に重大」であり、「私が同君の句を玩味するには常にこういう同君の性癖境遇を背景に置いての上のこと」だと言う。虚子の描く水巴は、日本画の大家である父の資力に頼って趣味的に暮らす、潔癖で淋しげな人物である。このような作者像を思い描くとき、その耽美的・叙情的な句風に対する読者の理解が深まると虚子は考えたのだろう。虚子は、水巴の「水無月の木蔭によれば落葉かな」を次のように評した。

> 水巴君は前に言ったように酒でも飲んだ時は気焔をあげたり、菊五郎の声色を使ったり、時には素人芝居くらいやらぬことはないけれども、どちらかと言えば、田舎者の跋扈する、西洋かぶれの横行する、半可通の江戸ッ児の多い、贋物の多い、

こちらが十の心をもって行っても向こうは十の心をもって返さぬ、そんな人間社会よりも、こちらの情をそのまま受け入れてくれる、少しも抵抗もせず気障な処もなく、広い懐で人間を抱き入れようとするような自然界の方が好きに相違ない。水無月の木蔭に立ちよれば木はただちに我に応えて落葉を降らす、そこに水巴君の慰藉もあれば安心もあるのであろう。親思い妹思いではあるけれども、ある意味においては親よりも妹よりも自然物の方により多くのなつかしみを見出すのであろう。

虚子は「水無月の木蔭によれば落葉かな」の情趣と、水巴の孤高狷介な人柄とを結びつけたのである。

村上鬼城の場合、「貧」「聾」という境遇が句風と結びつく。鬼城の「世を恋ふて人を怖るゝ夜寒哉」という句は、「世の中が危なっかしくて仕方がない」という鬼城の言葉以上にその気持ちを強く深く表している、「痩馬のあはれ機嫌や秋高し」の「痩馬」に対する同情は鬼城自身に対する憐憫の情である、と虚子は評した。

石島雉子郎の「会はで発つ義理や乳母知る虫しぐれ」を、虚子は「作者自身の経験、もしくは経験に近い事実であろうと思う。少なくとも作者は感情通りに生活しようとする今のデカダン的傾向と歩趨を異にして、情をため義理を重んじ宗教的に立脚する傾向がこの句によっても窺われる」と評し、その伏線のように「ある人から私は君の家庭の事情を概略聞くことが出来た。君が救世軍に投ずるようになった内面的の消息もほぼ明らかにすることが出来た。君は決して家庭的に幸福な人ではなかった」と述べている。このような作者の個人的事情を踏まえ、虚子は雉子郎の句に「宗教的に立脚する傾向」を見出したのである。

前田普羅の「蝦汲(えびく)むと日々にありきぬ枯野人(かれのびと)」を、虚子は「君はこういう人の境遇に深い深い同情を見出すようである、君はややともすると奮闘世界から逃避するような性癖を持っているのではなかろうか」と評し、その伏線のように「役所通いをやめて、その歌沢と山登りと俳句との、好きな遊び事にのみ真実であり得る人として今後如何(いか)なる方面にその道を見出そうとするのであろうか。私は多少懸念でもあるが、また少なからざる興味をも持ってこれを眺めようと思う」と述べている。

虚子は作者の人物像と句風を結びつけ、句の鑑賞に私小説的な背景を加えた。このことは句を面白く読ませる工夫であり、さらには「ホトトギス」編集人としての思惑も推察し得るのではなかろうか。

大正二年六月号の雑詠の投句数は約五千。投句者数はおそらく数百。本書に取り上げられた俳人は投句者のごく一部である。私的事情を虚子が知るほどに虚子と近しい一部の俊英と、それ以外の大衆層に投句者は二層化していた。誌上で活躍する俊英作家のときにはゴシップめいた逸話は読みものとして面白く、誌友の関心を惹(ひ)いたことだろう。全国に散在する誌友が互いに対面する機会は限られていた。虚子が本書で有名俳人のユニークな人物像を紹介したのは、誌友へのサービスでもあったと推察される。

境遇と句風との逆説的な関係

水巴、鬼城などの場合、個性的な句風と作者の特異な境遇とが結びつく。しかし本書で評された俳人の中には、境涯性の稀薄な、写実的な句風の作家も多い。そのような俳人についても虚子は人物像に言及した。なぜだろうか。そこには、「境遇性癖」が「同君の句を解釈する上に重大」だというのとは違う説明が必要である。

写実的な句風の俳人の一例が、山本健吉に「句柄も鈍重で冴えたところがない」（『現代俳句』）と評された西山泊雲である。虚子は泊雲の「焚きつけて尚広く掃く落葉かな」「菜畑へ次第にうすき落葉かな」などを「写生ということに重きを置いて、目に見たことを忠実に写す点にその長所がある」と評した。一方その人物について、破産や自殺願望に触れた上で「俳句に没頭することをもって安心の法と心得ている」「破産の憂き目に遇ったということも、家庭の上にある苦痛を味わいつつあるということも、格別の影響を君の句に与えることはない」と述べる。泊雲の場合、悩みの多い境遇を忘れるため「客観写生」に没入するという形で、境遇と句風との逆説的な関係が成り立つ。それを虚子は泊雲の作家評に取り込んだ。

長谷川零余子に対する評も興味深い。虚子は零余子の「門のうち柿熟しつゝ家廂」「花散るや出船の尻の杭に当る」「鯊釣に槌の響は佃かな」などを次のように評した。

君の句はモデレートな句である、穏当な句である。(略)平凡陳腐ということも多くはモデレートなことである。しかしここにモデレートと言ったのは善意に使われた言葉であって、平凡陳腐なものを差し引いた残りの新味あり価値あるものをいうのである。(略)零余子君はついに客観的作者である。

その人物について、虚子は「女流俳人として手腕あるかな女を夫人とし恒産ある家に養子となった俳人零余子君は極めて幸福なる適意なる境遇にある」と述べる。さらにその人柄を「胆汁質的」「人々が自己の守りを忘れ他愛もなく打ち興じている間に、君はひとり自己を開放することをしないで、瞬時も利害の打算を忘れずにいるのではなかろうかというような疑惑を他人に起こさす」「自己を世間に薦めることにあまり熱心であり過ぎる」と冷やかに描く。零余子の人物像と句風が結びつくのは「零余子君が一見して青年らしくない人であると同様にその俳句も一見して若々しい躍動したところはこれを認めることが出来ない」という一文でしかない。虚子はまた興味深い一節を記している。

いつか零余子君の前で、鬼城、水巴の諸君はその特別な生活が自然に句の背景ともなり力ともなっている、ということを話した時に、「それではそういう特別な生活をしているものでないと善い句は出来ないのでしょうか。」と君は反問したことがあった。君としては確かに道理ある反問である。

虚子が水巴や鬼城の「特別な生活」とその個性的な句風を結びつけて評したことは先に見た通りである。一方、零余子は大学の薬局に勤める薬剤師であった。その場で虚子が零余子にどう応じたかは明らかでないが、後年の「芭蕉の境涯と我等の境涯」という講演は事実上、零余子への答になっている。これを以下に要約する。

芭蕉は一生の半ばを旅で暮らし、頭陀袋を提げ、草鞋を履き、脚絆を著け、菅笠を被り、もの憂い旅をして日を送った。「年暮ぬ笠きて草鞋はきながら」「山路来て何やらゆかしすみれ草」「草臥れて宿かる頃や藤の花」などはその特別な境涯と切り離せない。今日の俳人はどうか。子規は普通の服装をして新聞社に通った。虚子自身も『ホトトギス』の編集や営業に携わり、日々発行所へ通う平凡な一市人に過ぎない。諸君も各々の職業や境遇にあって句を作っている。それが芭蕉と我等の違いである。

「ゆれ止まぬ噴井の杓や祭店　瓜鯖」「二人して橋かたぎ行く田植かな　果采」などは平凡人の句。作者は誰でもよい。普通の人間が普通の生活をして句を作ることにも価値がある。『ホトトギス雑詠選集』にはこのような句が満載されている。

芭蕉の句は芭蕉の生涯や主観を描く。我等の句は、作者の主観を飛び越えて直ちに自然を描く。現代人の句は無色透明である。平凡な境遇にある我等が己を空しくし、宇宙自然を何等屈折なしに観察することも意味の深いことであろう。

大正十二年のこの講演は、虚子が主観句から客観写生へ舵を切った時期のもの。主観を伴わない「無色透明」な句を称揚している。それに該当するのが本書に取り上げられた泊雲や零余子などの句である。

改めて問う。虚子はなぜ、境涯性の稀薄な、客観的・写実的な句風の俳人の人物像に逐一言及したのだろうか。

泊雲（酒造業、破産、自殺願望）と零余子（恒産ある家の婿養子、薬剤師）以外の俳人の境遇をいくつか挙げる。原月舟は東京電気株式会社勤務。池田義朗は朝鮮総督府の役人。佐久間法師は福島の会社員。山本果采は小学校の教師。池田青鏡は安田銀行行員。島田的浦は東洋汽船会社勤務。清原枴童は博多毎日新聞社員。野村泊月は日英学館という私塾を開設。高橋拙童は戸塚の高松庵の住職。岩木躑躅は接骨術師、等々。

このような「平凡な境遇」の俳人についても、虚子はそのプロフィール（出身地、在住地、職業、年齢、性癖、俳句における交友関係等）を記した。このような属人的な情報は句の鑑賞や句風の理解には不要である。にもかかわらず、本書を通読すると、多くの俳人が各々の境遇にあって句作に精励している様子が印象づけられる。多くの場合、境遇と作品・句風は無関係である。「特別な生活をしているものでないと善い句は出来ない」というわけではなく、本書は「平凡な境遇」にある誰でもが優れた句を作れることとの実例を示しているのである。

戦略家の虚子は、本書によって人気俳人のユニークなキャラクターを喧伝するとともに、そうではない「平凡な境遇」の俳人をも顕彰することで広範な大衆的投句者層の取り込みを図ったのではなかろうか。

佐久間法師

虚子は本書を通じ、門下の俳人たちを、それぞれ個性を持ったキャラクターとして誌上に現出させた。その一例が佐久間法師である。法師は昭和五年、富士見高原療養所（堀辰雄のいた結核療養施設）の事務職にあったとき急性肺炎で死去。享年五十二歳。

虚子の弔句は「愚鈍なる炭団法師で終られし」であった。「炭団法師」は蕪村の「炭団法師火桶の窓から窺けり」にも見られる滑稽（こっけい）な表現。そこに「愚鈍」を加えたこの句は、弔句として非常識とも不謹慎とも受け取られかねない。にもかかわらず虚子が平然とこのような句を詠み、『贈答句集』に残したのは、法師の人物像が『ホトトギス』の関係者に共有されていたからであろう。虚子は本書で、法師の人物を次のように描いている。

君の句に、
　薪能（たきぎのう）松を見つゝぞ急ぎける　法師

というのがある。それは春日（かすが）神社の薪能を見るために、あの松の下にそのお能は行われつつあるのだと、遠くから見える松を目当てに急いでいる、というのであるが、さて君は何を目当てに急ぎつつあるか。最近君が一篇の文章を送って来た消息のはしに、会社の用でくたびれ切った体を夜一時、二時頃まで起きておって幾晩かかってようやくこの文章を書いた、自分の心はもうだんだんと麻痺（まひ）して来て如何なる刺（し）戟（げき）にも驚くことが出来ぬようになりつつあるのが情けなくも恐ろしくもある、あなた（虚子、引用者注）の北海道行きが止んで、福島に来られなくなったことを非常に残念に思う、せめて飯坂の温泉まで来てはどうか、自分は自転車に乗って毎晩飯坂まで出かけて行っていいというようなことが書いてあった。君は日常の生活の上には恐らくもう大した野心は持っていまい。ただ俳句や文章によって成るその感情の国には自ら目標の松があって、君は明け暮れその松を目当てに急ぎつつあるのか。

『法師句集』（昭和十五年刊）の序でも虚子は法師の人物に触れている。以下に要約する。

短身で丸顔。にこにこしながら諄諄と東北弁で語り続ける容子が好感を与えた。気の弱い方であった。人の世話をしてもその人が途中から背き去ると、淋しくその後ろ影を見送っておるという状態であったかと思う。（略）君は世間に対しては余り志を得た方ではなかったと思う。克明に職務に努めているが、世間がそれに酬いるところは充分ではなかったかと思う。病院の事務に携わっていた。肺炎になったのをなお推していたために不帰の客となった。その最後も、聊か天をも恨まず人をも恨まず、ある滑稽な構図を描いて微笑して逝ったものであろう。

このような法師の人物像に照応させるように、虚子は、法師の「畑に捨てし下駄の目鼻や陽炎へる」「たゝきめぐる桶屋小男春の風」などを引いている。

法師の写生文は『ホトトギス』に二十回以上入選した。初入選は明治三十八年五月号の『泥棒は猫である』。この作品が掲載されたのは、漱石の『吾輩は猫である』の連載中である。子供の頃、猫に驚いて夜中に騒いだのを家族から泥棒の侵入と間違われたという滑稽な写生文で、漱石を真似て一人称に「吾輩」を用いている。漱石を敬慕していた法師は、大正六年五月号に漱石を追悼する写生文を寄稿した。以下に要約する。

明治四十一年、漱石先生が自分の写生文を褒めたこともあって、虚子先生のすすめで漱石先生を訪問した。先生から「あなたの名をずっと前から知っておるような。ゆっくりお話しなさい」と言われたが、多忙な先生が田舎の無名俳人に打ち解けて対応してくれたのを恐ろしく思って急いで帰ってしまった。自分は平素、人が忙しいことに気が付かず夜中まで人の家にいるような人間だが、その日に限って早々に引き退いたのは、田舎の一俳人に対する先生の霊力の圧服と見ねばなるまい。そのあと坂本四方太先生から「馬鹿だなあ、惜しいことをしたなあ」と言われた。もしかすると漱石先生と長時間の話をしていれば、自分はホトトギスの事務所を手伝う身になって今頃東都で名をなしていたかもしれぬ（※）。四方太先生も虚子先生も自分の無才に愛想をつかしたようだ。自分は無意識の間に専門の芸術家たらんとする意志を有し、無意識の間に先生に試験され、そうして見事に篩い落とされたのかもしれない。（※虚子は、ホトトギスの事務員になりたいという法師の希望に対し、「それは法師君のために適当の道と考えなかったので私はそれを止めた」と本書に記している。引用者注）

虚子が本書で、法師のことを「俳句や文章によって成るその感情の国には自ら目標の松があって、君は明け暮れその松を目当てに急ぎつつあるのか」と評したのは、漱石追悼の写生文の半年前である。

「愚鈍なる炭団法師」は、法師という人物に対する虚子の深い同情を逆説的に表現している。ただし、そのように受け止められるためには、虚子が描き出した法師の人物像が『ホトトギス』の関係者に共有されていなければならない。

虚子は本書を通じ、門下の作者の「句」を評したのみならず、作者の「人間」まで描き出した。そこには編集者としてのジャーナリスティックな感覚に加え、小説家・写生文家の眼と筆が働いている。「愚鈍なる炭団法師」は、虚子が誌上で醸成した佐久間法師のキャラクターの端的な表現だったのである。

おわりに――俳句の読み手としての虚子

高浜虚子は「遠山に日の当りたる枯野かな」や「去年今年貫く棒の如きもの」など

の名句を残したが、句の読み手としても偉大だった。虚子は評者・選者として多くの作品を残した。子規、碧梧桐らと行った『蕪村句集講義』は近代の蕪村評価の嚆矢となった。『月並研究』『其角研究』は近世俳諧を対象とする輪講。『俳句は斯く解し斯く味ふ』は俳句鑑賞の手引書。『ホトトギス雑詠選集』は近代俳句の代表的なアンソロジーである。門下の句を評したものには、本書のほか、水原秋桜子・山口誓子など『ホトトギス』の第二次黄金時代の秀作を取り上げた「雑詠句評会」がある。最晩年には、社会性俳句など他派も含めた戦後俳句を評した「研究座談会」を行っている。これらの作品を、虚子は雑誌や書籍で公刊した。俳句を読み、語り、論ずる過程を、メディアを通じてオープンにしたのである。

虚子は、俳句の読み手としての責任を自覚的に引き受けた人物である。そもそも、句の読み手は誰かという問いは、近代俳句にとって本質的である。俳句の母胎である連句においては付句のさい前句を読み定める。俳諧の座に集う連衆が互いの句を読み合う「読み」の過程が、連句の形式には内在しているのである（たとえば発句と脇句は主客間の挨拶である）。ところが、発句だけを独立させた形で発達した近代俳句の場合、詠まれた句が誰にどう読まれるかという「読み」の過程は必ずしも自明の事柄ではない。

ただし、実態として、俳句の読者の大部分は作者でもある。俳句は「純粋読者」を持たない。この姿は未来永劫変わるまい。俳句は、誰にどう読まれるかという、答のない問いを問い続ける宿命にあるのである。虚子は「純粋読者」のいない俳句における権威ある目利きの役を自覚的に引き受け、生涯にわたって膨大な数の俳句を読み続けたのである。

虚子の死は昭和三十四年。以降、虚子のような偉大な読み手のいない時代が半世紀以上続いている。今日の俳句愛好家は、自分の句が「誰にどう読まれるか」という問いに対して自覚的だろうか。また、自分自身も句の読み手の一人であることに自覚的だろうか。

俳句を読むことは、詠むこと以上に面白く、深い。良き読み手となるには、先行する優れた読み手に学ぶに如くはない。その意味で、本書は俳句の読みに関する最良の教科書の一つである。しかも「作品」を読むばかりでなく、その向こうに「作者」を見ることの面白さも教えてくれる。俳句における作品と作者の関係はじつに興味深い。

本書は角川文庫版（昭和三十四年七月）を底本とし、「緒言」の文末の欠けている部分は「ホトトギス」（大正四年五月号）を参照した。刊行にあたり新字新仮名遣いに改め、送り仮名は本則に従った。また不要と思われるルビは除き、読みにくい部分については平仮名に改め、または適宜ルビを補った。明らかな用字の誤りを正した部分もある。

本書には「吃る」「聾」「廃人」「ジプシー」「傴僂」など、今日の人権擁護の見地に照らして不適切と思われる表現があるが、著者が故人であること、扱っている題材の歴史的状況と、その状況における著者の記述を正しく理解するためにも、底本のまま収録した。

進むべき俳句の道

高浜虚子

昭和34年 7月10日　初版発行
令和 3 年 3月25日　改版初版発行
令和 6 年 11月30日　改版再版発行

発行者●山下直久

発行●株式会社KADOKAWA
〒102-8177　東京都千代田区富士見2-13-3
電話　0570-002-301(ナビダイヤル)

角川文庫 22614

印刷所●株式会社KADOKAWA
製本所●株式会社KADOKAWA

表紙画●和田三造

●お問い合わせ
https://www.kadokawa.co.jp/（「お問い合わせ」へお進みください）
※内容によっては、お答えできない場合があります。
※サポートは日本国内のみとさせていただきます。
※Japanese text only

Printed in Japan
ISBN 978-4-04-400650-1　C0192

◆◆◆

角川文庫発刊に際して

角川源義

第二次世界大戦の敗北は、軍事力の敗北であった以上に、私たちの若い文化力の敗退であった。私たちの文化が戦争に対して如何に無力であり、単なるあだ花に過ぎなかったかを、私たちは身を以て体験し痛感した。西洋近代文化の摂取にとって、明治以後八十年の歳月は決して短かすぎたとは言えない。にもかかわらず、近代文化の伝統を確立し、自由な批判と柔軟な良識に富む文化層として自らを形成することに私たちは失敗して来た。そしてこれは、各層への文化の普及滲透を任務とする出版人の責任でもあった。

一九四五年以来、私たちは再び振出しに戻り、第一歩から踏み出すことを余儀なくされた。これは大きな不幸ではあるが、反面、これまでの混沌・未熟・歪曲の中にあった我が国の文化に秩序と確たる基礎を齎らすためには絶好の機会でもある。角川書店は、このような祖国の文化的危機にあたり、微力をも顧みず再建の礎石たるべき抱負と決意とをもって出発したが、ここに創立以来の念願を果すべく角川文庫を発刊する。これまで刊行されたあらゆる全集叢書文庫類の長所と短所とを検討し、古今東西の不朽の典籍を、良心的編集のもとに、廉価に、そして書架にふさわしい美本として、多くのひとびとに提供しようとする。しかし私たちは徒らに百科全書的な知識のジレッタントを作ることを目的とせず、あくまで祖国の文化に秩序と再建への道を示し、この文庫を角川書店の栄ある事業として、今後永久に継続発展せしめ、学芸と教養との殿堂として大成せんことを期したい。多くの読書子の愛情ある忠言と支持とによって、この希望と抱負とを完遂せしめられんことを願う。

一九四九年五月三日

角川ソフィア文庫ベストセラー

俳句歳時記 第五版 春　編／角川書店

一輪の梅が告げる春のおとずれ。季節の移行を慈しんできた日本人の美意識が季語には込められている。初心者から上級者まで定評のある角川歳時記。例句を見直し、解説に「作句のポイント」を加えた改訂第五版！

俳句歳時記 第五版 夏　編／角川書店

夏は南風に乗ってやってくる。薫風、青田、梅雨、炎暑などの自然現象や、夏服、納涼、団扇などの生活季語が多い。湿度の高い日本の夏を涼しく過ごすための先人の智恵が、夏の季語となって結実している。

俳句歳時記 第五版 秋　編／角川書店

風の音を秋の声に見立て、肌に感じる涼しさを新涼と名づけた先人たち。深秋、灯火親しむ頃には、もののあわれがしみじみと感じられる。月光、虫の音、木犀（もくせい）の香――情趣と寂寥感が漂う秋の季語には名句が多い。

俳句歳時記 第五版 冬　編／角川書店

「寒来暑往　秋収冬蔵」冬は突然に訪れる。紅葉や時雨を経て初雪へ。蕭条たる冬景色のなか、暖を取る工夫の数々が冬の季語には収斂されている。歳末から年が明けて寒に入ると、春を待つ季語が切々と並ぶ。

俳句歳時記 第五版 新年　編／角川書店

元日から初詣、門松、鏡餅、若水、屠蘇（とそ）、雑煮など、伝統行事にまつわる季語が並ぶ新年。年頭にハレの日を設けた日本人の叡知と自然への敬虔な思いが随所に顕れている。作句に重宝！　全季語・傍題の総索引付。

角川ソフィア文庫ベストセラー

飯田蛇笏全句集

飯田蛇笏

郷里甲斐の地に定住し、雄勁で詩趣に富んだ俳句を詠み続けた蛇笏。その作品群は現代俳句の最高峰として他の追随を許さない。第一句集『山廬集』から遺句集『椿花集』まで全9冊を完全収録。解説・井上康明

西東三鬼全句集

西東三鬼

鬼才と呼ばれた新興俳句の旗手、西東三鬼。「水枕ガバリと寒い海がある」「中年や遠くみのれる夜の桃」反戦やエロスを大胆かつモダンな感性で詠んだ句は今なお刺激的である。貴重な自句自解を付す全句集！

橋本多佳子全句集

橋本多佳子

女心と物語性に満ちた句で、戦後俳壇の女流スターと称された多佳子。その全句を眺めるとき、生をみつめる厳しい眼差しと天賦の感性に圧倒される。全五句集に自句自解、師・山口誓子による解説を収録！

飯田龍太全句集

飯田龍太

伝統俳句の中心的存在として活躍、昭和俳句史に厳然とその名を刻む飯田龍太。全十句集に拾遺、自句自解抄、年譜、解説、季語索引を付す、初の文庫版全句集！

釈迢空全歌集

折口信夫
編／岡野弘彦

短歌滅亡論を唱えながらも心は再生を願い、日本語の多彩な表現を駆使して短歌の未来と格闘し続けた折口。私家版を含む全ての歌集に、関東大震災の体験を詠んだ詩や拾遺を収録する決定版。岡野弘彦編・解説。

角川ソフィア文庫ベストセラー

俳句鑑賞歳時記
山本健吉

著者が四〇年にわたって鑑賞してきた古今の名句から約七〇〇句を厳選し、歳時記の季語の配列順に並べなおした。深い教養に裏付けられた平明で魅力的な鑑賞と批評は、初心者にも俳句の魅力を存分に解き明かす。

俳句とは何か
山本健吉

俳句の特性を明快に示した画期的な俳句の本質論「挨拶と滑稽」や「写生について」「子規と虚子」など、著者の代表的な俳論と俳句随筆を収録。初心者・ベテランを問わず、実作者が知りたい本質を率直に語る。

ことばの歳時記
山本健吉

古来より世々の歌よみたちが思想や想像力をこめて育んできた「季の詞（ことば）」を、歳時記編纂の第一人者が名句や名歌とともに鑑賞。現代においてなお感じることのできる懐かしさや美しさが隅々まで息づく名随筆。

俳句のための基礎用語事典
編／角川書店

「不易流行」「風雅・風狂」「即物具象」「切字・切れ」「倒置法」など、俳句実作にあたって直面する基礎用語100項目を平易に解説。俳諧・俳句史から作句法までを網羅した、俳句愛好者必携の俳句事典！

覚えておきたい 極めつけの名句1000
編／角川学芸出版

子規から現代の句までを、自然・動物・植物・人間・生活・様相・技法などのテーマ別に分類。他に「切れ・切れ字」「俳句と口語」「新興俳句」「季重なり」「句会の方法」など、必須の知識満載の書。

角川ソフィア文庫ベストセラー

角川ソフィア文庫ベストセラー

金子兜太の俳句入門　金子兜太

「季語にとらわれない」「生活実感を表す」「主観を吐露する」など、句作の心構えやテクニックを82項目にわたって紹介。俳壇を代表する俳人・金子兜太が、独自の俳句観をストレートに綴る熱意あふれる入門書。

俳句、はじめました　岸本葉子

人気エッセイストが俳句に挑戦! 俳句を支える季語の力に驚き、句会仲間の評に感心。冷や汗の連続だった吟行や句会での発見を通して、初心者がつまずくポイントがリアルにわかる。体当たり俳句入門エッセイ。

季語うんちく事典　編/新海均

俳句歳時記には載っていない、面白くて意外で、ちょっと余分な(!?)季語のトリビア200超が大集合! 季語ということばの趣きと豊かさを感じながら、句友との話題も盛り上がる、愉快でためになる事典。

古代史で楽しむ万葉集　中西進

天皇や貴族を取り巻く政治的な事件を追い、渦中に生きた人々を見いだし歌を味わう。また、防人の歌、東歌といった庶民の歌にも深く心を寄せていく。歌集を読むだけではわからない、万葉の世界が開ける入門書。

日本語をみがく小辞典　森田良行

豊かな日本語の語彙を自由に使いこなすために。辞書の中でしか見ない言葉、頭の片隅にはあるが使いこなせない言葉を棚卸しし、いつでも取り出せるように簡単整理! 言葉の上手な利用法のいろはを学ぶ辞典。